Le Roi de La Havane

Pedro Juan Gutiérrez

Le Roi de La Havane

ROMAN

Traduit de l'espagnol (Cuba)
par Bernard Cohen

Ouvrage traduit avec le concours
du Centre National du Livre

Albin Michel

« *Les Grandes Traductions* »

Nous, on est ce qu'il y a,
Ce qui plaît aux clampins,
Qui se vend comme des p'tits pains,
Qui disparaît des magasins.
Mieux que nous, personne trouvera.

Manolín, *El Médico de la Salsa*

Le sous-développement, c'est l'incapacité d'accumuler de l'expérience.

Edmundo Desnoes

Toi, ne joue pas avec moi,
Sinon tu te brûleras.

Chanson cubaine

Ce coin de la terrasse était le plus dégueulasse de tout l'immeuble. Au début de la crise, en 1990, elle avait perdu son emploi de femme de ménage et elle avait fait comme tant d'autres : elle s'était pris quelques poulets, un cochon et des pigeons. Elle avait fabriqué des cages de bric et de broc, avec des planches pourries, des bidons, des chutes d'acier, des vieux bouts de fil de fer. Parfois, l'eau courante disparaissait pendant des jours. Alors, elle réveillait les garçons à l'aube, les houspillait, les malmenait et les forçait à descendre les quatre étages pour remonter des seaux tirés d'un puits qui, chose incroyable, se trouvait juste au coin de la rue, simplement recouvert par une plaque d'égout.

Ils avaient neuf et dix ans, à l'époque. Reynaldo, le plus petit, était un enfant calme et silencieux ; Nelson, moins docile, se rebellait et protestait parfois à grands cris : « Me hurle pas dessus, con ! Qu'est-ce que tu as, encore ? »

Elle boitait de la jambe droite. Elle était un peu débile, aussi. Il lui manquait une ou deux cases, depuis toute petite ou peut-être de naissance. Sa mère à elle vivait avec eux. Elle devait avoir cent ans ou plus, allez savoir. Tout ce monde dans une chambre pourrie de trois mètres sur quatre et ce bout de terrasse à l'air libre. Il y avait des années que la vieille ne se lavait plus et elle était maigrissime d'avoir tant souffert de la faim. Une vie sans fin dans la misère permanente. Elle était devenue comme du carton. Jamais un mot. Une momie squelettique, muette et sale, qui ne bougeait presque pas, n'ouvrait pas la bouche, se contentait de regarder sa fille à moitié retardée et ses deux petits-enfants s'échanger des claques et des injures dans le vacarme que faisaient les poules et les chiens. « Ceux-là, ce sont des cinglés », disaient les voisins, et personne ne cherchait à intervenir dans ces disputes continuelles.

De temps à autre, elle allumait une cigarette, s'accoudait à la balustrade du toit en observant la rue et en conjurant ses souvenirs d'Adalberto. Elle avait eu des douzaines d'hommes, dans sa jeunesse. Elle aimait les exciter, comme ça, quel que soit leur âge. Des fois, ils disaient : « Hé, fofolle, viens un peu me la sucer. Je te donne deux pesos si tu me la pignes ! », et hop, allons-y, ouvre la bouche. Certains lui donnaient de l'argent. D'autres non. Ils lui lâchaient leur purée et puis : « Attends-moi ici, que je reviens de suite », et ils disparaissaient. Mais avec Adalberto, ça avait été différent. Les enfants étaient de lui, sauf qu'il n'avait jamais voulu vivre avec eux sur ce toit, le grand salaud, et quand il avait vu qu'elle était enceinte une deuxième fois il s'était perdu dans la nature. Désormais c'était une vioque, presque, une demeurée qui puait à cent mètres, boitait, crevait la faim... En faisant les comptes ainsi, elle arrivait à la même conclusion : « Qui c'est qui voudra de moi, merde ? Si j'ai envie de quelque chose, c'est de mourir, tiens ! » Elle ruminait, se fâchait contre elle-même, jetait sa cigarette en bas et, par désespoir, se mettait à gueuler sur les petits : « Rey, Nelson ! Allez chercher de l'eau, foutus feignants ! De l'eau, j'ai diiiiiit ! »

Ils obéissaient, de mauvaise grâce, mais tout de même c'était mieux que d'être enfermés pendant des jours dans un cagibi. Jusqu'à ce qu'ils atteignent les sept ans, il lui prenait la lubie de les mettre dans ce petit placard moisi, plein de tuyauteries et de cafards. Sans raison. Juste pour ne plus les avoir sous les yeux. Ils pleuraient tout ce qu'ils savaient, les marmots, parce qu'une fois dans leur prison ils pouvaient y rester un, deux, trois jours sans manger, à sucer les gouttes qui fuyaient des tuyaux. D'autres fois, elle les jetait dans une citerne pleine en leur criant que ça les ferait taire pour de bon. Et elle poussait leur tête sous l'eau, attendant qu'ils s'épuisent à se débattre pour les en sortir pratiquement asphyxiés. Devenus plus grands et plus forts, ils étaient en mesure d'échapper à ces punitions. Ils vivaient à leur guise mais ils allaient parfois à l'école, au coin de San Lázaro et Belascoaín. Plus pour fuir leur mère que pour étudier, en fait. Les instituteurs ne pouvaient pas transmettre grand-chose à ces gosses de la rue, la lie de la lie, avec des petites qui, dès treize ans, se mettaient à cavaler le touriste sur le Malecón tandis que les garçons trafiquaient la marijuana et magouillaient pour se gagner deux ronds. Avec les parents qui brillaient par leur absence, personne ne voulait perdre son temps à apprendre les mathématiques ou tous ces trucs aussi compliqués qu'inutiles, et les enseignants devaient se taire devant ces petits diables. Bref, Nelson et Rey allaient à l'école trois ou quatre fois par semaine. Le reste du temps, ils s'amusaient avec les pigeons et les chiens sur la terrasse. Ils avaient cinq clebs qu'ils avaient trouvés dans le quartier.

Même si leur seul repas quotidien se limitait souvent à un bout de pain et une carafe d'eau sucrée, ils poussaient, devenaient plus malins. Ayant remarqué que les pigeons des voisins venaient se poser sur le toit et qu'il était facile de les attraper vivants, ils avaient eu l'idée de dresser un beau mâle séducteur qui partait à tire-d'aile au-dessus des autres immeubles, remarqué à chaque fois par une femelle sans méfiance. Subjuguée par le galant, elle prenait son vol et le suivait jusqu'à la cage où ils pourraient faire l'amour tranquillement. Mais là, crac ! Les petits guettaient et refermaient la porte. Au marché des Quatre Chemins, un pigeon se vendait quarante ou cinquante pesos, voire cent s'il était blanc. Avec la crise, la famine, les gens qui cherchaient à quitter le pays à tout prix, la santería marchait à fond. Pigeons, coqs et boucs étaient très demandés, de même que les poules noires, excellentes à sacrifier quand on veut se débarrasser du mauvais œil. Dès qu'ils vendaient une de leurs proies, c'était la fête. Ils se payaient des pizzas, un jus de fruits, en rapportaient à leur mère et à leur grand-mère.

Ça ne la calmait pas pour autant. Elle continuait à hurler sans arrêt, comme une folle, à les insulter et à les malmener. Ils avaient déjà du poil au cul et aux aisselles, la pine développée, la voix plus grave et cette odeur âcre de sueur qui vient aux hommes. Cachés entre les cages de poulets, ils se branlaient en regardant la petite voisine sur la terrasse d'à côté. C'était le même toit, en réalité, mais des années auparavant ils l'avaient divisé en deux par un muret de moins d'un mètre de haut qui servait de frontière avec les autres, à savoir une vieille à grosses mamelles, sa fille d'une vingtaine d'années et une bande de chiards qui ne savaient même plus qui des deux était leur mère. Un biscuit au chocolat fondant, cette fille. Une métisse superbe, mince et pute. Elle ne sortait que le soir, toujours habillée avec une élégance provocatrice, ne revenait qu'au matin. Pendant la journée, elle se baladait sur son bout de terrasse avec un petit short très moulant et un haut très ajusté, sans soutien-gorge, ce qui fait qu'on lui voyait bien les tétons et... Ah, une sacrée tentation ! Reynaldo avait alors treize ans, Nelson quatorze. Ils avaient laissé tomber l'école depuis longtemps. Rester en septième, finalement, c'était fatigant. Ils avaient triplé, et puis ils en avaient eu assez.

Ils se voyaient comme des hommes faits. Toujours avec les pigeons, ils amélioraient leur technique et en vendaient un ou deux chaque jour. Un bon petit filon. Ils étaient des mâles, ils entretenaient toute la maison, mais la mère, elle, restait aussi stupide. Ils la détestaient à cause de ces crises de rouspétance devant tout le monde. C'était humiliant, à la fin, et ils lui répondaient : « Cesse de faire la folle ! Tais-toi, bordel, tais-toi ! »

La terrasse était toujours plus dégueulasse, plus puante, avec toute la merde que produisaient ces bestioles. La grand-mère ne bougeait pas. Elle s'asseyait sur un cageot à moitié pourri ou dans un coin par terre et elle restait des heures au soleil. Il fallait la porter à l'intérieur et la coucher. On aurait dit une morte vivante. Et la mère aussi, ils devaient la tenir à l'œil parce qu'elle était chaque jour plus zinzin. Même plus capable de descendre les escaliers. Ils la secouaient pour qu'elle se taise, mais elle beuglait de plus belle, elle attrapait un bâton et leur tombait dessus, essayant de défendre son territoire. Ils lui arrachaient son arme, en venaient à bout par quelques taloches en pleine figure. Alors elle pleurait de rage, gémissait, hoquetait, puis elle allumait une cigarette et se tenait tranquille, appuyée à la balustrade, regardant les voitures, les vélos et les passants sur San Lázaro. Elle ne se souvenait même plus d'Adalberto.

Un matin, vers onze heures, elle était de nouveau là, à fumer et à contempler la rue. Plus tôt, Nelson lui avait donné un mauvais coup sur la bouche et elle avait la lèvre supérieure enflée, ouverte à l'intérieur. En passant sa langue dessus, elle sentait un goût de fer, celui du sang. Furibonde, elle était. Elle a lancé son mégot pardessus la rambarde, envoyé un crachat tout rouge en espérant qu'il tombe sur la tête de quelqu'un et fait volte-face pour rentrer dans la masure, parce que le soleil tapait trop fort et qu'elle avait la migraine. Cachés derrière le poulailler, les deux garçons mataient la petite pute d'à côté. Les yeux chavirés, ils se branlaient en mesure. La salope de métisse, presque nue, était en train d'accrocher sur le fil à linge une serviette et des mini-slips rouges en dentelle. Ça lui plaisait, que les petits se masturbent en l'admirant. Elle a tordu la serviette encore pleine d'eau pour se mouiller le corps avec, un peu de fraîcheur sur le toit brûlant. À vrai dire, elle aurait aimé qu'ils viennent se mettre devant elle et qu'ils lâchent tout comme ça, debout, mais c'était encore des gamins, ils n'auraient pas osé. Un peu plus tard, ils seraient bons pour devenir des exhibitionnistes qui montreraient leur bite à toutes celles qui s'y intéresseraient, embusqués dans quelque portail sur le Malecón, mais pour l'instant ils restaient discrets.

À cette vue, la mère devient encore plus enragée. Elle piaffe de rage : « Allez-y, la branlette, la branlette ! Perdus que vous êtes, ça vous tuera ! Fichez le camp d'ici, tous les deux ! Dehors ! »

Elle attrape un bâton pour leur donner mais soudain elle se tourne vers la petite voisine allumeuse :

« Et toi, sale pute, tu fais ça pour le vice que t'as dans la peau ! Laisse-les tranquilles ou ils vont mourir ! Rien à manger et ils se branlent toute la journée ! Tu vas les tuer, garce de merde ! Tu vas les tuuuer !

– Hé, la mongole, oublie-moi, d'accord ? Je suis chez moi, je fais ce que j'ai envie, hé !

– Une pute finie, voilà ce que tu es !

– Oui, mais je fais travailler ma foune. Et je m'en tire vingt fois mieux que toi, que t'es une dingue et une porcasse. Beuh, quelle truie ! »

Les chiens se mettent à hurler, les poules se joignent au tapage et, dans tout ce tumulte, l'autre se dispose à enjamber le muret qui sépare les deux terrasses pour aller bastonner la petite voisine quand Nelson saute sur elle et lui arrache le bout de bois. Elle se débat en hurlant :

« Et toi t'es une putain finie ! Et toi, un branleur !

Enlève tes mains de moi à l'instant ! Lâche-moi, branleur pourri, ou...

– Arrête de m'insulter, con, arrête ! »

Maintenant c'est Nelson qui est hors de lui. C'est un homme de quatorze ans et il souffre de cette humiliation en public. Avec, pour arranger le tout, les éclats de rire narquois de la petite voisine qui en rajoute dans la provocation :

« Ouais, branleur, effronté, tu vas devenir fou à te pogner comme ça ! Cherche-toi une femme, plutôt ! »

Sur ce, elle tourne les talons, rentre chez elle avec un air dégagé et en roulant du cul. Déjà énervé, Nelson se cabre sous les moqueries de la pute. Il tire brutalement sur le bras de sa mère et l'envoie bouler contre le poulailler. Un bout d'acier mal coupé dépassait d'un coin de la cage. Il lui entre dans la nuque, par-derrière, jusqu'au cerveau. La malheureuse ne crie même pas. Les yeux exorbités, elle porte les mains à son cou, là où la pointe l'a frappée, et meurt dans l'épouvante. Aussitôt, un flot de sang épais et d'humeurs visqueuses jaillit de la plaie. Devant le regard horrifié de la morte, Nelson oublie d'un coup la haine qu'il ressentait envers elle. Effroi et chagrin l'emportent :

« Aïe, ma maman ! Qu'est-ce que j'ai fait ? Qu'est-ce qui se passe ? »

Il l'attrape, tente de la relever, impossible. Elle est embrochée sur la ferraille par la nuque.

« J'l'ai tuyée, j'l'ai tuyée ! »

Avec des cris de dément, il se précipite vers la balustrade et se jette la tête la première. Il ne sent pas son crâne exploser quand il s'écrase sur la chaussée quatre étages plus bas. Il est mort comme sa mère, visage figé dans le tourment et la peur.

Assise sans bouger sur son cageot pourri, la mamie a tout vu. Elle ferme les yeux, et c'est tout. Elle ne peut plus continuer à vivre. Trop, c'est trop. Son cœur s'arrête. Elle tombe en arrière, dos contre le mur, plus momie que jamais.

Reynaldo, lui, n'est toujours pas sorti de sa cachette derrière les volailles. Tout s'est passé très vite et il a encore la queue raide comme une baguette. Il se la range tant bien que mal dans le pantalon, la serre entre les cuisses pour la calmer, jusqu'à ce qu'elle se mette en berne d'elle-même. Sans voix, il va à la balustrade, se penche. En dessous, il y a son frère étalé au milieu de la rue, entouré de curieux et de policiers. Ils ont arrêté la circulation des deux côtés de San Lázaro.

Quelques secondes plus tard, les flics apparaissent sur le toit. Agressifs :

« Qu'est-ce qui est arrivé, ici ? »

Il ne peut pas répondre, Rey, alors il hausse les épaules et ne trouve rien d'autre que de sourire aux argousins. Qui en restent bouche bée : « Et tu rigoles, en plus ? Qu'est-ce que tu as fait, toi ? Allez, crache ! Qu'est-ce que tu as machiné ? »

Il sourit encore, incapable de penser. Et puis il arrive à bredouiller :

« Rien, rien... Je sais pas.

– Comment que tu sais pas ? Qu'est-ce que tu as fait ?

– Rien. Sais pas. »

Ils le menottent, le font descendre les escaliers, le mettent dans une voiture de patrouille et l'emmènent au commissariat, à quatre rues de là. Ils l'enferment dans une cellule au sous-sol, avec trois autres, et il reste là. La tête vide, abruti de stupeur.

Il faut trois heures aux spécialistes de la police criminelle pour arriver sur place. Ils travaillent tout l'après-midi, sans rien négliger. À cinq heures, le cadavre de Nelson est emporté à la morgue, aux côtés de celui de la grand-mère. Ils tardent un peu plus avec la mère : la nuit est tombée quand ils se décident enfin à la détacher du poulailler et à l'envoyer rejoindre les autres. Il est clair que quelqu'un a poussé volontairement le petit par-dessus la rambarde, et la femme sur cette barre de fer, puisqu'elle l'a prise par-derrière. La vieille a été victime d'un arrêt cardiaque, sans violence. Le problème, c'est qu'il n'y a pas de témoins. Personne n'a vu quoi que ce soit. Toujours pareil, dans ce quartier. Personne ne voit ni n'entend. Jamais un témoin.

Ils ont cuisiné Reynaldo trois jours durant. Hébété, il répétait tout le temps la même chose : « Je sais pas, j'ai rien vu.

– Où tu étais ? Qu'est-ce qu'ils t'ont fait ? Pourquoi tu les as tués ?

– Je sais pas, j'ai rien vu. »

Il avait treize ans. Comme on ne pouvait pas le juger, on l'a envoyé dans une maison de redressement, aux abords de La Havane. Un établissement très propre, au moins, avec des couloirs bien astiqués et tout le monde en uniforme impeccable. Ils l'ont fait examiner par un médecin, un dentiste, un psychologue, un instructeur de la police, un enseignant, mais Reynaldo est rentré encore plus dans sa coquille. Dissimulant ses sentiments, il ne pensait qu'à une autre chose : s'enfuir. Il ne supportait pas cette existence de merde, demander la permission pour tout, être réveillé à l'aube pour la gymnastique, retourner s'asseoir dans une salle de classe pour écouter des sornettes qu'il ne comprenait pas, ou ne voulait pas comprendre.

Au bout de trois ou quatre jours, à la douche, un grand balèze de nègre, de deux ans plus âgé, lui a montré sa pine. Un morceau gigantesque. Il s'est approché en tripotant ce monstre de la main droite : « Regarde, moitié d'Blanc, regarde voir c't animal-là ! Tu aimes ? Parce que t'as des jolies fesses, présentement... »

Rey ne l'a pas laissé terminer. Il s'était déjà jeté sur lui, poings levés, mais le bougre était couvert de savon, les coups glissaient sur lui. Les autres se sont regroupés autour d'eux et se sont mis à parier :

« Cinq contre un sur le Noir ! Il a aucune chance, le sang-mêlé !

– Moi, je vais à trois pour le petit, trois sur le métis ! »

Quatre gardiens ont déboulé tout de suite, en jouant de la matraque à droite et à gauche. Ils les ont séparés, leur ont ordonné de se rhabiller, seulement le pantalon, puis ils les ont emmenés au cachot. Obscurité complète, à peine la place pour bouger, une humidité permanente, les rats, les cafards... Il a fini par perdre la notion du temps, ne plus distinguer le jour de la nuit. Quand la faim et la soif sont devenues trop insupportables, ils lui ont apporté un bocal d'eau, une assiette en fer sur laquelle il y avait un peu de riz et des pois chiches bouillis. Au bout de cinq ou si fois la même pitance, ils l'ont sorti de là et l'ont renvoyé à son groupe. Il s'est senti redevenir humain, parce que dans ce trou il commençait à prendre l'odeur et le comportement des cafards. L'instructeur chargé de lui l'a conduit à son bureau. Il s'est assis à sa table, le laissant debout devant lui :

« Qu'est-ce qui s'est passé ?

– Ce Noir, là, il a voulu m'enculer.

– Exprimez-vous correctement. Ici, personne n'est noir ni blanc ni rouge. Vous êtes des pensionnaires, tous.

– Ah bon, m'est égal... Remplacez “Noir” par “pensionnaire”, alors.

– Vous vous croyez amusant ? – Silence. – Je vous ai posé une question.

– Non, je suis pas amusant.

– Je vais mettre les choses au point. Je suis responsable de vous, ici. C'est moi qui déciderai du temps que vous aurez à rester dans cet établissement. Vous avez treize ans. Si vous continuez à faire le malin et à causer du désordre, vous en aurez dix-huit et vous serez toujours ici. En plus, le jour même de votre anniversaire, vous serez automatiquement transféré en prison. C'est clair ? Sans aucune discussion, on vous enverra aux crocodiles... pour qu'ils vous mangent tout cru. Donc, je ne le répéterai pas, c'est à prendre ou à laisser : arrangez-vous pour avoir un bon comportement, un comportement constructif. Voyons si on peut vous aider. – Il s'est levé et, prenant un ton martial : – Vous pouvez disposer ! Rejoignez votre groupe ! »

Rey a fait demi-tour et il a quitté la pièce. Il est allé

s'asseoir sur un banc, dans la cour intérieure. Sans avoir à réfléchir des heures, il est parvenu aussitôt à la conclusion, à la règle du jeu : « Voilà, il faut être le plus dur possible si je veux sauver mon cul, mais sans que ce type me voie faire. Okay, on y va. »

Il est parti droit au réfectoire, et depuis ce moment il n'a plaisanté avec personne, n'a eu aucun ami. En regardant faire un petit Blanc pédoque qui savait bien dessiner, il a appris les tatouages. Heureusement, l'autre vicieux ne l'a plus cherché : il ne devait pas être aussi méchant qu'il s'en donnait l'air. Au cas où, il a effilé et taillé une brosse à dents qu'il gardait cachée sous son grabat. Des fois, il la sortait pour tâter la pointe, de quoi transpercer le cœur à celui qui viendrait l'embêter. Il avait envie de la passer sur le cou du Noir jusqu'à lui couper toutes les veines et le vider de son sang. Il avait la haine contre lui : croire qu'il était tafiole, lui ! Qu'il pouvait lui toucher les fesses et lui mettre la honte devant tout le monde. Mais non, pas question ! C'était un dur de dur, Rey. Il n'oublierait pas le cachot, tout ça à cause de ce pédé de négro, mais il n'allait pas se créer de problèmes. La nuit, il se branlait en pensant à la petite salope, la voisine, et au moment de décharger il répétait dans sa tête : « Je vais t'enfiler la moule, putasse, je vais te prendre à fond ! Attends que je sorte d'ici ! »

Le matin, il allait en cours. Pour rien. Il n'écoutait pas les professeurs. L'après-midi, il travaillait dans la vaste plantation d'orangers et de citronniers qui entourait le pénitencier. Ensuite, il se douchait. Il n'avait pas l'habitude de se laver tous les jours, l'eau et le savon ne lui plaisaient pas mais on le forçait et il obéissait. Ensuite, un peu de leur tambouille infecte, presque toujours quelques cuillerées de riz aux fayots avec un bout de patate douce ou de pomme de terre. Il regardait un peu la télé. À neuf heures, c'était le coucher obligatoire et le moment de la branlette. Certains profitaient de l'obscurité pour baiser en douce. Il les écoutait gémir tout bas. Un qui prenait dans le cul, l'autre qui lâchait sa purée. Quelquefois, il avait sauté des pédés mais ça ne lui disait rien. Lui, c'était les femmes. À l'école, il avait été avec deux petites, qui l'avaient laissé tomber pour la même raison : « Tu pues le poulailler ! Toujours cette odeur et tu te laves jamais ! T'es un cochon fini. » Il se souvenait d'elles, et comment : les nénés bien fermes, la motte fournie, le petit cul, les jolis traits, les cheveux très longs, et comment elles embrassaient, aaahhh... Il fallait sortir de là, sûr. Garder son calme. Jusqu'ici, tout allait bien. Il ne parlait à personne. Il se rappelait sa grand-mère toujours silencieuse et il se disait : « C'est le mieux. Causer à personne. Comme ça, pas d'embrouilles. »

Le seul qu'il fréquentait un peu, c'était le gars des tatouages. Il opérait avec une épingle, du savon passé sur un briquet à gaz en guise d'encre. Il lui fallait des jours et des jours pour en terminer un en se cachant des gardiens. Point par point, avec une patience infinie, et Rey restait là, à regarder. Pour paiement, il prenait deux ou trois paquets de cigarettes, un tee-shirt, un stylo... Un petit quelque chose. Pas un mauvais plan.

Avec un marqueur qu'on lui avait prêté, Rey s'est dessiné une colombe en plein vol sur l'avant-bras, près du poignet, côté intérieur. De cette façon, les gardiens ne remarqueraient rien et ne poseraient pas de questions.

Il a demandé au type de lui laisser son aiguille un moment, et comme il refusait Rey l'a attrapé par les oreilles et l'a expédié par terre. Sans broncher, l'autre a cédé. Après avoir pris le savon et le briquet, il est allé dessiner sa colombe. Ça faisait mal mais c'était plaisant. L'oiseau est bien sorti, nettement découpé en noir sur la peau. Sans les matons, il aurait continué comme ça, tout le corps décoré, mais il ne voulait plus d'histoires avec l'instructeur.

Un jour, un blondinet métis lui a dit qu'il voulait la même colombe pour lui.

« Qu'est-ce-que tu donnes ?

– Un paquet de cibiches.

– Jamais. C'est beaucoup de boulot.

– Un paquet maintenant et un deuxième en quinze.

– Ça va. »

Un mois plus tard, il avait exécuté trois tatouages sur commande, dont une Vierge cubaine, et il était à la tête de son propre négoce. Tout allait devenir plus facile, du coup : on le respectait, personne ne pensait à venir lui dire des bêtises. Rien de mieux que la routine pour ne pas voir le temps passer. Il a développé un goût pour l'herbe. Des fois, quand les gardiens étaient assez loin, il se fumait un joint parmi les orangers. Il aimait se sentir envahir par cette léthargie. Ce qu'il détestait, c'était l'école le matin, et encore plus le travail forcé l'après-midi, et se laver, manger, se mettre au lit tous les jours à la même heure. Comme un bébé. Une fois, il a lâché un pet en plein réfectoire et a failli se retrouver au cachot. Même ça, c'était interdit ! Pas une vie, con !

Pendant un moment, il s'est dit qu'il pourrait s'enfuir

par le verger. Sans en parler à quiconque, il s'est mis à étudier le terrain. Ça l'a occupé des mois durant et puis il a abandonné : il y avait toujours un maton posté là où on ne l'attendait pas, plus les chiens... Non, il valait mieux laisser tomber.

Après ce plan de fuite avorté, son attention s'est portée sur les perles génitales. À l'infirmerie, il y en avait toujours un ou deux dont la plaie s'était infectée. Ceux-là n'avaient pas de chance : on réduisait l'infection, oui, mais on les opérait et on leur enlevait la perle du gland. D'autres guérissaient bien, au contraire, sans que personne ne s'aperçoive de rien. Certains s'en mettaient trois, même. Ce n'était pas des perles, en fait, mais des billes d'acier provenant de roulements de bicyclette. Deux gus s'étaient spécialisés là-dedans. Un dimanche soir, Rey les avait observés tandis qu'ils attrapaient le membre du « patient », le désinfectaient à l'alcool et l'incisaient par en haut, près du gland. Ils ouvraient la peau, plaçaient une, deux ou trois billes et refermaient le tout avec du sparadrap. Ils se servaient d'une brosse à dents en plastique transformée en bistouri. Ensuite, ils nettoyaient l'incision tous les jours. Une semaine après, il était possible de savoir s'il y avait infection ou non. S'il devait aller à l'infirmerie, le patient devait raconter qu'il s'était tailladé tout seul.

Les deux types lui racontaient comment ces « perlouzes », selon l'argot des taulards, rendaient les femmes cinglées :

« Quand on sait s'en servir, les meufs grimpent au plafond, mon ti'gars.

– Combien vous demandez ?

– Combien que tu veux mettre ?

– Deux.

– On va s'arranger. Tu me fais un tatouage de Santa Bárbara dans le dos. Grande, hein ? Que ça couvre tout. Et après, on y va.

– Okay. D'abord tu me mets les perles, et quand c'est cicatrisé je te tatoue, moi. »

Rey était un métis de taille et de corpulence normales, ni très laid, ni très beau. Il ne se rappelait pas avoir jamais mangé de la viande, même de porc. Si c'était le cas, ça devait s'être passé quand il était tout petit, parce qu'il n'en avait aucun souvenir. Il était plutôt en bonne santé, pourtant. Ils lui ont greffé les deux billes d'acier, qu'ils tenaient à appeler des perles. Il n'y a pas eu beaucoup de sang. Pour mieux supporter la douleur, il a bu une gorgée d'alcool à 90° et quatre jours après la plaie était refermée, saine. De retour à la liberté, il allait pouvoir dire aux nanas qu'il était marin et qu'on lui avait mis ses perles en Chine. C'était ce que racontaient tous les types qui avaient fait ça en maison de correction. Personne ne disait qu'il avait été à l'ombre, personne ne disait la vérité. « Et qui la dit, dans ce monde ? pensait Rey. Rien que des mensonges, alors pourquoi je bobarderais pas, moi ? Marin, je serai ! Les marins, ils sont toujours pleins aux as et les meufs se collent à eux comme les mouches sur le sucre. »

Pour le reste, la vie au pensionnat était barbante. De temps en temps, l'instructeur le convoquait à son bureau. Il essayait toujours d'apprendre ce qui s'était passé sur la terrasse, ce matin-là.

« Allez, décide-toi, raconte. Aide-moi à faciliter ton cas. »

Mais les mots ne sortaient pas. Impossible. À chaque fois que la scène commençait à s'effacer de sa tête, ce couillon revenait l'emmerder pour qu'il se souvienne !

« Je sais pas, je sais pas.

– Mais comment tu ne saurais pas, petit ?

– Non. Je sais pas. »

Les mois ont continué à s'égrener, aussi monotones que depuis le début. Trois ans ont passé, il en a eu seize. Jamais une visite. Il n'avait personne. Pas d'amis, non plus, parce qu'il était amer et méfiant. Un solitaire.

Soudain, les chefs ont décidé que les vergers étaient mal entretenus. Ils ont réorganisé les groupes de travail. Ceux qui obtiendraient les meilleurs résultats auraient droit à un voyage à la plage. Et puis quoi ? Pour quoi faire ? Il ne savait pas nager, de toute façon. Il s'en fichait, de la plage, alors il a poursuivi sur le même rythme : subir, en faire le moins possible, dessiner des tatouages et s'envoyer un peu d'herbe quand il y en avait. Un matin, il y a eu rassemblement général et ils ont félicité le groupe de Rey : c'étaient eux les meilleurs. La récompense consistait à passer un samedi soir à Guanabacoa. Le grand luxe. Il y aurait un orchestre de salsa à la maison de la culture. Le chef du groupe a levé la main pour demander la parole :

« Au début, vous aviez dit que ce serait toute une journée à la plage, le prix.

– Non. Ça, c'est pour une autre fois.

– Compris. Je sollicite l'autorisation de me rasseoir.

– Accordée. »

Il s'en fichait, Rey. Il ne savait pas plus danser que nager, il n'aimait pas la musique ni la mer, alors au diable ! Il était indigné par cette récompense pourrie. Il devait y aller, c'était obligatoire, mais il allait s'asseoir dans un coin en attendant que ça se passe. Il est resté de mauvaise humeur plusieurs jours et le fameux samedi il était encore plus en pétard, mais il n'a pas cherché la dispense, sachant qu'ils ne la lui donneraient pas. Il aurait fallu avoir une chiasse terrible ou quarante de fièvre pour rester derrière. Il est monté dans le bus sans faire d'histoires. Quatre gardiens les accompagnaient. Ils sont arrivés à la maison de la culture, on les a installés tous ensemble, avec les matons dans les allées. L'orchestre a débarqué, le concert a commencé. Ils jouaient bien. Bonne salsa, très bonne. La salle a commencé à se remplir de jeunes. Tout le monde dansait, sauf lui. Eux, ils étaient vingt-trois internes, en uniforme gris, des gosses de treize à dix-huit ans qui remuaient en rythme sur leur chaise et mataient comme des perdus les nénettes qui se déhanchaient sérieux, en minijupe, le nombril à l'air. C'était la nouvelle mode, de montrer son nombril. Les gardiens se sont détendus, eux aussi. Ils dansotaient sur place, en conservant un air sérieux et vigilant. L'érotisme de la danse envahissait la salle et la musique n'arrêtait pas de fouetter les sens, mais Rey, lui, restait mal luné. Et il avait envie de pisser, maintenant ! Un besoin urgent. Les toilettes pour hommes se trouvaient à droite, vers l'entrée. Il a demandé la permission d'y aller. « Ouais, vas-y et dépêche. »

Après avoir uriné, il est revenu au concert. La bande de pensionnaires et leurs gardes étaient à l'avant, à une quarantaine de mètres. Entre eux et lui, l'espace était bondé de danseurs surexcités, en nage. Personne ne regardait dans sa direction. Tranquillement, sans penser à rien, Rey a marché jusqu'à la porte. Comme on ne lui posait pas de questions, il est sorti et il a continué sur le trottoir, droit devant. Il ne savait pas où il allait, ni même pourquoi il le faisait. Il a quitté le village, passant devant un cimetière. La nuit était très noire. Il se sentait bien. Il allait lentement, à un pas de promenade, sans se presser. Après le cimetière, il y avait quelques maisons de chaque côté de la route. Sur un fil, du linge séchait. Quelques chemises, un short, un tee-shirt. Ils se couchaient tôt, par ici. « Hé, c'est cadeau pour moi, con ! » Il a attrapé les vêtements et il a poursuivi son chemin. Plus loin, il s'est changé, abandonnant son uniforme dans un fossé. Il était en civil, maintenant. Bon, il avait le crâne rasé, mais plein d'hommes libres l'avaient aussi...

Il a continué dans les ténèbres. Au loin, à gauche, on voyait la flamme de la raffinerie et encore au-delà les lumières de la ville. Est-ce qu'ils étaient à sa recherche ? S'ils le rattrapaient, il finirait au cachot et ça, c'était grave. Mais non, il n'y avait aucune raison qu'ils le retrouvent. Et en plus, il s'en foutait. « Au total, s'est-il dit, j'ai rien à faire dehors, ici, et là-bas non plus. Pourquoi les gens viennent au monde ? Rien que pour mourir après un temps ? Puisqu'il n'y a jamais rien à faire. Je comprends pas pourquoi se donner tout ce mal avec ça. Il faut vivre, se castagner avec les autres pour qu'ils te baisent pas et le résultat final, c'est que tout est de la merde. Ah, dedans, dehors, rien à battre ! »

Il a marché jusqu'à n'en plus pouvoir. Il était déjà près du port. De là, on voyait bien les bateaux, illuminés au milieu de la baie. C'était une zone d'usines, d'entrepôts, de terrains vagues immenses, couverts de ferraille attaquée par les ronces, d'épaves de voitures, de bidons rouillés. Abandon et désolation. Pas une âme alentour. Comme il avait sommeil, il s'est glissé entre ce fourbi, sous les buissons de cet endroit perdu. Il s'est installé dans un vieux container vide, loin de la route. Personne ne pourrait le remarquer. Et il s'est endormi.

À son réveil, le soleil était haut dans le ciel, brûlant. Rey demeurait sans bouger, l'oreille tendue, aux aguets. Il enregistrait le tintamarre des camions qui se croisaient sur la route, des bruits de machines venus de diverses usines, un marteau pneumatique, quelques cris... Tout ça plutôt loin. De près, il n'entendait que des pépiements d'oiseaux qui devaient être perchés sur des branches à quelques mètres. Une rafale de vent frais l'a sorti de sa torpeur. Il s'est étiré, s'est levé en bâillant. Il a inspecté les abords avec prudence, et ce qu'il a découvert lui a plu : une mer de débris rouillés, des mauvaises herbes, quelques arbres, le calme et le silence. Devant, on voyait quelques ateliers et, après une légère pente, c'était la baie, avec plusieurs bateaux ancrés là en attendant leur tour d'entrer au port. Malgré la lumière aveuglante, il a pu distinguer plusieurs silhouettes en train d'aller et venir dans un dépôt d'ordures, des enfants et des adultes. Il avait faim, il s'est dit qu'il trouverait peut-être quelque chose dans les immondices mais il y avait tout le temps des gens là-bas. Quand les uns s'en allaient, d'autres arrivaient. La nuit est tombée. Soudain, il a remarqué une faible lueur, dans la direction des ordures. Quelqu'un qui lui donnerait à manger, qui sait ? Il s'est approché en prenant toutes ses précautions. Trois hommes et une femme, très sales. Faisaient-ils partie des vagabonds qu'il avait vus pendant la journée ? Ils avaient de bonnes têtes, en tout cas. Sans un mot, ils se tenaient autour d'un petit brasero, bien visibles dans l'obscurité. Au prix d'un grand effort, il a fini par se décider à les aborder : « Bonsoir. » Ils l'ont dévisagé sans répondre, tendus, sur la défensive. En guenilles.

« Vous auriez quelque chose à croûter qu'on pourrait...

– Non ! » l'a coupé l'un des hommes.

Un autre s'était levé, un bout de planche à la main, menaçant :

« Va, va, passe ton chemin ! »

Rey a reculé de quelques pas en restant face au groupe. Il a insisté :

« C'est que j'ai la dalle...

– Nous aussi. Allez, ouste, dégage !

– C'est ce qu'on dit aux chiens.

– Et tu en es un. Va, j'ai dit ! Hors d'ici ! »

Il est retourné à la route. Deux bennes sont arrivées pour décharger des ordures, lui couvrant le visage de poussière. Il marchait vite. Derrière les camions, il y avait une voiture de police qu'il n'a vue qu'au dernier moment, trop tard pour se cacher. Il a failli en chier dans son froc, mais ils sont passés à toute vitesse devant lui. Il a lâché un soupir de soulagement. Deux secondes plus tard, les flics interceptaient les deux bennes. Rey s'est faufilé entre les ronces pour caguer. Il était un peu constipé, il avait mal au cul, donc ce coup de trouille tombait à pic pour lui vider les intestins. Après s'être essuyé avec un pan de sa chemise, il a regagné sa cachette et, de là, il a observé toute la scène. Deux autres véhicules de patrouille avaient surgi. Ils inspectaient les camions, demandaient leurs papiers aux chauffeurs, discutaient, attendaient, discutaient encore... Finalement, chacun est reparti de son côté. Qu'est-ce qui avait bien pu se passer ? Rey s'est endormi, bientôt réveillé par une faim de loup. Il faisait encore nuit. Il s'est levé et il s'est mis lentement en marche. Il n'était jamais pressé. À quoi bon ?

L'aube pointait quand les premières maisons de Regla sont apparues. Il n'était encore jamais venu dans ce hameau, de l'autre côté de la baie. Tout le temps qu'il avait vécu à San Lázaro, il n'avait pas quitté le quartier. Il écoutait les gens parler du Cerro, de Luyanó, de Regla, de Guanabacoa mais eux, ils ne bougeaient jamais. Et après, il y avait eu trois ans et demi enfermé...

Est-ce qu'ils le cherchaient ? Il s'en fichait. Il s'est assis dans le recoin d'une porte, en attendant qu'il fasse jour. Il était habitué à avoir faim, depuis toujours. Combien de temps sans manger ni boire, cette fois ? Deux nuits et une journée. Appuyé contre le mur, il n'était pas loin de s'évanouir. Peu après, un petit kiosque a ouvert à quelques pas de lui, les premiers passants sont apparus. Ils s'arrêtaient, prenaient un café. Certains achetaient un friand. La faim, la soif et la marche l'avaient épuisé, il était au bord de la nausée, mais il a réuni ses forces pour se traîner devant le kiosque. Il a tendu la main : « S'il vous plaît, c'est pour manger. » Les types lui ont lancé des regards dégoûtés, comme si c'était un chien galeux. Le patron de la gargote l'a apostrophé : « Allez, déguerpis ! » Il s'est éloigné un peu, gardant la main tendue : « Aidez-moi pour manger... » Un vieux Noir s'est arrêté à sa hauteur. Il était vêtu pauvrement, avec trois colliers colorés autour du cou :

« Qu'est-ce qui t'arrive ?

– Aidez-moi, señor, que je puisse manger...

– Pourquoi tu travailles pas, ti'gars ? Jeune comme tu es !

– Aidez-moi, señor... »

Le vieux lui a donné quelques pièces avant de poursuivre son chemin. Rey s'est payé un friand. Il l'a avalé sans hâte. Avec le reste de l'argent, il n'avait pas de quoi s'acheter une boisson. Il l'a posé sur le comptoir.

« Quelque chose à boire.

– Non. C'est un peso et tu as vingt centavos ! Allez, dégage ! Je te l'ai déjà dit.

– Un peu d'eau.

– Y en a pas ! Va-t'en ! Tu m'entends pas ? »

Il est parti pour de bon, en continuant à mendier. Personne ne lui a donné une pièce de plus. Le soleil cognait dur, maintenant. Il s'est mis à observer le bar-cafétéria d'en face. Ils vendaient du pain et des croquettes, des boissons fraîches, du rhum, des cigarettes. Il s'est assis sur le trottoir, en attente. Bientôt, deux clochards sont arrivés. Ils ont entrepris de fouiller la poubelle devant le bar. De fond en comble, mais sans rien trouver : ils sont repartis les mains vides. Dans le passage entre les deux immeubles, l'un des cuistots est sorti jeter des restes dans un seau. Un ragoût immonde, qui sentait le pourri, et sur lequel flottaient des quignons de pain, des bouts de croquettes, des épluchures de mangues. Rey est allé prendre le seau et il est reparti sur le trottoir. Un gamin qui l'avait vu a crié à l'employé : « Hé, l'ami, il avalé le manger aux cochons ! » Le patron du kiosque l'a hélé : « Hé, toi, disparais ! Qu'on te voie plus ! » En dépit du scandale, Rey lui a souri et lui a redemandé un verre d'eau. « Y a pas d'eau, y a rien pour toi. Je t'ai dit de foutre le camp de là, ou j'appelle la police ! »

Plus vite maintenant, Rey a filé vers les quais. Arrivé là-bas, il s'est caché dans un coin et il a regardé le débarquement des passagers de la vedette qui faisait la liaison avec La Havane. En face, il y avait un jardin public et l'église de la Vierge de Regla. Lui-même n'avait pas idée de ce que la religion ou les églises pouvaient être. Ni sa mère, ni sa grand-mère n'avaient une seule fois abordé le sujet devant lui. Dans son ancien quartier, des gens portaient des colliers, on entendait le tambour sonner, on voyait des autels, mais tout ça n'avait jamais eu le moindre sens pour lui. Qu'est-ce qu'ils recherchaient avec ça, les gens ?

Il a contemplé les allées et venues devant l'église. Qu'est-ce qu'ils pouvaient bien fabriquer, là-dedans ? Il s'est assis sur un mur. Sa vie s'écoulait lentement, toujours. Des heures à attendre, sans rien faire. Des jours, des semaines, des mois. Avec le temps qui passait, peu à peu. Par chance, il ne pensait pas beaucoup. À rien. Il se contentait de contempler les alentours. Surtout les femmes. Peinard, tranquille. Il n'y avait rien qui méritait de se prendre la tête avec.

Trois vieux poivrots descendaient la rue en chancelant et en se passant une bouteille de rhum. Maigres, sales, hirsutes, à peine couverts de haillons, mais très animés. Ils poursuivaient une conversation assourdissante, chacun voulant parler plus fort que l'autre. Ils se sont installés près de Rey et ils ont continué avec leur tchatche d'ivrognes professionnels. Comme l'un d'eux lui avait lancé un coup d'œil, Rey a tendu la main par simple automatisme. « Donnez-moi quelque chose pour manger. »

Le poivrot l'a regardé gravement, en se reculant un peu avec affectation, et même en levant le bras droit pour souligner l'importance de ce qu'il allait dire. Puis, en butant sur les « r » :

« C'est la première fois dans l'histoire de l'humanité, vous m'entendez ? La prrremière fois qu'un crève-la-faim demande la charité à un autre crrrève-la-faim.

– Pour manger, señor.

– Mais où ils sont, tes yeux ? Dans ton cul ?

– C'est que j'ai faim...

– Ah, la faim t'a mascagné ! Tu vois plus clair et tu comprends plus que dalle. Écoute, écoute-moi bien ! » Il l'a pris par les épaules, l'a serré contre lui avec une effusion de vieux camarade. « Bois un coup, va ! Manger, c'est rien. C'qu'y faut, c'est picoler, et oublier ses peines. Chagrins d'amour, soucis d'argent ou de santé... Nous venons en ce bas monde pour souffrir. Dans cette... vallée de larmes.

– J'ai pas de soucis. J'ai faim, c'est tout.

– On a tous faim ! Mais c'qu'y faut, c'est boire. Tu veux une clope ?

– Je fume pas.

– Alors une rasade. Vas-y.

– Non.

– Bois !

– Non.

– Allez, petit, prends-toi un bon coup de gnôle ! Sois pas mal élevé. »

Attrapant la bouteille, Rey a bu une petite gorgée. C'était de la mort-aux-rats, qui lui est tombée dans le ventre comme une bombe.

« Voilà, ça c'est sérieux ! Fume-toi une clope, maintenant.

– Non, non. Donne-moi une pièce pour que je mange.

– Et va caguer avec ton manger ! Y a pas de bouffe, j'te dis ! Rhum et tabac, voilà ce qu'y a ! »

Rey s'est levé pour s'éloigner un peu, fatigué par ces radotages de soûlard sous un soleil pareil. Mais ils le rappelaient déjà : « Hé, arrive, arrive par là ! » Ils fouillaient leurs poches, tous les trois. Ils ont réuni quelques pièces qu'ils lui ont données. Rey a accepté.

« Merci.

– Non. Merci, non. Rappelle-toi bien ce que j'm'en vas te dire : les hommes, y boivent du rhum. On peut pas demander de la thune pour manger. C'qu'y faut, c'est boire, boire et boire et...

– Ouais, ouais, laisse tomber. »

Il est entré au bar le plus proche en pensant : « Eux, ils sont encore plus bas que moi. Y a toujours quelqu'un plus pire que l'autre. Au moins je suis pas un soûlot, moi. » Il a acheté une boisson, deux petits pains fourrés. Une pizza, c'était cinq pesos. Pas dans ses moyens.

Cette nuit-là, il n'a pas eu la force de retourner à sa tanière du terrain vague. Il s'est mis contre un arbre dans le jardin de l'église et il s'est endormi. Vers minuit, des coups de feu l'ont réveillé. Les yeux encore embrumés de sommeil, il a aperçu deux policiers en train de courir derrière un Noir squelettique. Ils ont disparu dans une ruelle. Derrière eux venait un gros type très blanc, l'air d'un étranger, qui se hâtait péniblement. Rey s'est rendormi jusqu'à l'aube. À nouveau des flics. Il a cherché à mieux se cacher et, sans réfléchir, il est entré dans l'église. Là, il y avait beaucoup d'obscurité, et des pantins accrochés çà et là aux murs. Les gens ne faisaient rien. Ils s'agenouillaient, se rasseyaient, allaient allumer des bougies, chuchotaient. Une petite Noire est arrivée dans la nef, habillée tout en bleu. Elle a enlevé ses chaussures et elle a entrepris de se traîner à genoux tout du long, jusqu'au pantin noir et à la croix, pour y déposer des fleurs. Et elle est restée là-bas un bon moment, sans bouger. Ennuyeux à crever, quoi. Ça ne lui plaisait pas du tout. Il ne comprenait rien à rien, ici. Il s'est seulement rappelé que sa mère, quand elle était en colère, répétait tout le temps : « Je chie sur Dieu, bordel, je chie sur Dieu ! »

Il est ressorti. Les flics étaient toujours dans les parages, mais ils ne lui ont pas prêté attention. Assis à la porte du temple, un petit vieux récoltait les aumônes dans une caisse en carton. Il avait un pantin pareil que celui de l'église, seulement plus petit. Presque tous ceux qui passaient par là lui jetaient des pièces, voire des billets. Il lui manquait les deux jambes, à ce vieux. Il y avait une chaise roulante à côté de lui. Après l'avoir observé un moment, Rey s'est décidé à l'aborder :

« Dites, señor, comment ça marche ? Où on les trouve, ces pantins-là ?

– Quel pantin, ti' gars ?

– Celui que vous avez.

– Lui ? C'est San Lázaro, fiston !

– Mais... Non, ça se peut pas. San Lázaro, c'est la rue où que je vivais !

– Non, ou... Si, mais... Ah, m'embrouille pas, toi ! J'accomplis une promesse que j'ai faite à San Lázaro, présentement. »

Et il s'est détourné de Rey, qui est resté près de lui, les yeux fixés sur la caisse. Il y avait une tonne de fric, là-dedans. S'il s'en emparait et s'enfuyait à toutes jambes, personne ne pourrait l'arrêter... Quoique, si : les deux connards de policiers traînaient toujours dans le coin. Devinant les intentions du gamin, le vioque a sorti un gros câble électrique terminé par une vis au bout. Il le planquait sous lui. Avec ce truc rigide en main, il a attiré le carton à lui en défiant Rey du regard. Ah, maintenant il la voyait bien, sa gueule de vieux fils de pute !

« Je vais rien vous faire, eh !

– Tire-toi de là.

– Prêtez-moi le San Lázaro quand vous avez fini avec, c'est tout.

– Arrête de m'enquiquiner et dégage.

– Vous voulez pas le prêter ?

– Ça se prête pas, les saints ! Disparais ! »

Rey lui a tourné le dos. Il s'est reniflé sous les bras.

Il empestait la sueur et la saleté mais il aimait cette odeur. Elle lui rappelait la maison. Sauf qu'il ne voulait pas de souvenirs, de rien ni de personne. Il les a effacés de son cerveau. Des gens vendaient des fleurs, des bougies, une grosse vieille qui proposait des mangues. Tout ça devant l'église, avec les flics un peu plus loin. Il avait faim, à nouveau. Quel emmerdement, de devoir chercher à manger, et encore chercher, et encore... Le soleil brûlait sur la place, entre l'église et les quais. La vedette est arrivée, dégorgeant une masse de gens qui se bousculaient pour sortir plus vite. « Pourquoi ils sont si pressés, puisque de toute façon ils finiront par mourir ? » s'est dit Rey.

Quelqu'un de très noir et très corpulent s'est dégagé du groupe. Un grand jupon, un chemisier flottant et un foulard, tout en blanc et bleu, pareils que les colliers qu'elle portait au cou. Elle s'est dirigée droit sur l'endroit où Rey se tenait, s'est agenouillée devant un arbre de la passion aux grandes branches. Elle s'est signée, a prié un moment, puis elle a sorti de son sac quelques fruits, des épis de maïs grillés, une noix de coco, des bananes, une statuette de saint avec la tête détachée du corps, des pièces de monnaie, des clous, des rubans de couleur. Elle a arrosé tout ça de miel, a grommelé encore un peu, s'est signée à nouveau, s'est relevée et a disparu dans l'église.

« Oh, ça c'est bien, con ! » s'est dit Rey. La seconde d'après, il était allé ramasser toute cette offrande. Il a mangé les fruits, même s'ils étaient à moitié pourris. Il a pris les pièces, puis il a arrangé le saint avec les rubans dans une caissette en carton qui traînait par là. Il s'est posté non loin de l'entrée de l'église. À chaque fois que quelqu'un passait, il agitait sa caisse, l'argent et les clous tintaient dedans et il marmonnait une litanie de quémandeur.

Les jours ont passé ainsi. Un bon coup, le truc du saint. Piécette par piécette, il se faisait quelques pesos avant la tombée de la nuit, et personne ne l'embêtait. Il pouvait se payer une pizza toute chaude, des croquettes. Chaque jour un peu plus crade, mais par chance il était pratiquement imberbe et il n'avait pas besoin de se raser.

Des fois, d'autres mendiants faisaient leur apparition. Ils rôdaient autour de lui, tentaient d'engager la conversation. Il les regardait sans répondre. C'était mieux comme ça. Ils pensaient qu'il était sourd-muet. Quand ils insistaient trop, il allait s'installer un peu plus loin. L'humanité lui tapait sur les nerfs. Il ne voulait entendre personne. Et puis il s'est lassé de rester toute la journée avec son pantin et sa caisse à la main. Alors il est parti sans but, il s'est retrouvé sur la route. Bientôt, il est arrivé sur le terrain vague. Un orage d'été approchait, avec beaucoup de vent et du tonnerre. C'était presque désert, par ici, et personne ne l'a vu se faufiler parmi les ronces. De méchantes rafales de pluie sont tombées, et la bourrasque, et les éclairs. Il s'est mis dans le vieux container. Il aimait bien cet endroit, il y était en sûreté. Il s'est déshabillé entièrement, a rangé au sec la caisse, le saint, l'argent, quelques bouts de pain, et il est sorti tout nu sous l'averse torrentielle. Il s'est lavé un peu. Ça l'a rafraîchi, au moins. Il n'avait jamais été ami avec l'eau. C'était de famille, visiblement. Mais cette pluie froide l'a revigoré. Il s'est frotté la pine, les baloches, du mieux possible, et bientôt il lui est venu une érection. La première depuis des jours. Il ne se rappelait même plus qu'il en avait encore une, et qu'elle pouvait redresser la tête. Obstinée, la pluie faisait comme un rideau autour de lui. Il était seul, au milieu des ronces et de la ferraille tordue. La pine bien levée, et vas-y que je frotte et... ah, quel bonheur ! Il s'est masturbé en jouant avec la pluie. Comme avec son frère sur le toit, quand ils étaient petits et qu'ils jouaient sous l'averse. Tout en se branlant, il rigolait en se rappelant ces moments. Et il a fini par larguer le sperme. Beaucoup de sperme. Ouf... Voilà, il était calmé, maintenant. Il a continué à se laver et à se souvenir. Ça faisait des siècles que sa mémoire ne fonctionnait plus et... « Et merde, j'ai pas à me rappeler de rien, de rien ! » Il a crié très fort, à l'abri de cette cascade de pluie.

Ensuite, il a un peu nettoyé son linge et il resté nu sous son abri. Quand l'orage est passé, c'était un gars tout neuf, reposé. La nuit est tombée, c'était plaisant aussi. Il a fait quelques pas dehors. Là- bas, du côté de la ville, il y avait un beau coucher de soleil. Il l'a contemplé un moment, envahi par une agréable impression de paix et de bien-être. Mais elle n'a duré que quelques secondes. Déjà, il jetait un regard méfiant à la ronde. La peur d'être poursuivi ne le lâchait pas. Ils étaient peut-être sur sa piste... Non, personne dans tout ce coin. L'instant d'après, il dormait.

Le lendemain, il a renfilé ses frusques encore humides et il est parti au hasard, le saint à la main. Il n'était pas pressé. Il s'est distrait en regardant tranquillement les ouvriers qui entraient et sortaient des usines, les femmes, quelques dockers en train de décharger des caisses de poisson congelé... Puis il est allé de l'un à l'autre, armé de sa statuette, mais personne ne lui a donné un rond. Certains lui ont lancé d'un ton méprisant : « Va donc gratter, au lieu de te donner en spectacle ! » L'un des dockers noirs s'est approché, lui a tâté le biceps :

« T'es maigre mais costaud. Ils embauchent, par ici. Viens avec nous et laisse tomber ton saint à la gomme ! » Rey s'est dégagé sans répondre mais le gros balèze continuait à jouer les malins : « Il est zinzin ou il fait le con ? » a-t-il demandé à ses collègues. Rey a continué son chemin en pensant : « Quel travail, le con de ta mère ! Jamais je travaille plus de ma vie ! »

Une heure après, il était à Regla. Devant l'embarcadère de la petite vedette, il a été pris d'une soudaine impulsion : il a payé son passage et il est monté à bord. Pour la première fois Rey allait sur l'eau et il avait un peu peur. Le bateau s'est rempli de gens. Rey croyait qu'ils iraient directement à La Havane mais non, ils ont remonté jusqu'à la sortie de la baie, pris à droite et se sont arrêtés à Casablanca. Il est descendu tout de suite, avec quelques autres. Après avoir chargé de nouveaux passagers, la vedette est repartie, cette fois en traversant la baie pour accoster de l'autre côté, à La Havane. Rey l'a suivie des yeux. Il avait aimé ça, naviguer, mais il craignait de retourner là-bas. Il s'était enfui depuis des jours, ils ne devaient plus le chercher, mais il n'avait pas confiance.

À Casablanca, on lui a donné quelques pièces. Un

monde fou attendait la micheline de Hersey. La vieille motrice est entrée en gare, traînant ses sommaires wagons derrière elle. Elle assurait la liaison avec Matanzas, à une allure de tortillard. Une femme a dit à une petite fille qui se tenait près d'elle : « Tu vas voir quel beau voyage c'est, à travers la campagne. » La seule campagne que Rey connaissait, c'était la plantation d'orangers de la maison de correction et il n'aimait pas du tout. Pour lui, c'était synonyme de soleil écrasant, de travail, de fourmis venimeuses, d'épines, d'égratignures, de ventre creux toute la journée. « Ça pourrait être autrement, la campagne ? s'est-il dit. Ça m'étonnerait ! » Un moment, il a été tenté de monter et d'aller à Matanzas, lui aussi, mais il a renoncé à l'idée. Toujours avec son saint, il a continué en traversant quelques rues. Ça grimpait. Un chemin en terre battue, avec des mauvaises herbes, et soudain il s'est retrouvé devant l'immense statue toute blanche du Christ de Casablanca. « Les gens fabriquent des pantins et les mettent partout, a-t-il pensé. Mais aussi grand que ça, comment ils ont fait ? »

Personne en vue. De là, on voyait bien toute la baie. C'était la bonne hauteur. Il aimait dominer tout le reste, en tout cas de cette manière. Il était seul là-haut, le grand observateur. Une impression de puissance. Son regard embrassait les quais, les navires, les humains minuscules qui s'agitaient en bas, les camions, les petits bateaux de pêche, la foule sur le Malecón et enfin la ville, la ville sans fin qui se perdait dans la brume de chaleur et les reflets du soleil aveuglant. À droite, les grands immeubles décatis de son quartier. La Havane-centre restait toujours aussi belle et pimentée, attendant un peu de maquillage. Inconsciemment, il a laissé dériver ses yeux vers un bâtiment précis, à une centaine de mètres du bord de mer. Il était là, son toit. Toujours pas effondré. Son cœur s'est emballé, prêt à sauter de sa poitrine, et tous les souvenirs sont revenus en bloc. Sa mère, une demeurée, oui, mais c'était sa mère, il l'avait aimée quand même ; son frère qui s'était jeté de la terrasse, la mamie qui n'avait pas pu résister, lui affolé, perdu derrière le poulailler... Il a senti les larmes couler. « Quelle horreur ! Mais qu'est-ce qui me prend ? Pourquoi ça ? Oui que je veux les oublier, mais je peux pas. Je chie sur Dieu, merde ! Je voudrais oublier et j'arrive pas. La terrasse là-bas et moi devenu un vagabond, sans savoir où me mettre. Et les pigeons, les chiens, les poules, qu'est-ce qu'ils seront devenus ? » Il ne pouvait plus arrêter de pleurer, maintenant, comme un gosse. Il est resté des heures sans bouger, désespéré, impuissant, à penser à sa famille détruite en quelques secondes. Assis avec le saint décapité dans la main. Pour la première fois de sa vie, il s'est senti désemparé, abandonné de tous, esseulé. Et la colère est venue. Les larmes se sont arrêtées, il a commencé à se frapper la tête, le visage. À se corriger de lui-même. Ne pas se souvenir ! Jamais ! Il ne pouvait pas se le permettre. Et les coups ont continué, rageurs. Il a pris une pierre, s'est cogné de plus belle. Il avait très mal, il était hors de lui, et il a continué ainsi jusqu'à être en sang. Pour avoir pleuré, pour s'être laissé aller aux regrets.

Blessé, meurtri, il était toujours sous l'emprise de la haine et de la rancœur. Il a pensé à sa mère, qui lui donnait des raclées en criant : « Pleure pas, merde, pleure pas ! Les hommes pleurent pas ! » Tout en le battant comme plâtre. « La prochaine, a-t-il résolu, je me tape la calebasse contre un mur jusqu'à en crever. Il faut oublier, tout. » Qu'est-ce qui lui avait pris, de tomber dans ces conneries ? C'était incompréhensible. Pour la première fois, il avait repensé à tout ça et... Il ne pouvait pas pleurnicher et s'apitoyer sur lui-même comme un marmot. Rey était un homme et les hommes doivent être durs, ou bien ils meurent.

Le soir tombait quand il a enfin été capable de se relever. Il n'avait ni faim ni soif. Et il n'est pas redescendu de la colline. Il est resté au pied de la statue, regardant les lumières éparses de la ville s'allumer. C'était beau. Aux alentours de la terrasse, tout restait obscur. On ne la voyait plus. Il n'avait plus de larmes en lui, au moins. Il avait beaucoup pleuré, mais il n'y avait rien à faire. Rien. Sauf continuer à vivre, jusqu'à ce que son tour arrive.

Il a passé la nuit là. Mauvais sommeil. Il s'est réveillé à plusieurs reprises et son regard revenait toujours à la ville. À chaque fois, sans même qu'il l'ait voulu, ses yeux revenaient à ce petit bout de terre qui avait été son quartier. Le lendemain, il est reparti à la gare, il a erré un peu à travers la ville. Dans une cafétéria, on lui a donné quelques restes qu'il a mangés. Il avait une allure épouvantable, maigre comme un fil, des oreilles immenses, ses cheveux emmêlés de métis qui poussaient à une vitesse vertigineuse, les lèvres, les joues, le front couverts de bleus et de plaies, du sang coagulé partout, en haillons, sale... Une catastrophe ambulante. On aurait dit un chat de gouttière en chaleur. Les gens le regardaient avec un mélange de dégoût et de pitié, mais ils ne le laissaient pas s'approcher.

Au crépuscule, il est remonté aux pieds du Christ. Il n'a pas pleuré, cette fois. Un regard tranquille sur son ancienne maison, il a commencé à jouer avec l'idée de retourner là-bas et tenter d'élucider ce qui s'était passé. Il n'était qu'un gosse quand ils l'avaient emmené. Là, il avait seize ans. Il s'est rappelé que la voisine, la mère de la cavaleuse, était une brave femme. Elle pourrait peut-être l'aider.

Il a décidé de traverser la baie jusqu'à chez lui. En trois ans et quelque, il avait beaucoup changé. On ne le reconnaîtrait pas facilement, même ses anciens copains. Est-ce qu'ils élevaient toujours des pigeons ? Pour les pauvres, le temps s'écoule différemment. Ils n'ont pas d'argent, donc pas de voiture pour se balader ou voyager, ni une bonne chaîne pour écouter de la musique, ni une piscine, et ils ne peuvent pas aller aux courses hippiques le samedi, ni au casino... Le pauvre, dans un pays pauvre, doit se contenter d'attendre que le temps passe et que son heure arrive. Et pendant cet intermède entre la naissance et la mort, le mieux est d'essayer de ne pas chercher les ennuis. Des fois, certains se les cherchent, cependant. Et les ennuis tombent du ciel, aussi. Comme ça, gratuitement. Sans qu'on les ait cherchés.

Sa décision était prise, de toute façon. Mais une chose est de décider de traverser la baie, une autre est de le faire pour de bon. Et c'est ainsi qu'il est retourné à son vieux container rouillé, où il se sentait en sécurité, protégé par sa solitude.

Il y a passé des jours et des nuits. Pour la première

fois de sa vie, il était confronté à un dilemme. Jusqu'alors, d'autres avaient choisi pour lui, toujours. Un soir, il est allé au port. Il a mis quelques pièces dans la paume du contrôleur et il est monté dans la vedette. Il avait de la concurrence : un vieux Noir efflanqué, tête rasée, couvert de tatouages, qui ne cessait de taper sur un petit tambour. Le show permanent. Il n'arrêtait pas une seconde, tout en tendant une casquette à la ronde. Quelques touristes l'ont pris en photo, d'autres se sont approchés pour mieux voir les centaines de tatouages qui lui couvraient le corps. Il a enlevé sa chemise, remonté son pantalon pour les obliger. Un nègre sympathique. Il souriait, se démenait sur son petit tambour, faisait des grimaces, souriait encore. Les gens le regardaient, très amusés, mais personne ne lui a donné un rond. En un éclair, ils étaient de l'autre côté de la baie et Rey s'est découvert en train de remonter l'avenue du Port.

Il était sept heures du soir mais le soleil était encore haut, et cuisant. Arrivé devant l'hôtel Deauville en marchant lentement, il s'est assis un moment sur le parapet pour souffler. Il y avait peu de monde. La nuit tombée, l'endroit pullule de cavaleuses et de maquereaux, de travestis, de camés, de provinciaux qui ne comprennent rien à ce qui se passe. Voyeurs, vendeuses de cacahuètes ou de fleurs, trafiquants de rhum et de cigares d'imitation mais aussi de vraie cocaïne, petites putes tout juste importées de l'intérieur du pays, musiciens ambulants avec guitares et maracas, tricycles avec leur taxi-driver prêt à rendre tous les services, flics, immigrants potentiels. Et aussi quelques malheureuses femmes, quelques vieilles, quelques gosses, plus pauvres que les pauvres, qui demandent l'aumôme avec acharnement. Le touriste inexpérimenté et mélancolique qui débarque au milieu de cette faune pacifique mais retorse, et convaincante, tombe généralement dans le piège, fasciné. Il finit par acheter une bouteille de rhum ou des cigares merdiques, persuadé qu'ils sont authentiques, qu'il a eu du nez, et de la chance. Parfois, des mois après, il épouse l'une de ces superbes filles ou se met à la colle avec un jeune macho. Fier de ces prouesses, il assure à ses amis qu'il connaît enfin le bonheur, que la vie sous les Tropiques est un paradis, qu'il aimerait investir ici, avoir une petite maison devant la mer, avec une petite métisse aussi jolie que facile à vivre, oublier le froid et la neige, ne plus avoir à supporter ses compatriotes bien élevés, guindés, calculateurs, intéressés... Il est hypnotisé, en pleine transe. Il a quitté la réalité.

Pour l'instant, toutefois, il n'y avait que deux poivrots en train de se soûler consciencieusement au soleil. Rey est allé vers eux, brandissant sa statuette décapitée :

« Une petite aide pour le saint !

– Attends, je te donne ce que j'ai dans la poche. Ça m'est égal, à moi. Et lui, c'est... San Lázaro, non ? Si ? »

C'était un sexagénaire d'une maigreur maladive, vêtu d'une chemise déchirée, sale, mais qui gardait une certaine allure de personne décente, voire cultivée. Là, il était rond, il n'avait plus toute sa tête. Il a sorti des billets, des pièces, un porte-clés sans clés, et a déversé le tout dans la caissette. Rey n'en croyait pas ses yeux. Il voulait filer au plus vite avant que le vieux soûlard ne se ravise, mais le compagnon de ce dernier l'a attrapé par le bras. Un type répugnant, vulgaire, celui-là.

« Non, non, arrête ! Où que tu vas ? Et comment on va acheter une autre bouteille ? Tu lui as donné tout le fric ?

– Oui, mais c'est le mien. Ne te mêle pas de ça.

– D'accord, d'accord, c'est le tien, oui, mais...

– Je ne peux plus boire une goutte de plus. Je suis fait.

– Comment ça, tu peux pas ? Ah, on dit jamais ça ! Un homme dit jamais une chose pareille.

– Bon, si, je pourrais, mais j'ai quelque chose à faire... Toi, tu es mon ami, hein ? Tu es mon ami ! »

Il l'a serré dans ses bras, soudain.

« Hé, pourquoi tu me fais ça ?

– Tu es mon ami... Allez, à la revoyure. »

Le vieux a entraîné Rey avec lui pendant que l'autre poivrot se retrouvait seul, le regard perdu dans le vide. S'appuyant contre le garçon, l'ivrogne continuait à parler en trébuchant sur les mots. Il en tenait une sérieuse, il avait du mal à garder l'équilibre, mais ça ne l'empêchait pas de jacasser.

« Tu es jeune, toi. Moi, j'en peux plus. Aide-moi...

– Où tu veux aller ?

– J't'ai donné tout mon argent. C'est que... Tu vois, ils m'ont tous laissé tomber. Tous ! Mes filles, les petits-enfants, ma femme, les maris de mes filles. Tout le monde est parti et moi, moi j'en peux plus... » Il s'est mis à sangloter en serrant le bras de Rey encore plus fort. Il l'a entraîné par les portes de Galiano. « Même l'appartement j'ai perdu, maintenant. Je suis à la rue depuis des jours... Bon, j'ai tout vendu, peu à peu, pour me payer le rhum et le tabac. Faut pouvoir oublier ses malheurs, hein ? Mais eux, je peux pas les oublier, non. Jamais un coup de fil, jamais une lettre. Qu'est-ce que je leur ai fait de si terrible ? Boire un verre de temps à autre ? Pour ça, je deviens un mauvais père et on me jette ? Pour ça ? Moi, un mauvais père ? Bon, j'aime le rhum, c'est vrai. Qu'est-ce que je vais faire ?

– Et où qu'ils sont partis ?

– Là-bas, mon garçon. Là-bas. Là où tout le monde part.

– Pourquoi tu es pas allé avec eux ?

– Hein ? Noooon ! Je pars pas, moi. Je nais à Cuba, je meurs à Cuba ! »

Il a sorti de la poche arrière de son pantalon une bouteille avec encore pas de mal de rhum. Réprimant ses sanglots, il a eu un sourire amer pour confier à Rey :

« Ça, c'est ma réserve spéciale. De ma cave personnelle.

– De quoi ?

– Tu es un ignare et un analphabète. Avec les ignorants, on peut pas parler. Tu sais lire, au moins ?

– Oh, vieux, lâche-moi avec ça ! Je me tire.

– Non, non ! a crié l'autre en le retenant. Tu peux pas t'en aller ! Je t'ai donné tout mon argent... Attends, attends un moment... Tu peux pas partir. Il faut que tu m'aides à monter chez moi, au dernier étage.

– T'avais pas dit que tu avais plus où crécher ?

– Si, mais je traîne encore par là, plus ou moins... Viens, on va aller sur le toit.

– C'est où ?

– Au prochain carrefour. Viens, je peux pas monter les escaliers, moi. »

Ils ont continué à marcher, et finalement sont entrés dans un immeuble jadis élégant, mais qui était en pleine débâcle : au milieu du vestibule, une crevasse dégorgeait de la merde et le bel escalier en marbre blanc était aussi sale et démoli que tout le reste. Une odeur de marijuana flottait dans l'air, que Rey a reniflée avec plaisir. Dans un coin sombre, une fille et un garçon noirs, très jeunes, fumaient, s'embrassaient et se tripotaient mutuellement. Le vieux ne prêtait attention à rien mais Rey a regardé, lui, et il a été aussitôt excité. Aaaah. Ils ont entrepris l'ascension. Rey poussait l'ivrogne par-derrière, le soutenait. Ils ont péniblement gravi les cinq étages. Le vieux s'est remis à sangloter.

« Pourquoi tu pleures ? C'est ici que tu vis ?

– Non, non. Viens, on monte jusqu'au toit. »

Ils ont débouché sur la terrasse par une petite porte. Après tout cet exercice, Rey a apprécié la fraîcheur de la nuit. Il a commencé à observer les alentours depuis ce perchoir. Le vieux continuait à pleurnicher. Il a sorti à nouveau sa bouteille, a bu longuement avant de la tendre à Rey :

« Tiens, garde ça et prie San Lázaro pour moi. »

Il a passé une jambe au-dessus de la rambarde et s'est jeté en bas la tête la première. « Ah, ma mère ! Mais... » Rey allait se pencher pour regarder la rue mais il s'est repris. Non. Il ne pensait qu'à s'enfuir. Tremblant de peur, il est redescendu aussi vite qu'il pouvait. La faim et l'effort lui avaient enlevé ses forces. Arrivé au rez-de-chaussée, il a repris l'air d'imbécile à moitié somnolent qu'il affectait pour demander l'aumône. Le vieux était là, dehors. Le crâne explosé, immobilisé dans une position grotesque, comme si ses os avaient été en caoutchouc. Voisins et passants mataient à une distance prudente. La police n'était pas encore arrivée. Rey est parti en remontant Galiano et déjà il croisait deux flics qui s'approchaient en courant. On avait dû les alerter. Il est allé jusqu'au parc au coin de Galiano et San Rafael, s'est assis sur un banc. Il a sorti l'argent du vieux pour le compter. Quatre-vingt-trois pesos. Il était riche ! Il n'avait encore jamais eu autant sur lui, jamais ! À cette idée, il a retrouvé son appétit, d'un coup. Il a pris par le boulevard San Rafael. Il voulait manger chaud. Une dame vendait des boîtes en carton avec du riz, des fayots, de la poitrine fumée et des patates douces frites. À vingt pesos.

En quelques minutes, assis sur le trottoir, il avait englouti une boîte entière et trois boissons. Aargh ! Il s'est laissé aller contre le mur, soudain nauséeux. Toute cette nourriture dans l'estomac, brusquement... Au bout d'un moment, il a pu continuer à descendre le boulevard. Prenant Águila, il a continué jusqu'au parc de la Fraternité. Il faisait très sombre. Quand ses yeux se sont habitués à l'obscurité, il a remarqué que tous les bancs étaient occupés. Par des pédés. Ils s'embrassaient, se chatouillaient, suçaient, soupiraient, ahanaient. Les phares d'une voiture lui en ont révélé un quelques secondes, à quatre pattes sur l'herbe, embroché par le cul. Rey avait sommeil. Il s'est étendu par terre, la tête contre un gros arbre, et s'est endormi.

La pluie l'a réveillé tout de suite. Un orage avec rafales

de vent et coups de tonnerre. Il était trempé, et tout à fait seul. Les autres s'étaient réfugiés sous le portail d'en face. Encore groggy, il est allé là-bas, s'est jeté dans un coin et s'est rendormi.

Au matin, il était encore trempé. C'est alors qu'il s'est souvenu du vieux soûlard, le soir d'avant. Qui sait ? Lui aussi, un jour, il prendrait peut-être la même décision de se jeter d'un toit. Quand il n'en pourrait plus. Il s'est mis debout et il est reparti par Águila. Dans cette rue, entre Dragones et San Rafael, quelques immeubles abandonnés tenaient encore debout. Un bon endroit pour passer la nuit. De retour sur le Malecón, en face du Deauville, il s'est assis sur le parapet un instant pour se reposer. Mais déjà il repartait. Très vite, il est parvenu au coin de son ancienne rue. Là, il s'est à nouveau juché sur le muret du Malecón et s'est mis à regarder de-ci de-là.

Rien n'avait changé. Tout était sale, esquinté. Les gens étaient installés sur le trottoir, à prendre le frais, bavarder, boire du rhum, écouter de la musique. Personne ne travaillait. On gagnait plus avec quelque petite combine. C'était mieux que de s'échiner pour gagner quatre ronds. Traversant l'avenue, Rey est allé s'asseoir dans le petit jardin public au coin, créé à la place d'un immeuble qui s'était effondré des années plus tôt. Il demandait l'aumône à tous ceux qui passaient. Personne ne l'a reconnu. De sa place, il voyait bien sa maison et celle de la voisine. Il est resté là un bon moment mais rien ne s'est passé, personne ne s'est montré sur le toit. Soudain, sans y penser deux fois, il a abandonné son poste d'observation pour aller à pas comptés jusqu'à l'édifice. Il a monté les quatre étages, tout en haut, et frappé à la porte. La vieille voisine lui a ouvert. Il l'a reconnue, même si elle avait beaucoup maigri. Elle, toujours bien en chair et en mamelles, s'était transformée en squelette. En le voyant, elle a dit : « Ah...Vous êtes venu jusqu'ici pour faire la quête... Attendez ! » Elle a disparu, est revenue avec quelques piécettes qu'elle a déposées dans la boîte. Elle allait refermer la porte mais Rey l'a arrêtée d'un geste. « Quoi, Fredesbinda, vous me remettez pas ? »

Elle lui a lancé un regard plus appuyé, mais sans trop perdre de temps.

« Je ne me rappelle pas, non.

– Je suis Reynaldo. D'ici, à côté.

– Aaaah... Mon petit, sur ta mère ! Entre, entre ! »

Elle s'est reculée pour le laisser passer. La porte donnait directement sur la terrasse. Ils se sont faufilés entre de vieux bidons rouillés, des cages à poulets et autres cochonneries accumulées au fil des ans. Ils sont arrivés dans une petite pièce de trois mètres sur quatre, pareille à celle où ils avaient habité, dans le temps. Juste à côté. Il a dû raconter à Fredesbinda ce qui lui était arrivé. Il a résumé le tout en deux minutes, omettant de préciser qu'il s'était enfui de la maison de correction.

« Et qu'est-ce qu'ils ont fait de ma mère, mon frère, la mamie ?

– Je saurais pas te dire, mon sucre. Emportés à la morgue. Je sais pas.

– C'est vide, chez nous ?

– Non. Une famille de province est arrivée tout de suite. Ils sont toujours là. Des gens bien, la vérité ! Tranquilles et tout.

– Et qui leur a donné cette piaule ?

– Ils sont venus, ils se sont installés et voilà. Sept, ils sont. Je ne sais pas comment ils tiennent, dans pareil cagibi. »

Pour Rey, c'était égal. Il est resté silencieux un moment. Alors, voilà, rien d'autre ? À l'instant où il allait repartir, il s'est souvenu de la petite pute métisse et il a demandé à Fredesbinda :

« Et votre fille ?

– Ah, m'en parle pas !

– Pourquoi ?

– C'est que... Elle est en Italie.

– Oui ?

– Elle a marié un Italien.

– Bon, après avoir tant putassé par ici, vous vous rappelez ? Au moins elle vit bien, maintenant.

– Faut pas dire ça ! Elle putassait pas, elle aimait le bon temps. Toujours à aller à ces fêtes avec les étrangers... Très gaie, elle était.

– Elle vous a envoyé de l'argent ?

– Au début oui. Deux fois. Mais ça fait plus d'un an que j'ai rien su d'elle.

– Aaah... Elle aime pas écrire, si ça se trouve.

– Non, Rey, non. Je la connais, ma fifille... Il lui est arrivé quelque chose, c'est forcé et... Aïe, je préfère même pas y penser. »

Elle a éclaté en sanglots.

« Ayez pas des idées noires, Fredesbinda.

– Je veux pas mais c'est que je suis désespérée ! Ce que je pressens, c'est rien de bon, rien ! Elle m'aime beaucoup, cette petite, alors un an sans appeler, sans écrire...

– Elle était maligne.

– Je sais ce que je dis ! a-t-elle protesté en reniflant sa morve et en versant de nouvelles larmes.

– Et vous croyez quoi ? Qu'elle est morte ?

– Ah, petit, on dit pas ces choses-là ! Dieu, il voudrait pas ça... Mais on dit qu'ils forcent les filles à travailler dans... Tu sais ! Putes de cabaret... Aïe, maman ! »

Rey n'a rien ajouté. Il était prêt à s'en aller. Elle n'avait que cinquante-deux ans, Fredesbinda, mais elle était défigurée, maigre, triste... Ces beaux nénés qu'il avait tellement convoités pendant qu'il se branlait sur sa terrasse étaient devenus deux sacs aplatis et poilus qui lui pendaient jusqu'à la taille sous le chemisier. Enfermée dans sa peine, elle gardait les yeux au sol, et puis elle a paru se souvenir de la présence de Rey :

« Mais tu as une mine à faire peur, toi ! Encore pire que quand tu vivais ici – Rey s'est tu. L'envie de parler lui était passée. – Je vais te réchauffer quelque chose, que tu déjeunes. Mais d'abord tu te laves et tu me jettes ces frusques dégoûtantes, là ! J'ai ici des beaux habits propres qui devraient t'aller. »

Il y avait un minuscule coin-douche dans la pièce. Elle lui a passé un seau d'eau froide, un savon et un torchon. Il s'est astiqué sans hâte. Il n'aimait pas se laver mais tout de même, de temps à autre, ça faisait du bien.

« Frotte-toi bien la tête, pour aller te faire couper les cheveux ce soir ! » Sans répondre, Rey s'est demandé :

« Elle croit quoi ? Que je vais rester ici ? » Mais déjà elle continuait : « Parce que bon, tu dois pas repartir de suite. Tu peux dormir ici. Comme ça, demain, on va voir comment tu peux récupérer ton petit chez-toi. M'est avis que tu as des droits.

– Non. Ça m'intéresse pas.

– D'accord, d'accord, sois pas si pressé. Tu peux rester quelques jours. »

« Ah, elle veut se faire ramoner le cul, la vieille, s'est dit Rey, mais c'est un piège, ça. Je vais pas m'éterniser ici, moi. »

À ce moment, Fredesbinda a tiré le mince rideau en plastique qui le protégeait et lui a tendu un pantalon, à la teinte passée mais en bon état. Ses yeux ont dérivé sur le sexe de Rey. « Ah, tu vois, propre et frais, c'est autre chose ! Tiens, de l'eau de Cologne… Non, attends, je vais te la mettre, moi ! »

Sentant son regard sur lui, Rey a commencé à bander, et quand elle s'est mise à lui frictionner le cou et la poitrine, sa pine est devenue raide comme la justice. Les yeux de la vieille brillaient, maintenant, et elle souriait. En un instant, elle semblait revenue à ses vingt glorieuses années. « Oh, cette belle queue qu'il a ! » Elle l'a attrapée à deux mains, l'a serrée, est allée chercher les roustons. C'était une superbe bite de vingt-deux centimètres, bien épaisse, couleur cannelle très sombre avec un gland noir et luisant. Il y avait longtemps qu'il n'avait pas tiré son coup. Là-bas, il avait enculé quelques tantouzes mais elles étaient plutôt rares, il fallait se les disputer aux poings. Ça les amusait beaucoup, les folles, de voir les petits mâles se battre pour elles. Il l'avait fait deux fois et puis il avait décidé que ça ne valait pas la peine. Il se branlait toutes les nuits, à l'époque, mais rien ne valait une bonne turlute administrée par une bouche experte, suivie d'une bonne moule bien juteuse et odorante, avec les nichons qui venaient avec, et un beau visage, et une longue chevelure et enfin un bon cul en option, histoire de changer de trou.

C'était une suceuse hors pair, Fredesbinda, depuis toujours fière de ce talent. Sa bouche ne l'a lâché qu'un instant, juste le temps d'aller fermer la porte, de se déshabiller, de pousser Rey sur le lit et de tomber sur lui, pour sucer encore. Ensuite, elle l'a prise d'elle-même, avidement, dans un con très foncé mais qui aspirait aussi bien. Musclé, impérieux. Rey a joui trois fois sans perdre son érection et elle en voulait toujours plus. Ils ont fini en nage, exténués. Ils ont somnolé un moment mais la chaleur était insupportable. Ils se sont levés, ont partagé une assiette de riz aux fayots. Elle lui a donné deux pesos et il est allé se faire couper les cheveux. Il se sentait bien. Il avait retrouvé son assurance. Tirer une bonne crampe et satisfaire une femme, c'est toujours stimulant. Il se trouvait plus mâle, plus vigoureux que jamais.

Quand il est revenu du barbier, on aurait cru un autre garçon. Rasé, une coupe correcte, des vêtements propres et des tongs presque neuves aux pieds. Il faisait plus que ses seize ans, pourtant. On lui en aurait donné vingt-deux, voire vingt-quatre. À cause de la dureté de ses traits. Et de la faim, presque toujours la faim. Une semaine s'est écoulée ainsi. Ni l'un ni l'autre ne travaillait. Ils restaient là, enfermés, à baiser, à manger et à boire du rhum. Les perles de Rey la rendaient folle :

« Mais papito, d'où tu as sorti ces perles que tu as dans le zoizeau ? J'avais jamais vu ça. Tu es rien qu'un ti'cochon, toi ! » Il a appris à s'en servir en les frottant contre le clitoris de Fredesbinda. Grâce à elles, il était vraiment devenu l'Homme à la pine d'or.

Ils ont terminé l'argent de la vieille, et sa bouffe. Ils niquaient trois ou quatre fois par jour et le visage de Fredesbinda s'est encore plus creusé, de nouvelles rides lui sont venues, elle avait plein de suçons violets sur la gorge. Rhum, cigarettes, baise et musique à la radio, de la bonne salsa : ça, c'est la vie, non ? Que demander de plus ?

Elle avait réfléchi. Par précaution, elle n'a raconté à personne qui était ce gamin qui habitait chez elle. Parfois, la nuit, Rey sortait sur la terrasse, regardait ce qui avait jadis été sa maison, et ne ressentait rien. Ni souvenirs ni nostalgie, rien, absolument rien. Parce que c'était un dur à cuire, voilà. Quand il se mettait à penser à ça, il lui venait une envie de boxer. Flanquer une pêche sérieuse à la figure d'un Noir balèze. Encaisser quelques coups, aussi, les assimiler et riposter encore plus fort. Plus dur, toujours plus dur, jusqu'à pouvoir placer un crochet au foie et exploser le mec dans les cordes.

Ce soir-là, il a été un peu agressif, au lit. Il a envoyé quelques claques à Fredesbinda. Comme ça. Juste pour la motivation. Il a tiré brutalement sur les plis autour des tétons. Elle a aimé ça : « Aïe, oui, papito, rentre-moi dedans, fais-moi mal... Esquinte-moi les nénés... Aïe ! Tiens, prends mon jus, salaud, oh quel vicieux tu es ! » Tout ça l'a excité encore plus, ils ont terminé à bout de souffle. Ensuite, ils ont dormi comme des bûches. Le lendemain, il n'y avait pas de café, pas un rond. Il a dégringolé les escaliers, le ventre creux. Il s'était déjà dit qu'il pourrait trouver quelque chose à faire au marché collectif d'Ánimas. Il détestait travailler, mais il ne voulait pas non plus recommencer à fouiller les ordures et à manger des trucs pourris, grouillant de vers.

Après avoir traîné un peu au marché, posé quelques questions, il a réussi à aider à décharger un camion de bananes, puis un autre. En s'occupant ainsi jusqu'à midi, il s'est fait vingt pesos. Il a volé des fruits mûrs, une paire de mangues presque blettes, une poignée de citrons. En le voyant revenir avec ce butin, Fredesbinda s'est montrée toute joyeuse :

« Ah, mon doudou, mais tu es le Rey, le Roi de La Havane !

– Héhé ! »

Il avait un sourire satisfait, très fier de ces éloges. « Le Roi de La Havane ! » n'a cessé de répéter Fredesbinda en se gavant de bananes et de mangues.

Les jours se sont écoulés à ce rythme. Très discipliné, il se levait en pleine nuit et allait décharger les camions au marché. Il aimait cette odeur de légumes et de fruits surchauffés, au bord de la pourriture, les lourdes plaisanteries des autres portefaix, l'air perdu des paysans arrivés de la province avec leur chargement, la terre rouge qui lui tachait le corps quand il charriait le manioc et les patates douces. Il a perfectionné sa technique de vol, aussi. Il amenait un sac qu'il laissait dans un coin discret et remplissait peu à peu. Ensuite, avant le lever du jour, il sortait par la porte de derrière avec son butin et le rapportait à Fredesbinda, qui l'accueillait avec exultation :

« Ah, voilà le Roi de La Havane !

– Mais non, mais non...

– Mais si papito, mais si. Tu es le Roi de La Havane. »

Des fois, il ne rapportait que des concombres et de l'ail. D'autres, rien que des melons et des courgettes. Dans tous les cas, Fredesbinda allait vendre ce qu'il avait récolté, et ainsi ils avaient quelques pièces en plus. Rey était chaque jour plus habile et la fête s'est poursuivie deux ou trois semaines. Il était plus robuste, aussi, mieux nourri et un peu plus gai. Il injectait son sperme à Fredesbinda deux ou trois fois par semaine, et la vieille en avait oublié le drame que vivait peut-être sa fille en Italie. Séduite et abandonnée, ou bien séduite et exploitée ?

Mais tout ce qui a un début a une fin. Un matin à l'aube, juste au moment où Rey sortait du marché avec son sac plein de légumes, un policier est apparu de nulle part. Quelqu'un l'avait donné. Sans tarder, le flic s'est planté devant lui :

« Halte, citoyen ! Vos papiers. »

Rey a eu tellement peur qu'il n'a pas réfléchi : il a lancé le sac sur le policier, qui s'est affalé au sol, et il est parti en courant dans la direction opposée. Galopant comme un fou, il a atteint San Lázaro et a pris par le parc Maceo jusqu'au Malecón. Toujours mort de frousse, il s'est assis un moment pour voir si on l'avait suivi. Non. Personne. Le jour se levait lentement. Déjà les premiers obsédés du matin commençaient à rôder :

ils chassaient les passantes isolées qui se hâtaient vers leur travail, leur montraient leur bite en se masturbant. Ils se postaient toujours derrière un pilier, ou dans le tunnel qui passe sous l'avenue du Malecón. Ils savaient s'y prendre, pas de doute. Des experts. Ils se chauffaient jusqu'à ce qu'une femme vraiment spéciale surgisse, et alors ils balançaient leur purée à ses pieds, sous son nez. Ensuite, ils s'essuyaient et quittaient les lieux à pied ou en vélo.

Quand le soleil a été un peu plus haut, Rey a poursuivi son chemin. Il ne savait pas où il allait. Impossible de retourner au marché. La chapelle de la Miraculeuse était ouverte. Sur les marches, des mendiants attendaient l'obole, leurs statuettes de saints entre les mains. Rey s'est assis pour regarder. La queue devant le bus était impressionnante. Les camions arrivaient en trombe toutes les dix minutes, à chaque fois avec deux cents passagers qui s'entassaient là-dedans, à suer et à rouspéter les uns sur les autres. Sexe, violence et langage de charretier. Mais la queue ne diminuait pas, pas du tout. Une marée humaine après l'autre. Rey a remarqué deux petits pickpockets noirs qui profitaient du moment où le « chameau » arrivait. Tout le monde se précipitait pour monter, en jouant des coudes, en se bousculant, et pendant ce temps les deux voleurs à la tire visitaient les sacs et les poches sans que personne s'en aperçoive. Une vraie razzia : ils ont piqué au moins six portefeuilles avant de s'éclipser. Très habiles. Admiratif, Rey a pensé : « Ça paraît facile, comme ça, mais je suis trop lent pour me mettre dans cette partie. Bien sûr, c'est la planque, pas besoin de s'échiner à charger et décharger des sacs, mais... »

« Tu veux du maní ? »

Une douce voix de femme l'a tiré de ses rêveries. Elle lui présentait un plateau de cornets de cacahuètes. Il l'a regardée et elle lui a plu. Pas mal foncée, une bouche charnue, jolie de visage, des cheveux longs teints en blond, noirs à la racine. Grande, très mince. Malgré son sourire, elle avait l'air de crever la faim. Très sale, aussi. On voyait qu'elle n'aimait pas se laver, elle non plus. Habillée de loques dégoûtantes, elle exhibait éhontément son nombril, qui n'était pourtant pas de la plus grande propreté.

« J'ai pas d'argent.

– Je t'en donne un. Quand tu peux, tu me paies. À un autre, rien du tout, mais à toi si.

– Donne. »

Le cornet dans la main, Rey s'est mis à mâcher les cacahuètes. Elle s'est assise à côté de lui. Derrière eux, il y avait une grande affiche en lettres rouges sur un flanc de l'église, où l'on pouvait lire : « Il entra dans le temple et se mit à chasser ceux qui vendaient. Saint Luc, 19,45. » Et au-dessous, en noir : « Interdit de stationner dans les escaliers, Laissez le passage libre. »

« Pourquoi à moi et pas à d'autres ?

– Haha, a-t-elle fait sans sourire, l'air dur.

– Haha, quoi ?

– Laisse tomber. Ça me plaît de te le donner. »

Rey n'a pas répondu. Dans le parc Maceo, en face, deux types lâchaient de beaux cerfs-volants japonais, très grands, avec de magnifiques dessins en couleurs.

« Regarde comme c'est chouette, lui a-t-il dit.

– Oui.

– T'en avais déjà vu ?

– Oui. Des fois il y en a dix ou douze en même temps.

– Ouais... »

Elle a vendu quelques cornets. Ils ont gardé le silence un long moment. Rey était attiré par elle mais il ne savait pas comment l'aborder. Ils n'étaient pas riches en mots, ni l'un ni l'autre. Elle, elle vendait du maní. Il aurait aimé qu'on dise : « Oh, elle ? Elle est chanteuse de boléros. » Mais non. Elle vendait des cacahuètes. Elle lui jetait des regards obliques, faisait la coquette, et alors ils se souriaient. Ils se plaisaient, rien d'autre. En trois ou quatre heures, tout son stock a été terminé. Il était midi. C'est elle qui a pris l'initiative :

« On y va ou tu restes ?

– On y va. »

Ils sont partis sur Belascoaín.

« Tu veux une pizza ?

– J'ai pas de thune.

– Pas besoin de le répéter. J'avais compris. »

Elle en a acheté deux. Un peu plus haut, dans un bar, elle a pris une bouteille de rhum tord-boyaux et un paquet de cigarettes. Ils ont pris une gorgée chacun. Rey a fait la grimace.

« Pouah, quelle saleté ! Comment c'est, ton nom ?

– Magdalena. Mais on m'appelle Magda. Et toi ?

– Rey. Mais on m'appelle le Roi de La Havane.

– Hahaha ! Ça, il faut le prouver !

– J'ai rien du tout à prouver. C'est comme ça qu'on m'appelle. »

Elle riait mais son regard restait dur, avec ces grands cernes sombres et ces beaux yeux noirs. Elle faisait penser à une belle gitane élancée, vibrante et souple comme une canne à sucre.

« Quel âge tu as, poulet ?

– Vingt. Et toi ?

– Oh non, mec, oh non ! Vingt ans, tu les as pas.

– Seize.

– Ah, mais t'es qu'un gamin ! »

Il l'a regardée, très sérieux :

« Ouais, gamin, mais avec un braquemart comme ça... »

Il avait écarté les mains à bonne distance l'une de l'autre.

« Dis donc, je t'ai pas donné ma confiance, alors arrête les salades.

– C'est pas des salades, c'est la vérité. »

Ils ont continué en silence. Une nouvelle rasade, puis Rey a repris :

« Et toi ?

– Moi quoi ?

– Quel âge tu as ?

– Ah, je suis une vieille, pour toi !

– Tu dois avoir les trente et quelque.

– Vingt-huit. »

Après avoir remonté Belascoaín, il ont pris Reina, Factoría et sont arrivés dans le quartier Jesús María. Magda lui a montré un immeuble pratiquement en ruine : « Viens par là. » Entrés dans cette désolation, ils se sont engagés dans l'escalier, dont la rampe avait disparu. Une belle maison, jadis. On voyait encore des restes d'azulejos de Séville, de grandes plaques de marbre aux murs, des tronçons d'élégante balustrade en fer forgé, mais la moitié du bâtiment s'était effondrée. Dans ce qui tenait encore debout, il y avait trois chambres, chacune avec une porte et un cadenas. Magda avait la sienne, avec seulement un matelas étendu sur le sol et, dans un coin, une casserole, un broc, une cuillère, une boîte de conserve remplie d'eau, un brasero à charbon et trois caisses en carton. L'une d'elles était pleine de vieux habits fripés, une autre abritait des sachets de riz, de haricots et de sucre, et la troisième contenait des cacahuètes et des feuilles de papier blanc pour ses cornets.

Magda vivait de rhum et de cigarettes. Parfois un joint. Elle mangeait peu. Ils ne se sont guère parlé. Presque rien, ou même rien. Elle a fermé la porte, ouvert une petite fenêtre pour aérer un peu la pièce. Ils se sont regardés et se sont embrassés. Les mots étaient de trop.

Leur saleté respective ne les gênait pas. Elle avait la moule pas mal aigre, son cul sentait la merde. Une crème fétide s'était accumulée dans les poils qui entouraient la bite de Rey. Tous deux empestaient la volaille sous les bras, le rat mort entre les doigts de pied, et ils suaient abondamment. Tout ça les excitait encore plus. Quand ils ont terminé, ils étaient vidés, déshydratés, et la nuit venait. Elle et les autres habitaient là dans l'illégalité, car la maison pouvait s'effondrer complètement d'un moment à l'autre. L'eau, le gaz et l'électricité avaient été coupés depuis longtemps. Il n'y avait même pas une bougie. Il faisait noir, maintenant. Ils sont restés sur le grabat, moitié bourrés, moitié abrutis par toute cette baise effrénée.

« J'ai le cul en feu, Rey. Le cul et la chatte. Tu m'as mascagnée.

– Parce que tu es une vioque. Moi, je suis en pleine forme.

– Ah boooon ? Attends, attends ! Maintenant, tu vas devoir me montrer si tu es le Roi de La Havane ou le Naze de La Havane ! »

Elle est allée fouiller dans l'un des cartons, a sorti une livre de marijuana qu'elle cachait dans de vieux chiffons. Elle a roulé deux joints avant de remettre le sac à sa place. Ils ont aspiré à fond, à se faire exploser les poumons, elle a commencé à le chauffer, prenant la bite épuisée et la fourrant dans sa bouche. C'était de la bonne herbe, qui a produit l'effet désiré : l'animal a redressé la tête, fringant et cherchant à mordre. Ils ont recommencé. Rey n'avait plus de jus à cracher. Trois heures encore, la bite à sec. Ils se sont endormis.

Le lendemain, ils se sont réveillés tard. Elle a allumé le brasero pour griller son maní. Ils ont confectionné cent cinquante cornets. Il était déjà midi quand elle est partie les vendre. Avant, elle a chié dans un morceau de papier, l'a roulé en boule et l'a lancé sur le toit de la maison d'en face. Ils sont descendus ensemble.

« Qu'est-ce que tu vas faire, Rey ?

– Je vais récupérer les bouteilles plastique dans ce café. Ils en ont plein les poubelles, et des verres aussi.

– Les grandes se vendent deux pesos.

– Je sais, merci.

– Tiens, prends ça. – Elle lui a donné cinq pesos. –

Mange quelque chose, tu te l'es bien gagné. Tu m'as tuée, cette nuit.

– Hahaha ! Je suis le Roi ou pas, alors ?

– Mmmm.

– Salut, je te vois ce soir. »

Il est allé prendre les bouteilles de Coca vides et les verres dans les ordures, puis il a essayé de les vendre dans un débit de bière illégal. Ils n'avaient ni verres ni bouteilles, les soûlots, mais Rey était là pour les fournir ! Avec la dégaine repoussante qu'il avait, pourtant, personne n'a voulu lui acheter quoi que ce soit. D'autres vagabonds un peu moins sales en proposaient aussi, récupérés dans des établissements en dollars. Il y avait de la concurrence, dans ce bizness minable. Irrité, mal luné, Rey a fini par retourner à l'immeuble de Magda. Il était presque neuf heures. Il est monté dans le noir. Arrivé devant la porte, il a entendu des soupirs, des gémissements. Elle était en train de s'en envoyer un autre. Ça l'a beaucoup fâché. « Ah, cette pute se moque bien de moi ! » s'est-il dit. Il a frappé. Aussitôt, le silence s'est fait. « Magdalena, ouvre ! »

Elle a obéi, en essayant de lui barrer le chemin, mais il est entré en trombe. Un vieux maigre et sale, pas mal répugnant, essayait de renfiler son pantalon en hâte. Rey l'a attrapé par le cou et l'a secoué un peu. Le type était mort de frousse. « C'est quoi, ça, nénette ? Tu es vraiment une pute, là ! » Il a jeté le malheureux dehors, qui a dévalé les escaliers sans prononcer un seul mot. Magda lui a crié d'en haut :

« On se voit demain, ti'Roberto ! Disparais pas ! Prends pas peur, surtout, c'est juste un casse-bonbons ! »

Entendant ce commentaire, Rey a été encore plus furieux, mais elle lui a fait face : « Hé, bordel, tu te crois qui pour me mettre la honte comme ça ? Mon mari ou quoi ?

– Je suis ton mari, oui ! Je le suis et tu me dois le respect !

– Ce que tu es, c'est un crève-la-faim et un crétin qui sait pas quoi faire de sa peau !

– Et toi ? Tu es milliardaire, peut-être ?

– Tu sais pas qu'ils me paient jusqu'à vingt ou trente pesos le coup, ces vieux-là ? Et ils bandent même pas, en plus.

– Ah, il bandait pas ? Quand je t'ai entendu gémir comme une folle !

– Cinéma, mon doudou. Juste pour le chauffer. Il leur faut beaucoup de cinéma, à tous ces vioques. En plus, qu'ils bandent ou pas, je m'en branle. Qu'ils me la mettent ou pas, c'est égal. Depuis que j'ai huit ans jusqu'à aujourd'hui, je m'en suis enfilé cinq cents, des pines, et d'ici à ce que je meure il y en aura encore cinq cents. Te crois pas plus que ce qui est sorti du con de ta mère !

– Une traînée, voilà ce que tu es ! »

Soudain, Magda a changé de ton. Tout en douceur et en séduction, maintenant : « Allez, papito, allez. Fais pas ton petit coq.

– Coq mes couilles !

– Allez, mon doudou à moi, allez. Tiens, regarde ce que j'ai ici. – Elle a sorti une bouteille de rhum. – Parce que je t'attendais, mon sucre. C'est juste que ce vieux m'a bousculée et puis je vais te dire une vérité, reviens un peu sur terre : chaque fois que je peux me gagner vingt pesos avec ces vioques-là, je me les gagne. J'ouvre les guiboles et après, qu'ils y aillent avec la langue, le doigt, le...

– Bon, ça va, ça va.

– Ah, tu vois ? Tu as de la jugeote, même si tu fais ta brutasse, des fois. Allez, viens me donner un ti'baiser. »

Ils se sont déshabillés, se sont laissés tomber sur le matelas et les heures ont passé, avec du rhum et de la bonne herbe. Les heures, puis les jours, puis les semaines. Rey s'est habitué aux vieux clochards qui payaient quelques pièces pour lécher cette foune à l'odeur piquante, pour la masturber avec les doigts, essayer de la pénétrer. Parfois, il allait s'asseoir sur les marches. L'écouter faire son cinéma de soupirs et de gémissements, ça lui plaisait. Parfois, elle rugissait, soufflait, houspillait les vieux : « Prends mon jus, mets ton pouce, mets-le entier ! Ah, c'est que tu sais t'y prendre ! Ah, vieux pédé, maquereau, tu t'y connais, je te jute dessus ! » Rey en venait à penser que c'était plus que de la comédie, du coup, et il devenait jaloux comme un chien. Il avait envie de revenir dans la pièce, de les attraper tous les deux par la nuque et de leur fracasser le crâne contre le mur.

Un jour, il l'a surprise devant l'église de la Miraculeuse, en train d'aguicher un chauffeur de bus. Comme c'était un gros Noir costaud, Rey y est allé prudemment : il a attendu qu'il soit parti pour approcher Magda.

« Et celui-là, putasse ? C'était pas un vieux !

– Tu m'espionnes, maintenant ?

– C'était pas un vieux, je te dis.

– Non, c'est un nègre couillu et magnifique. Et je lui plais.

– Et quoi ? Tu aimes les Noirs, aussi ?

– Et les sang-mêlé comme toi, papito.

– Pas les Blancs ?

– Nooon ! Les Blancs, non. Depuis toute chicoulane, je me suis habituée aux nègres, avec leurs belles bites bien sombres. Comme la tienne, doudou. La tienne est fantastique. C'est bien vrai que tu es le Roi de La Havane.

– Je suis pas noir, confonds pas.

– Mais tu es un super-bon métis, tu me plais trop et tu es fou de cul.

– Attends, que tu me fais bander, là !

– Oh oui, quel bonheur ! Viens, on va sur le Malecón. Ça fait longtemps que j'ai pas baisé là-bas, sur le mur... »

Ils ont traversé le parc Maceo, se sont installés sur le parapet. Adossée à une colonne, elle a écarté les jambes. Elle portait une jupe qui lui arrivait aux chevilles. Se postant devant elle, Rey a sorti son animal, qui s'est durci dès qu'il a senti la moule aigre et odorante de Magda. Ils ont copulé frénétiquement, en se mordant dans le cou. Comme il fallait s'y attendre, les voyeurs qui hantent le parc sont apparus aussitôt. La branlette a commencé, sans frein, à mater le délire de ces deux-là. C'était au goût de Magda. Du coin de l'œil, elle reluquait l'une ou l'autre de ces queues qui les entouraient, tendues vers elle. La nympho totale, depuis toute gosse. Elle adorait exciter les branleurs, regarder leur expression parfois téméraire, parfois effrayée, les voir s'approcher furtivement ou reculer sans cesser de se la tripoter...

Elle n'a pas lâché un seul instant son plateau de cacahuètes. Ils ont joui plusieurs fois, comme toujours, et elle s'est retrouvée somnolente, exténuée mais elle continuait à répéter : « Maní, qui veut mon maní, tout bon, il a pas de prix mon maní... » Les voyeurs avaient terminé, eux aussi. Ils ont bien secoué leur pine et se sont éloignés, toujours de biais, comme des crabes. Personne n'a acheté de cacahuètes.

Rey et Magda ont allumé une cigarette tout en reprenant souffle.

« Écoute, Rey, pour en revenir à ce qu'on disait...

– À quoi ?

– Aux nègres.

– Aaaaah...

– J'ai un fils de cinq ans... Avec un Noir, je l'ai eu. Ivan, ti'Van-Van, je l'appelle... Il est sorti noir comme du charbon, tout pareil que son père. Il a rien pris de moi.

– Il est où ?

– En province, avec une de mes sœurs.

– Comment ça se fait ?

– Ils ont dit que j'étais folle, qu'il allait mourir de faim, le chiard. N'importe quoi. Ils sont venus et ils l'ont pris avec eux.

– Il y a longtemps ?

– Oui. Ça fait plus d'un an que je l'ai pas vu. Il est mieux, là-bas.

– Et c'est vrai que tu es folle ?

– Oui. La moitié d'en bas, complètement folle. Folle de toutes les pines qui me plaisent. Si tu es le Roi de

La Havane, doudou, moi je suis la Reine. La Reine de La Havane. »

C'était une vraie merde, le bizness des bouteilles et des verres en plastique récupérés dans les ordures. Rey a passé des jours à traîner sans savoir que trouver. Magda l'entretenait : rhum, herbe, cigarillos, beaucoup de baise, quelques pesos. Rey était très maigre, comme elle, avec plus de poils qu'autre chose sur la carcasse. Elle aimait que Rey vive à ses crochets : « Ça me plaît, papito. Ça me plaît d'être ta pute et te donner de l'argent... Ah, si je pouvais cavaler le touriste, je te traiterais comme un roi pour de vrai. Même une chaîne en or, je te paierais.

– Arrête de rêver.

– Pourquoi ?

– Parce que tu pues, que les os te sortent de la peau et que tous ces vieux de merde t'ont sucé la moelle.

– Hé, ho, va insulter le con de ta mère, plutôt !

– Hé, elle est morte, ma mère !

– Oh, pardon !

– Ouais. Morte de rire en chiant dans le con de la tienne.

– Hahaha ! »

Des fois, elle disparaissait pour toute la nuit. Elle revenait toujours à son antre, mais à chaque fois Rey en perdait la boule. Il se retrouvait une main devant, une main derrière. Sans argent, sans bouffe, sans rhum, sans fumette. Rien de rien. Il ne pouvait même pas rentrer dans la chambre, cadenassée, et il dormait dans un recoin de l'escalier, avec les cafards et les perce-oreilles qui lui couraient dessus. Le vieux falzar que Fredesbinda lui avait offert tombait en pièces et puait la mort. Sa queue et ses bourses sortaient par la toile déchirée. Une nuit qu'il attendait ainsi le retour de Magda, il a sombré dans un sommeil de plomb. En rêve, il a senti une main le masturber délicatement. Il avait une énorme érection et quelqu'un le branlait à travers l'accroc du pantalon. Mais non, ce n'était pas un rêve. Il était presque réveillé et maintenant, en ouvrant les yeux, il voyait que c'était la réalité. Même si la vie est un rêve. Il s'est frotté les paupières, puis redressé. Malgré l'obscurité, il a reconnu un pédé qui habitait la chambre d'à côté. Il était en train de le branler en souriant. Rey a fait mine de le repousser et l'autre s'est reculé avec tact, tout confus : « Pardon, mais je n'ai pas pu résister à la tentation. Elle était là, toute raide, à attendre une caresse...

– Quelle caresse, con ? Hein ? »

Il s'est relevé d'un bond, comme un tigre. Maigre, mais félin quand même. Il a envoyé quelques baffes à la tantouze, qui s'est mis à appeler à l'aide en criant : « Ah, assez, assez, méchant, ne me frappe pas ! Pourquoi tu ne t'en prends pas à un vrai homme comme toi ? »

Rey l'a saisi par l'échine et s'apprêtait à le jeter dans l'escalier quand il s'est aperçu que le type était déguisé en femme. Il avait un très beau visage et une perruque blonde. Rey s'est arrêté net, et ils se sont regardés. Elle était superbe. Une femme toute propre, à la peau délicate et parfumée. En jupe courte. Ils ont continué à s'observer en silence. Le travesti frottait ses contusions.

« Ah, le con de ta mère, tu m'as esquintée !

– Je suis un homme, bordel ! Qui t'a demandé de venir me branler, bordel de Dieu ?

– Ah, petit, il n'y a pas de quoi en faire tout un plat ! Elle était là à m'attendre, en plein milieu du chemin, bien bandée. La chair est faible, que veux-tu.

– Mais je suis un homme ! Alors tu déconnes pas avec moi !

– Oui, oui, nous le sommes tous, hommes... Malheureusement. Qu'est-ce que c'est ennuyeux !

– Malheureusement mon cul. Moi, ça me plaît, d'être un homme.

– Ah, ne fais pas ton macho, parce qu'il y en a pour tous les goûts, par ici... Viens avec moi.

– Où ça ?

– Viens et ne pose pas de questions. Qu'est-ce que tu fiches ici, tout abandonné ? Elle te traite comme de la merde, cette pute. Allez, viens par là. »

Rey a obéi à contrecœur, plein de méfiance devant un pédé aussi spectaculairement pédé. Il l'a suivi. C'était mieux que de rester dans l'escalier, de toute façon. Et le plus probable, c'est que Magda ne rentrerait pas.

Une fois dans la chambre, il est resté stupéfait. Il y avait de tout, là-dedans. Lumière électrique, d'abord, mais aussi téléviseur, frigidaire, rideaux en dentelle, un vaste lit décoré d'animaux en peluche, une jolie coiffeuse couverte de pots de crème et de parfums... Tout ça impeccable, sans un grain de poussière, les murs peints en blanc et ornés de grandes photos de magnifiques femmes nues. Dans un coin, un autel surmonté d'un crucifix, avec le trio incontournable à Cuba : San Lázaro, la Vierge de la Caridad del Cobre et Santa Bárbara. Et des fleurs, des fleurs partout. Et des figurines en plastique ou en verre, petits bouddhas, éléphants, Chinoises, danseuses de mambo, Indiens en plâtre peint... Un grand mélange, le kitsch élevé à sa plus haute expression.

Le pédé a allumé un bâton d'encens. Après avoir pris une poignée de basilic et d'autres herbes aromatiques, il est allé dans un coin où se trouvait un petit trône-autel. Il a touché le bois, embrassé les guerriers, déposé les herbes, arrosé le tout de parfum et d'une rasade d'eau-de-vie, agité une clochette. Puis il est revenu s'occuper de son invité.

Dans la lumière, Rey le voyait mieux. Il l'avait cogné fort, vraiment. Il avait des bleus sur les deux joues, ce qui ne l'empêchait pas d'être très beau... Ou belle ? Une beauté, quoi. On aurait cru une femme superbe, mais aussi un homme extrêmement séduisant. Rey n'avait jamais rien eu de pareil sous les yeux. En tout cas d'aussi près, avec tous les détails. Il était assis dans l'unique fauteuil de la pièce, avec ses haillons. Il ne savait que dire.

« Tu es fasciné ?

– Hein ?

– Je te demande si tu es fasciné... par moi ?

– C'est quoi, ça, "fasciné" ?

– Ah, rien... Tu veux manger quelque chose ?

– Oui.

– Pourquoi tu ne te laverais pas un peu, d'abord ?

– Me laver ! On n'a pas l'eau, ici. D'où tu sors l'électricité et tout ça, toi ?

– Ah, mon petit, ne commence pas avec les questions !

Tu me connais depuis deux minutes et tu veux déjà tout savoir, tout contrôler. Comme mari, tu dois être terrible.

– Oh, hé, qu'est-ce que tu chantes ? Quel mari de quoi ?

– Je m'appelle Sandra. Apprends mon nom : San, dra. San, dra. Tu ne me dis pas “Oh”, ou “hé”. Je n'aime pas la vulgarité. Et je n'aime pas qu'on me traite mal, non plus. Je suis ainsi. Telle une princesse.

– Ah oui ? Eh bien moi, on m'appelle le Roi de La Havane.

– Ça, il faut le démontrer. C'est un titre héréditaire, ça... Il faut le prouver.

– Magda dit la même chose.

– Aïe, petiiiiiiiit, ne mentionne pas une seule fois de plus cette femme devant moi, cette traînée, cette harpie, cette saleté, cette pute, cette mégère... Regarde ce qu'elle fait de toi ! Une épave. Et toi, tu supportes. Il faut croire que ça te plaît, parce qu'en définitive...

– En définitive quoi ?

– En définitive, qu'est-ce qu'elle a que je n'ai pas ? Allez, dis-moi. Moi, au moins, je me lave tous les jours, et quand j'ai un homme je le traite comme un prince. Il ne manque de rien, de rien ! Je sais prendre soin de mes hommes, moi. »

Sandra a profité de l'occasion pour se cambrer un peu et faire saillir ses petits seins. Elle était fière d'eux. Petits, d'accord, mais authentiques. Pas de silicone là-dedans. Elle les avait eus grâce au Medrone, une pilule contraceptive et régulatrice de la menstruation à base d'hormones féminines.

Rey les a trouvés beaux, les seins de Sandra, mais il a préféré tenir sa langue. Elle a senti son regard s'attarder sur eux.

« Il ne me manque rien, tu vois. Rien du tout ! Et au moins je suis plus amusante que cette femme. C'est l'angoisse ambulante, celle-ci !

– Hé, parle pas mal de Magda ! Laisse-la tranquille.

– Il la défend encore, le petit bêta ! Enfin, voyons un peu que tu te débarbouilles et que tu enlèves ces frusques, qui sont bonnes pour la poubelle. On peut être pauvre, mon poussin, mais on n'a pas le droit d'être une épave. »

Rey n'a pas répondu. Il avait été blessé par sa remarque, mais il a aussitôt reconnu en lui-même qu'il n'avait rien été d'autre depuis sa naissance : une épave. « Cette Sandra, c'est un serpent venimeux, s'est-il dit. À côté d'elle, les pédés de la maison de correction étaient des enfants de chœur. »

Dans un coin de la pièce, il y avait une évacuation au sol. Il y avait eu un lavabo par là, la marque se voyait toujours sur le mur. Il s'est lavé. Après lui avoir tendu une serviette, Sandra lui a offert un short et une chemisette. Ensuite, elle lui a préparé une omelette, qu'elle lui a servie avec du pain et une boisson fraîche. Elle l'a regardé avec aplomb :

« Ne pense pas que tu vas te mettre dans mon lit, surtout. Tu dois être couvert de poux et de vermine.

– Hé, quels poux et quelle vermine, bordel ?

– Allons, allons. Je t'ai dit que j'avais horreur de la vulgarité. Ah, je ne pourrai jamais trouver un homme élégant, raffiné, bien élevé, qui m'offrirait des fleurs... Non. Ils sont tous pareils : grossiers, sales, orduriers.

– Arrête tes tantouzeries, hein ?

– C'est bon. Tu dormiras par terre. Demain, je t'inspecterai la tête et le reste, parce que je ne veux pas d'un pouilleux chez moi, quand même. »

Rey est resté silencieux. Mieux valait ne pas protester. Sandra lui a donné un coussin et il s'est étendu par terre. Tranquille. Le lendemain matin, à son réveil, Sandra avait fait le café. Elle a ouvert une fenêtre et un flot de lumière éblouissante est entré. Elle portait maintenant un short très moulant, qui laissait à découvert un début de fesse, et un bustier brévissime en coton, juste pour cacher les seins. C'était un métis très clair, avec une belle peau d'une douce couleur cannelle. Mince, un petit cul ferme et suggestif, des cheveux noirs coupés court, un profil harmonieux avec des lèvres charnues, les jambes et les bras longs et bien dessinés. Le tout respirait la souplesse et la délicatesse, une féminité pleine de séduction. Dès que Rey a ouvert les yeux, une tasse lui a été servie.

« Je n'aurais pas dû te faire ça, mon pauvre petit...

– Me faire quoi ?

– T'obliger à dormir par terre.

– Aaah, j'ai l'habitude !

– Bois, bois ton café. »

Sandra s'est mise à la fenêtre, tirant délicatement sur une cigarette, admirant la beauté ruinée du quartier Jesús María, ces immeubles de deux ou trois étages, pas plus, très anciens et irrémédiablement abîmés, ces énormes patios remplis d'arbres vénérables, manguiers, palmiers, magnolias, la rumeur discrète de ces rues sans aucune circulation, la lumière intense du matin, la chaleur et l'humidité déjà étouffantes, toutes ces odeurs riches et prenantes... Elle est allée à la radio pour mettre de la musique. Elle se sentait bien.

« Aaaaaah, la perfection ! Avoir un homme chez soi. Qu'est-ce que tu fais dans la vie, mon petit Reynaldo ?

– Rien.

– Magda t'entretient ?

– Non.

– Mais elle te donne de l'argent. Parce que tu ne meurs pas de faim, à ce que je vois.

– Justement, si.

– Viens par ici. Près de la fenêtre. On y voit mieux. »

Sandra l'a attrapé par la tête, qu'elle a attirée entre ses petits seins, et a commencé à chercher les poux. Rey a tenté de protester :

« Mais j'en ai pas !

– C'est ce que je vérifie. Et ensuite, je chercherai les morpions.

– Attends, écoute... »

Il sentait la pression de ces seins menus sur ses tempes, et c'était agréable. Elle avait une odeur différente, Sandra. Elle sentait le propre, alors que Magda... Il a eu une érection, qui s'est maintenue, imperturbable. Elle l'a repoussé au bout de quelques minutes :

« Non, tu n'en as pas. Étrange ! Maintenant, voyons les morpions, parce que... Oh, quelle frayeur, mon petit ! Qu'est-ce que c'est que ça ? Tu l'as tout le temps raide et dure, et après tu te fâches si on te regarde ! Ah, je ne comprends pas les hommes ! Je ne les comprendrai jamais. »

Rey essayait de cacher sa pine, de la serrer entre ses cuisses, mais c'était trop tard : Sandra l'avait surpris, et comme à son habitude elle en faisait toute une histoire.

« Laisse-moi tranquille.

– Oh non ! Je ne vais pas te laisser tranquille, non, parce que je suis très propre et je tiens à le rester. Ça, c'est impossible ! Pas de morpions chez moi ! »

Elle a baissé son short. La grosse bestiole tout érigée s'est encore raidie. Sandra a fait mine de l'inspecter entre les poils mais elle n'a pas résisté longtemps à la tentation : « Ah, Rey, je n'en peux plus, c'est trop ! » Et elle l'a enfournée dans sa bouche. Rey a voulu se dégager mais on sait à quel point la chair est faible, n'est-ce pas, et encline au péché. Il s'est abandonné. À genoux devant lui, Sandra a retiré son bustier, dévoilant ses seins ravissants, parfaits, bien durs. Sous les doigts de Rey, ses tétons se sont levés. Elle a abandonné un instant son activité pour se redresser, atteindre la bouche de Rey et l'embrasser. Oh oui ! Quelle belle salope ! Quelles lèvres, quel baiser ! Avec la langue et tout. Puis elle est revenue à sa tâche première, tout en se dépouillant de son short. Entièrement nue, maintenant. Rey suffoquait déjà. Elle a pivoté, lui présentant son dos. Un cul splendide, en attente. C'est elle qui a tout dirigé. Elle a été pénétrée, elle a fait jouir Rey, mais elle en voulait encore, cette gourmande, et elle ne lui a pas laissé le temps de mollir. Elle s'est remise à l'embrasser, à le masturber. Rey continuait à bander. Après être allée chercher un mouchoir humide, elle a nettoyé rapidement l'animal avant de le reprendre dans sa bouche.

« Ne sois pas pressé, papito. Ne te presse pas. Profite de moi. » Mais il n'a pu résister longtemps. Après quelques minutes, il a eu un nouvel orgasme. Et ils ont recommencé. Rey était vraiment emballé. Sans aucune réserve. Sandra était une experte, elle savait remuer, provoquer. La troisième fois, Rey a remarqué qu'elle aussi avait une belle bête toute tendue entre les jambes. Presque aussi grosse que la sienne. Mais attention, c'était un homme, il ne pouvait pas aimer ça ! Il a détourné le regard pendant que Sandra se masturbait discrètement. Ils ont fini ensemble, en soupirant et en s'embrassant. Rey a préféré ignorer que Sandra venait de jouir. Il a fait comme si de rien n'était. Déjà, il se rhabillait pour s'en aller.

« Ah, mon poussin, pourquoi cette précipitation ? Où vas-tu ? Tu as lâché ta purée et tu disparais, comme les animaux. Ah, les hommes ! Tous pareils ! C'est pour ça qu'ils me plaisent tellement, hahaha ! »

Rey a souri à ce bon mot. Il était rigolo, ce pédé... Enfin, Sandra... Elle était rigolote.

« Écoute, Rey, je ne sais pas pourquoi mais j'ai envie de t'aider. Je suis comme ça, que veux-tu ? Tu m'as prise dans un bon jour. – Elle est allée chercher cinq paquets de cigarettes de luxe dans une cachette. – Voilà, prends. Ça se vend sept pesos l'unité. En dollars, encore plus cher. Tu n'as pas à me donner quoi que ce soit. Et ne disparais pas, mon doudou, parce que tu es capable de mieux encore.

– Tu seras là, ce soir ?

– Non, mon amour. Le soir, je travaille. Quand on ne travaille pas, on meurt de faim. Personne ne m'entretient, moi... Ah, si un millionnaire surgissait dans ma vie, comme dans les romans à l'eau de rose. Un monsieur aux cheveux gris, plein de classe, grand, avec un château en Europe. Je deviendrais Lady Di-Sandra, avec les yachts, les bijoux, le champagne... Il serait fou de moi, et moi de lui, et on ferait le tour du monde... Aaahh !

– Folle, tu l'es déjà.

– Je l'ai toujours été. Folle perdue. Depuis le berceau.

– Oui, je vois ça... Bon, j'y vais.

– Viens pendant la journée et je suis à toi. En tout cas jusqu'à ce que le millionnaire apparaisse, je suis à toi. Mais de jour seulement, parce que moi je suis un oiseau de nuit, une phalène, une fleur du soir, une mercenaire de l'amour...

– Mais de quoi tu causes, là ?

– Rien, rien, mon petit Rey, mon petit Roi, mon Roitelet, mon beau vié, tu m'as vidée... Ah, si tu me baises encore comme ça, je tombe amoureuse de toi pour toujours, grand fou que tu es...

– Oui, oui. Fais pas ton mielleux.

– Ta mielleuse.

– Ta mielleuse. »

Ils se sont embrassés sur la bouche. Ça lui a plu, à Rey, et ça ne lui a pas plu. Si, ça lui a plu. Il est parti avec ses cigarettes.

Il a marché sans hâte. Reina, Carlos III, Zapata... En arrivant à la porte du cimetière de Colón, il lui restait deux paquets. Il s'est arrêté là un moment. Plusieurs cortèges funéraires sont passés, avec peu de monde à chaque fois. Les gens vont de moins en moins aux enterrements. Normal : la vie est plus intéressante que la mort. Tout est déjà assez merdique pour ne pas y ajouter encore des larmes. Rey, lui, n'avait jamais mis les pieds dans un cimetière. Il n'imaginait même pas comment ça pouvait être, là-dedans. Il proposait ses cigarettes à tous ceux qui arrivaient ou sortaient. Il les a vendues. Il s'en allait quand un vieux très moche, tout petit et un peu tordu comme s'il avait la colonne vertébrale esquintée, a foncé sur lui. Avec une expression furibonde, il lui a crié :

« Hé, jeune homme ! Il te reste des clopes ?

– Non. C'est fini.

– Bordel d'Adèle.

– Vous travaillez ici ?

– Oui.

– Je peux aller en chercher et vous les ramener.

– Va à La Pelota, ils en ont. Moi je serai à bosser par là-bas. Là où tu vois un groupe de zigues en deuil, c'est là que je turbine. »

Peu après, Rey revenait avec les cigarettes. Le vieux et un autre étaient en train de descendre un cercueil dans une tombe. Il avait l'air encore plus dégoûté. Cinq personnes observaient l'opération. Les yeux secs. Dès que la caisse a touché le fond, ils ont tourné les talons et ils sont partis. Ils étaient pressés. L'un d'eux est venu mettre un billet dans la main du vieux, puis il s'est hâté de rejoindre les autres. À une cinquantaine de mètres dans l'étroite allée, un autre mort attendait, lui aussi accompagné par quatre ou cinq proches. Les fossoyeurs intervenaient avec rapidité et compétence : ils descendaient trois cercueils dans chaque sépulture, plaçaient une lourde dalle en ciment dessus et allaient ouvrir la crypte suivante. Trois macchabées dans chaque trou, fermer, ouvrir celle d'après, trois autres encore, et ainsi de suite toute la journée. Des fois, ils n'avaient que dix ou quinze minutes entre deux enterrements. Et il n'y avait qu'eux pour ce travail. Rey a regardé tout cela après avoir donné les cigarettes et reçu son dû, avec un modeste pourboire en plus.

« Tu veux bosser ici ? lui a demandé le vieux.

– Non !

– Pourquoi non ? – Il n'a pas répondu, se contentant d'un geste qui voulait dire "Ça m'est égal". – Tu voudrais ou pas ?

– Bon... Combien ça paie ?

– J'ai le contrôle là-dessus. C'est selon les pourliches qu'ils me refilent. Je peux te donner de dix à vingt pesos par jour.

– Très bien.

– Alors mets cette casquette et grouille, parce qu'ils vont continuer à arriver. Vers midi, ça se calme un peu et puis ça reprend, jusqu'à six heures, en gros. »

Rey a passé la journée à descendre les morts dans leur trou. À la pause de midi, ils ont mangé un sandwich, fumé une cigarette. Aucun des trois n'a dit un mot. Chacun dans ses pensées. Et puis Rey a remarqué, comme ça :

« Ils devraient les cramer. Point final. Tous ces morts... Moi, c'est ce que je ferais.

– Dans d'autres pays, ils incinèrent celui qui le demande, lui a appris le vieux.

– Ah oui ? Vous vous y connaissez...

– Vingt-neuf ans ici. Du lundi au dimanche. Pas un jour de repos.

– Putain ! Pas de congé du tout ?

– Rien.

– Eh ben, c'est que ça vous plaît, les macchabs ! Vous devez être bien, ici.

– Non, non ! Mal ! J'ai été heureux le jour de mon mariage. Le surlendemain, ma femme s'est cassée et voilà, terminé. J'ai plus jamais été heureux de ma vie. »

Le troisième n'avait même pas relevé les yeux du sol. Ils ont repris le travail. À six heures, il n'y a plus eu de morts.

« Vous pouvez y aller, vous deux.

– Mais il faut encore sceller au ciment et au sable, et il y a encore beaucoup de fosses, a observé Rey.

– Je m'en occupe. Du balai. Demain matin, ici à huit heures », a commandé le vieux en leur tendant un billet de vingt pesos chacun.

Ils sont partis ensemble. Ils avaient eu la même idée :

« Viens, on va prendre un rhum. J'invite.

– On va à La Pelota. »

D'autres fauchés traînaient déjà dans le bar. Plus tard, deux nénettes sont apparues, aussi sales que le reste, vilaines comme tout, alcooliques, dépenaillées. Elles ont accepté de prendre quelques verres avec eux. Elles aimaient la rigolade et elles avaient de la descente : au bout de deux heures, ils étaient soûls tous les quatre. Pas trop, juste de quoi être chauds. Ils avaient commencé à se caresser et ils ont décidé d'aller tirer un coup quelque part. Derrière le cimetière, il y avait une rue très sombre, avec quelques cahutes, des arbres. L'autre type a attrapé une nana, l'a adossée à un tronc et l'a tirée. Elle riait, il soufflait comme un damné. Rey a fait pareil. Rien de spécial. Minable, en réalité. Il ne bandait pas dur. Ils ont fini, chacune a reçu quelques pesos et elles sont parties en se gondolant. Il restait encore un peu de rhum dans la bouteille. Ils ont continué à boire, assis par terre, le dos contre l'arbre, dans l'obscurité. Cette fois, l'idée est venue du type :

« Hé, on passe par-dessus le mur et on va chercher le vieux.

– Il est presque minuit. Il doit dormir, ce vieux ronchon.

– J'ai l'impression...

– Quoi ?

– Ça fait une semaine que je l'aide. Le vioque est sur un coup, j'en suis sûr, mais il me laisse à part. Une combine quelconque.

– Une combine dans un cimetière ? Qu'est-ce qu'il pourrait trouver ? Vendre des morts ?

– Non, je sais ce que je dis. Tous les soirs, c'est pareil. Il reste seul, il veut pas que je l'aide à fermer les cryptes. »

Après avoir sauté le mur, ils ont marché un bon moment entre les tombes avant d'atteindre la zone des morts de fraîche date. Le vieux était là. Pour s'éclairer, il avait une lanterne qui donnait très peu de lumière. Ils se sont approchés prudemment pour l'observer. Il ouvrait les cercueils. Dépouillait les cadavres de leurs vêtements. Leur ouvrait la bouche. S'ils avaient des dents en or, il les arrachait avec une pince. À côté de lui, un sac où il mettait les habits, les chaussures. Certains étaient enterrés en costume-cravate. Rey contemplait ces corps blafards que le vieux déshabillait un par un, posément. Soudain, l'autre type s'est levé. Il est allé vers le vioque, l'écume aux lèvres :

« Hé, vieux saligaud ! Et moi, alors ? Tu m'as exclu du bizness. »

Le coupable est resté pétrifié. Il était en train de dénuder l'un des cadavres dans la pénombre. Mais il a vite retrouvé ses esprits. Il avait une pelle à la main. « Viens, viens... » Brandissant l'outil en l'air, il a marché sur le type, toujours avec cette expression de fils de pute en pétard. Rey avait vu assez de morts pour la journée. Il était prêt à s'en aller, mais il restait pas mal bourré et quelque chose l'a retenu dans sa cachette : il voulait voir la suite.

Le vieux a sonné l'autre avec la pelle, un bon coup qui l'a envoyé au sol. Sans perdre une seconde, il a frappé encore, avec le tranchant cette fois, toujours à la tête. Et il a continué jusqu'à lui avoir fracassé le crâne. Il était petit, tordu et vieux, mais plein de force. Une bouillie de sang et de cervelle s'est répandue autour du cadavre, que l'assassin a chargé en ahanant sur ses épaules, comme un sac. Il l'a jeté dans la fosse ouverte. Avec ses grandes paluches, il a ramassé la terre sanguinolente et l'a expédiée également au fond. Puis la pelle. D'un pied, il a effacé les traces suspectes qui restaient. Ni vu, ni connu. Une fois tout en ordre, il est revenu au macchabée qui avait attendu patiemment qu'on lui vole son pantalon, ses chaussures, ses chaussettes.

Avec la plus grande précaution, Rey est parti sans bruit, en se disant qu'il était vraiment trop, ce vieux : « Ça, c'est un dur ! Mmmm ! Impressionnant, le vioque ! »

Il est rentré lentement, sans se presser. Il aimait marcher tard dans la nuit, errer sans but. Le boulot au cimetière, mieux valait oublier. De toute façon, c'était beaucoup de sueur pour vingt pesos. Arrivé à l'immeuble au petit matin, il a grimpé l'escalier. Il a frappé chez Magda. Elle lui a ouvert, tout endormie.

« Ah, finalement, tu réapparais...

– Je peux dire pareil. »

Elle est retournée sur son matelas. Il s'est étendu à côté d'elle et ils ont aussitôt basculé dans le sommeil. Il était plus de midi quand ils se sont réveillés. Comme toujours, il avait une trique phénoménale. À peine consciente, Magda a tendu la main, palpé la chose. Ses doigts se sont serrés sur la pine. Rey, lui, a mis les siens dans le sexe de Magda. Sans ouvrir les yeux, ils se sont branlés mutuellement. Il l'a attirée à lui. C'était Magda. Qui puait, comme lui. Il a léché son cul, humé ses aisselles fétides. Tout ça l'excitait. Il s'est mis sur elle, il l'a pénétrée et il s'est senti très bien, vraiment très bien. C'était ça, l'amour ? Il ne se souvenait même plus de la cuite de la veille, ni de Sandra. Ils ont baisé pour de bon, en ressentant fortement tout ce qu'ils faisaient. Ils ont poursuivi après le premier orgasme, un peu plus frénétiques. Ah, quel pied !

« Tu m'aimes, doudou ?

– Oh oui, papito. Qu'est-ce que tu me plais ! Qu'est-ce que c'est bon, avec toi ! »

Les deux corps en fusion communiquaient en murmurant, par de courtes déclarations d'amour. Ils se caressaient, se désiraient avec tous leurs sens. Après ces moments de luxure intense, la passion devenait pénible à reconnaître, à assumer. La subtilité de l'amour est un luxe. Les vrais stoïques ne s'accordent pas une telle extravagance.

Ils ont quitté le grabat à trois heures de l'après-midi. Magda lui a proposé un fond de rhum qui restait dans la bouteille.

« Non. J'ai faim, là.

– Rien à bouffer, pas de café, pas de cigarettes. Y a que du rhum, pour le moment. Rien d'autre.

– T'es une cata.

– Et toi encore plus que moi, Rey. Si je ne vais pas chercher le fric, on crèvera le ventre vide.

– Eh bien, vas-y, bouge-toi. Trouve quelque chose.

– Attends un peu, mon beau ! Il me reste un peu de ronds ici.

– Toujours de tes vieux ?

– De ce qui se présente, idiot. Recommence pas avec les mêmes couillonnades, hein ? Je t'ai dit deux cents fois qu'il rapporte plus que le maní, ce vieux. Viens, on descend chercher à manger.

– Non, moi je reste. Ramène-le ici. Et lambine pas.

– Tu es le plus sale type qu'il y ait au monde. Le Roi de La Havane ? Non. L'Enfoiré de La Havane ! »

Magda est partie. Rey est retourné sur le matelas, où il s'est endormi aussitôt. À son réveil, il n'y avait rien.

Pas de Madga, pas de bouffe. Il est allé fouiller dans la caisse de frusques, a trouvé un peu d'herbe. La nuit venait. Bon moment pour se rouler un petit joint et planer. Il a cherché un bout de papier dans la pièce. Rien. Il est allé frapper chez Sandra. Elle a été toute contente de le voir :

« Ah, tu réapparais, finalement ? C'est bien. Je croyais que tu avais croqué la pomme de la sorcière de Blanche-Neige.

– De quoi tu causes, mec ? Qui c'est Blanche-Neige ? Je comprends jamais rien à ce que tu racontes.

– Parce que tu es un ignorant. Impossible d'avoir une conversation avec toi. Bon, c'est ta vulgarité naturelle. Tu es vulgaire et brutasse. Ton truc, à toi, c'est de fourrer ta queue, de lâcher ta crème et de ne jamais parler. Mon petit ! Quand est-ce que tu arrêteras d'être si difficile ?

– Jamais. On est comme ça, nous les hommes. Et on débite pas toutes ces conneries comme toi. Les mouches, elles se mettent pas dans une bouche qui l'ouvre pas.

– Tu es sans espoir. Tu souffres de machisme aigu. T'es incurable, t'as une maladie qui finira par t'emporter. »

Yamilé s'est pointée à ce moment. Une ravissante cavaleuse de dix-huit ans, avec une robe longue noire et des chaussures blanches à semelles compensées de dix centimètres de haut. On aurait dit un mannequin. Élégante, raffinée, délicieuse. Dès qu'elle desserrait les lèvres, par contre, il en sortait un flot d'immondices. Et elle ne se surveillait pas. Nulle part. Elle est arrivée toute surexcitée, aussi dingue que d'habitude :

« C'est quoi, ce foutoir ? On avait pas dit que tu serais prête à huit heures, pute de merde que tu es ?

– D'accord, Yamilé, arrête tes singeries. Écoute, je vais te présenter un ami. »

Elle a jaugé Rey d'un air méprisant. On voyait tout de suite que c'était un mort-de-faim. Elle a fait la moue en guise de salut : « Hummm. »

« Ne sois pas impolie, ma petite. J'ai beau essayer de t'apprendre, tu ne veux pas te conduire bien en société. Celui-ci est mon mari.

– Quoi, ce va-nu-pieds ? Ah, quand je te dis que tu vas toujours à reculons, comme les crabes ! »

Rey s'est contenté de la regarder, sans répondre. Tout en fredonnant El Pichi, Sandra est allée se laver dans un coin de la pièce.

« Rey ? Il y a du tamalé que j'ai préparé, dans une casserole. Sers-toi tout seul, mon ange, parce que moi je dois me dépêcher. Autrement, les putes me laissent tomber.

– Hé, ça y est, tu es dans les petits plats pour le petit marida ? Ah, ma pauvre ! D'ici peu je te vois enceinte jusqu'aux yeux, avec quatre chiards et claquemurée à la maison, à essuyer la merde. Et ce gorille-là qui te passe dessus, hahaha !

– Aïe, qu'est-ce que je demanderais de plus, Yamilé ? Si Dieu était meilleur avec moi, et me laissait enfanter pour mon mari... Quelle beauté ce serait ! Maman et maîtresse de maison pour quelqu'un qui me mérite...

– C'est la vie, Sandra. Dieu donne de la barbe à celui qui n'a pas de menton. Moi, j'ai un stérilet accroché là-dedans depuis que j'ai fait mes treize ans. Total, ils m'ont quand même mise en cloque trois fois. Et ces trois avortements, je te dis, ça a été pire qu'accoucher.

– Ah, Yamilé, à ta place je les aurais gardés, moi ! Et un fils, à chaque fois.

– Arrête un peu ton char, Sandra ? Faire des gosses ? Ici ? Pourquoi ? Pour trimer et crever la dalle tous les deux ? Non. Que je sois dans la merde moi, c'est bien suffisant. Si je ponds un jour, ce devra être d'un homme très spécial. Et loin de Cuba. »

Rey n'entendait même pas ces sornettes, trop occupé qu'il était à s'envoyer deux assiettes de tamalé. Au cas où elle aurait voulu y goûter, la Yamilé, c'était déjà trop tard. Ah ! Ventre plein, cœur en fête. En culotte, les nénés au vent, Sandra a commencé à se maquiller. D'abord elle s'est rasé soigneusement les joues, les aisselles, les jambes, puis ça a été les crèmes adoucissantes, le fond de teint, le rouge à lèvres, la perruque blonde, le fard à paupières, les faux cils, les faux ongles... Tout ça lui a pris plus d'une heure. Peu à peu, le beau mulâtre androgyne s'est transformé en superbe métisse exsudant l'érotisme. Rey s'est contenté de l'admirer, sans parler. Il a pris une cigarette Popular que Yamilé lui avait donnée, l'a ouverte, a retiré le tabac, l'a remplacé par l'herbe et l'a allumée. Nez en l'air, Yamilé a remarqué :

« C'est de la bonne, ça. Tu ne perds pas ton temps. – Il lui a proposé une taffe mais elle a refusé. – C'est pour s'amuser de jour, ça. La nuit, c'est du sérieux qu'il nous faut, à nous autres. »

Elle a sorti un petit sachet de cocaïne, l'a chauffée sur une assiette, a préparé quatre rails. Avec un billet de dix dollars tout neuf, roulé en tube, elle en a aspiré deux par chaque narine. Sandra en a fait de même et... Ah, miracle ! En une minute, elles sont devenues les vedettes de La Havane. L'euphorie. En riant aux éclats, elles ont interprété un petit ballet pour Rey, avec de petits cris lascifs. Un french-cancan à la Moulin-Rouge qu'elles ont achevé en se présentant elles-mêmes : « Avec vous ce soir, mesdames et messieurs, en direct des Caraïbes, de Cuba la fêtarde... Les filles du Piment !

– Du piment pur !

– Du piment chaud, gorgé de soleil !

– Las "Pepper Girls" ! »

Yamilé a entrepris un strip-tease des plus suggestifs, mais elle avait à peine soulevé sa jupe et baissé un peu sa culotte, de quoi montrer sa toison, que Sandra est retournée à ses préparatifs. Rey était halluciné. « Une nana, c'est une nana, pensait-il. Celle-ci, c'est le rêve. À la tringler vingt-quatre heures sur vingt-quatre, sans arrêt. » Il avait une érection géniale. Il s'est tripoté un instant. L'herbe faisait son effet. Ils planaient tous, maintenant. Il a sorti son gros machin et il a commencé à se masturber devant Yamilé.

« Sandra ! Regarde voir ce qu'il fabrique, ce sauvage ! Hahaha ! Monstrueuse, la pine ! Ah, tu les choisis bien, Sandrita ! Jamais de petit bitard pour toi, hahaha !

– Cesse de putifier avec mon mari, Yamilé, veux-tu ? Il n'est pas là pour la rigolade. »

Planté devant la fille, Rey continuait à se branler. Il savait qu'elle les hypnotisait, cette queue. Il avait les yeux tout plissés. Il était parti, totalement ouf.

« Montre-toi tout entière, ti'sucre. Tout entière !

– Non, non. Terminé. Tu es un vrai cochon !

– Oui, mais avec un braque d'enfer !

– Ah, si ça suffisait ! Des comme ça, il y en a partout, et même des plus grosses ! En plus, ça me plaît pas, à moi, parce que ça me flanque une inflammation du pelvis. Tu peux rester avec Sandra ! »

Prête maintenant, celle-ci était très amusée :

« Regarde comme tu es vilaine, Yamilé ! Tu l'as provoqué et voilà ce qui lui arrive, le pauvret... Viens, papito, viens. Prends ce qui te revient. »

Et elle lui a tendu ses fesses. Cette moquerie a rendu le garçon furieux. Saisissant Sandra, il lui a asséné une paire de gifles en pleine figure :

« Donne-moi ton cul, bordel, que j'y tiens plus ! »

Elle s'est hâtée de baisser son short, sa culotte. Elle pleurait presque :

« Aïe, méchant, brutasse... C'est toujours pareil, tu fais de moi tout ce que tu veux. Aïe, saligaud, pas comme ça, tu me fais mal ! Pas à sec, non ! Mets de la salive, doudou ! Plus de salive ! Oui, plus haut, comme ça, ah... Je suis là pour ça, mon chéri ! »

De sa place à la fenêtre, Yamilé les regardait en rigolant. Mais quand ils ont terminé, elle aussi était hors d'elle, trempée, elle se léchait les babines devant un tel spectacle. Elle a dit à Rey : « Si tu te laves, je te donne la foune. Mais comme ça, cochon, tu m'approches même pas. »

Sandra s'est interposée :

« Ne va pas croire ça ! Elle est à moi, cette pine-là ! Et je ne la partage pas. Bon, Rey, c'est l'heure. On y va, Yamilé. Je suis prête. »

Repu, il n'a pas insisté. Sandra portait un short noir ultra-mini, avec un chemisier blanc brodé, tout en satin brillant. Des chaussures en vrai cuir, à talons hauts. Sa perruque platine avait des reflets dorés. Ses lèvres délicieuses étaient rehaussées d'un fard noir argenté. Une princesse de l'amour. Yamilé était beaucoup plus simple dans sa robe longue, une adorable petite jeune fille dont les beaux cheveux noirs tombaient sur les épaules, sans bijoux, presque pas maquillée. Naturelle, charmante. On aurait dit une lycéenne à la recherche d'un gentil fiancé avec lequel se marier en blanc dans une église de quartier. Fourrant trois dollars dans la main de Rey, Sandra lui a dit à l'oreille : « Tu me plais encore plus chaque jour. Je crois que je vais te proposer un travail, demain. Ne disparais pas. Je suis fille d'Ochún. Avec moi, tu vas aller loin. »

Elles sont parties. Rey s'est assis tranquillement dans l'escalier, les billets dans la paume.

Quand Magda est arrivée, il dormait. C'était le petit matin. Elle avait une pizza. Elle l'a réveillé. Ils ont échangé à peine deux mots, il a mangé, ils se sont jetés sur le matelas et ils se sont endormis d'un coup. Magda aussi avait eu une soirée mouvementée, visiblement, et elle était aussi épuisée que lui.

Plusieurs jours ont passé de la même façon. Magda vendait ses cacahuètes, disparaissait parfois avec ses vieux libidineux, revenait... Sandra était sortie de scène, pour le moment. Rey passait son temps à ne rien faire, assis au coin de la rue, à attendre que quelque chose lui tombe du ciel. Et rien ne tombait, bien entendu. Il n'était pas à son aise. Il aimait bouger. Il s'est pris tout seul dans la toile d'araignée tissée entre Magda et Sandra. Il a eu l'idée de retourner du côté du port, de réintégrer son container. Histoire de changer d'ambiance. Alors qu'il méditait là-dessus, une voiture s'est arrêtée devant lui. Le conducteur lui a dit qu'il lui donnerait dix pesos s'il la nettoyait bien. Un vrai tas de boue, cette caisse, mais en une demi-heure Rey l'a astiquée à fond. Du coup, il est resté avec son bidon d'eau et son chiffon, proposant ses services. Il a perdu deux jours comme ça : personne ne voulait payer pour avoir son auto propre. Les gens se la nettoyaient eux-mêmes.

La baise avec Magda était chaque jour meilleure. Plus de tendresse, peut-être, ou plus d'amour. Ils se sentaient bien ensemble. Amour et luxure sur le matelas, indifférence et distance dès qu'ils se rhabillaient. L'un et l'autre veillaient à ne pas trop s'abandonner. Des fois, ils se traitaient avec rudesse, mais chacun savait que c'était seulement pour la galerie.

Un matin, Rey est retourné à son ancien quartier. Qu'était-il arrivé à Fredesbinda ? Ça faisait longtemps qu'il s'était envolé. Tout restait pareil, à San Lázaro. Fredesbinda lui a ouvert la porte. Elle avait sa tête des mauvais jours. « Ah, Rey ! J'ai cru que tu étais mort. Tu es parti sans même dire au revoir ni rien... »

Il a traversé la terrasse jusqu'à la pièce de Frede. Il ne se rappelait même plus avoir passé son enfance juste à côté. Il n'a même pas jeté un regard dans cette direction. Il avait tout effacé de sa mémoire. Dans la chambre, il y avait la fille de Fredesbinda. Cette cavaleuse si jolie, pour laquelle son frère et lui se branlaient, jadis. Elle était impeccable, plus belle que jamais, bien habillée et pomponnée au milieu de cette débâcle, de cette odeur permanente de merde de poulet. Elle portait des lunettes de soleil. Elle écoutait de la musique, et n'a même pas tourné la tête vers lui quand ils sont entrés.

« Dis bonjour à ce jeune homme, Tatiana. C'est le petit Reynaldo, notre ancien voisin. Tu ne te souviens pas ? »

Elle a tendu la main en l'air, attendant qu'il la serre. Rey s'est exécuté avec un sourire enjôleur :

« Bonjour...

– Quoi, Tatiana, tu ne te souviens pas de lui ? Cet accident... La police l'a emmené et... Tu as oublié ?

– Mais non. »

Elle continuait à regarder dans le vide. Rey a compris qu'il s'était passé quelque chose. Il a lancé un coup d'œil interrogateur à Fredesbinda, qui lui a fait comprendre par signes que sa fille ne voyait plus. Ils sont ressortis sur le toit pour parler sans qu'elle les entende. Fredesbinda s'est mise à pleurer :

« Aïe, mon petit Rey, sur ta mère ! C'est un châtiment de Dieu !

– Qu'est-ce qu'elle a eu ?

– Elle est revenue aveugle. Sans... ses yeux. »

Les sanglots l'étouffaient.

« Calme-toi, Frede. Comment c'est arrivé ?

– Ah, ils paieront ça... Je leur ferai rendre gorge, même si ça me coûte la vie. Ma pauvre fifille, ce qu'ils lui ont fait...

– Du calme, Frede, parce que je comprends rien à ce que tu racontes.

– Ah, Rey, sur ta mère... »

Et encore des larmes, encore des sanglots qu'elle tentait de réprimer pour les épargner à Tatiana. Rey n'a plus rien dit. Il était prêt à se tirer sur-le-champ. Si elle ne voulait pas lui expliquer ce qui s'était passé, il s'en fichait. Comme il faisait mine de s'en aller, Fredesbinda l'a attrapé par le bras : « Non ! T'en va pas, Rey... Ah, laisse-moi pleurer un peu. Je sais plus quoi faire... »

Rey a patienté, le temps d'un nouvel accès de larmes. Finalement, elle a pu se maîtriser :

« Ils lui ont fait signer un papier et ils lui ont pris ses yeux.

– Quoi, elle les a vendus ?

– Non. Le papier disait qu'elle les donnait à la fille de cet homme-là... C'était dans une autre langue, elle n'a pas compris ce qu'elle signait... Ah, quel sale type ! Et il avait l'air si honnête, bien élevé et tout et tout...

– Où il est, ce papier ? Va trouver la police.

– Elle l'a avec elle, mais on n'y comprend rien. C'est dans une autre langue, je te dis !

– Mais... Elle a l'air tout tranquille, pourtant.

– Elle est arrivée à moitié folle. Ils l'ont mise dans un avion et ils me l'ont renvoyée. Ah, Rey, il faut qu'il paie, cet homme... Un riche, qu'est-ce qu'il avait besoin de ça ? Il m'a rendu ma fifille aveugle ! Il l'a abusée !

– Prends-toi un comprimé, Frede. Tu es trop nerveuse.

– J'ai dégotté des Diazepan mais je les lui donne à elle, parce qu'elle est à moitié folle. Je dors plus, Rey. Dès qu'elle s'est mise dans cette vie... À sortir la nuit avec des étrangers. Je lui ai dit de faire attention, mais elle ne m'a jamais écoutée... Ah, la jeunesse, mon Dieu, mon Dieu... »

Elle pleurait tout ce qu'elle savait, à nouveau. Elle se calmait une minute, recommençait. Sans un mot, Rey est retourné dans la pièce. Il a observé Tatiana posément. Elle était pareille qu'avant. Sublime. S'il avait eu de l'argent et une maison, il l'aurait prise avec lui, il l'aurait même épousée en bonne et due forme. Et s'il pouvait coincer le fils de pute qui lui avait fait ça, il lui arracherait les yeux avec la pointe d'un couteau. Il est revenu à Fredesbinda.

« C'est bien vrai, Frede. Les riches, ils sont encore plus dégueulasses que nous. »

Elle a approuvé de la tête. Sans dire au revoir, Rey est allé à la porte, qu'il a laissée ouverte derrière pour ne pas faire de bruit. Et il est redescendu sans hâte.

Il a marché jusqu'au Malecón. Ils vendaient de la bière au tonneau. Le carnaval se préparait. Il a acheté un peu de cette bibine. Elle avait un goût de vinaigre mais il l'a bue. Il en a acheté encore, bu encore. Bientôt, il a été à moitié fait. Le soir venait, il y avait plus de monde. Rey n'avait plus d'argent. Il voulait continuer à picoler, pourtant. Un large groupe s'est formé autour de l'un des tonneaux. Ils cherchaient tous à acheter de la bière mais il n'y en avait pas assez. Jamais assez. N'importe, ils en voulaient. Rey s'est mêlé à eux. Des gens en sueur, qui sentaient fort. Presque tous des Noirs, musclés, les aisselles puantes, agressifs, ils se pressaient les uns contre les autres, libéraient leur énergie avec violence, agitaient leurs breloques, leurs foulards rouges, leurs colliers de santería. Et Rey au milieu de cette tempête, bousculé, piétiné, ballotté. Comme dans une danse de tambour. Force, indépendance. Muscles, sueur et chaleur. Une odeur âcre. Les nègres luttant pour un broc de mauvaise bière, de bibine tournée. Dans un kiosque proche du tonneau, ils ont mis en vente un plateau d'ailes de poulet frites. Rien que des ailes. Plus de cent Noirs se sont précipités dessus pour en acheter. Et quatre ou cinq pétasses blanches, là-dedans. Du sérieux. Les hommes à la castagne, les femmes sur le poulet. Elles criaient encore plus fort qu'eux, évidemment. Une grosse Noire en a saisi une autre par les cheveux en hurlant : « Dégage de là, dégage ! » Comme la seconde insistait, elle est devenue encore plus furieuse. Emprisonnant sa nuque de la main gauche, elle lui a envoyé un coup terrible sur la bouche de la droite. Lèvres éclatées, dents cassées, du sang partout. Personne n'a reculé. Ils voulaient des ailes de poulet frites, quoi qu'il arrive.

Au milieu de la cohue, Rey a fourré une bouteille en plastique vide dans la main du vendeur. Il l'a remplie, la lui a rendue. Dix pesos, a-t-il annoncé. Rey n'avait plus un rond. « J't'ai déjà payé ! » a-t-il beuglé en tentant de se glisser dans la foule. Le type lui a crié quelque chose. Les Noirs formaient une masse compacte, il n'arrivait pas à reculer. Il a cherché à filer de côté, au plus vite, et il a fini par se libérer de cette prison humaine qui empestait la sueur. Arrivé assez loin, il s'est mis à boire gorgée par gorgée. La nuit était tombée. La bière n'avait plus le goût de vinaigre. C'est comme ça : l'être humain s'habitue à tout. Si on lui administre une cuillerée de merde tous les jours, il commencera par avoir la nausée, mais bientôt il la réclamera à grands cris, sa cuillerée de cague quotidienne, et il intriguera même pour en avoir deux.

Au loin, des gens passaient en dansant. L'Alacrán, la compagnie de danse du Scorpion. Carnaval. Les tambours sonnaient, les cornets trompettaient. Ça rigolait, ça s'amusait. « *Panem* et *circenses* », disaient les Romains. Et si on peut tremper son quignon dans l'alcool, encore mieux. Rey avait envie de se rapprocher des lumières colorées en dansant, mais il y avait aussi des policiers, des barrières en fer, des voitures de patrouille. Il a fait quelques pas dans leur dircction, puis il s'est dit que sans argent ni papier d'identité il était bon pour les ennuis. Non. Ce n'était pas sa place, ici. Il a fini sa bibine et il est parti vers Jesús María.

Tout le quartier était plongé dans le silence et l'obscurité. Les gens devaient être au carnaval. Il aimait traîner dans ce coin, fréquenté par des provinciaux qui arrivaient de la campagne avec leurs baluchons et négligeaient de les surveiller, parfois. Aucun flic en vue. Ils devaient être de garde près du défilé. La zone était mal éclairée, en plus. Il pouvait attendre l'arrivée d'un nouveau train. Il s'est assis sur un banc du petit parc à côté de la gare. Il était encore assez pompette. Il a somnolé un moment, se réveillant de temps à autre pour le cas où un train ferait son entrée. Le sommeil a fini par avoir raison de lui.

Des sifflements l'ont réveillé. Un train s'arrêtait à quai. Il s'est levé pour faire un petit tour du parc. Pas de policiers. Les cambrousards commençaient à surgir par les portes de la gare. Tous chargés comme des mulets. Personne ne peut venir à La Havane sans apporter des kilos de bouffe. Riz, haricots, charcuterie, viande de porc... Après, c'était facile. Il l'avait déjà fait. Il se fondait dans la foule des péquenots, choisissait sa victime. Il l'a repérée aussitôt : une femme seule, avec trois enfants et six gros cartons. C'était trop pour elle, on voyait qu'elle était affolée, désespérée. Les mouflets pleuraient de fatigue, ils mouraient de sommeil. Près de vingt heures depuis Santiago, dans un tortillard de quatrième catégorie, avec des banquettes en bois. Elle était dépassée, la pauvre femme. Rey l'a accostée, tout gentil :

« Je vous aide, señora. J'ai une charrette juste là, dehors. Ça vous coûtera guère. Même les petits, ils peuvent monter.

– Oh oui, oui, merci ! Je vais au coin de Cuba et Amistad.

– Ah, mais c'est tout près ! Cinq pesos, c'est tout.

– D'accord.

– Donnez-moi deux caisses et... Non, non, comme ça c'est impossible, vous y arriverez pas. Vous m'attendez ici avec les gosses, moi je prends les cartons deux par deux. Mon compère surveille la charrette. Pas de lézard.

– Ah merci, merci ! Heureusement, parce que je voyais pas comment j'allais faire... »

Il a attrapé les deux caisses les plus volumineuses. Même lui, il avait du mal à les porter. Il s'est aussi permis de faire le gracieux avec les petits : « Vous aussi, vous allez monter en charrette. Une balade à La Havane ! »

Il est parti dehors avec son chargement et... Adieu ma jolie, je suis passé par ici, je repasserai pas par là !

En quelques minutes, il était rendu à l'immeuble de Magda, éreinté par ces énormes caisses. Il a pourtant grimpé les marches en courant. Elle lui a ouvert, tout endormie.

« Hé, secoue-toi, parce que je ramène de la bouffe !

– Rey, fais pas chier, con, que je crève de sommeil...

– Réveille-toi, je te dis ! Voyons un peu ce qu'on a ici !

– D'où tu as sorti tout ça ?

– Hein ? C'est pas des questions, petite ! »

Il était euphorique, Rey. Il a commencé à ouvrir les caisses. La première était pleine de riz, la deuxième des haricots noirs.

« Hééé́é, Magda ! Y a à croûter pour deux mois, ici !

– Si tu te mets aux fourneaux, peut-être, parce qu'il faut pas m'attendre, moi. »

Ils se sont mis au lit. Rey a essayé, Magda l'a repoussé.

« Oh, qu'est-ce qu'il y a, maintenant ?

– J'ai sommeil, je te dis. Laisse-moi pioncer, bordel. Toujours avec ta pine en l'air quand je voudrais que dormir, tellement je suis claquée.

– Ouais, à force de t'envoyer tous ces vioques.

– Pfff, ça va, ça va...

– Non. Pas de Ça-va-ça-va. Tu vois pas comment je plane ? Qu'est-ce que tu veux, que je me fasse une pogne ?

– Oui. Fais-toi une pogne, mets-toi un doigt dans le cul, tout ce qui te chante. »

Elle s'est endormie, il est resté les yeux ouverts. Il a dû se branler en solitaire, finalement. Il a posé la main gauche sur les fesses de Magda, de quoi s'exciter un peu. Elle dormait sur le ventre, elle n'a pas bronché. Rey a joui tout de suite et là, il a pu trouver le calme et le sommeil.

À son réveil le lendemain, il était seul. La porte était ouverte. « Qu'est-ce qu'elle mijote, cette zinzin ? s'est-il dit. Elle est encore partie dans un plan zarbi et elle veut pas que je sache. » Il est resté un moment à se tourner et se retourner sur le matelas, l'estomac dans les talons, pour ne pas changer. C'était ses passe-temps favoris, ça : sans rien à faire, à s'agiter sur son plumard, laisser le temps filer et crever la dalle. « La seule propriété du pauvre, c'est la faim », aimait professer son grand-père, à l'époque où il jactait encore. Depuis le berceau, on lui avait appris à ne pas être impressionné par cette « propriété ». À faire comme si elle n'existait pas. « Oublie que tu as faim, y a rien à becqueter ! », lui criait sa mère à n'importe quelle heure du jour. Et ce souvenir lui est revenu, et il s'est dit : « Rey, couillon que tu es, de quoi tu te plains ? »

Il s'est levé d'un bond. Hop, chez Sandra. La porte ouverte, la radio à fond, et elle en train d'astiquer les sols, plus maîtresse de maison que jamais :

« Hé, mon beau taureau ! Attends, attends un peu, reste où tu es, je lave avec du kérosène, tu pourrais sauter ! Ne bouge pas, surtout ! » – En quelques minutes, tout a été sec. – Passe sur le côté, mon doudou, ne me resalis pas le parterre. Et assieds-toi sur le lit. Tu veux du café ?

– Oui. »

Elle l'a servi, puis elle a continué à s'activer, à dépoussiérer ses figurines, à nettoyer des culottes, une robe rose... La moitié de la pièce était encombrée par de gros étais : dans ce coin, le plafond et le mur étaient fissurés à mort, au point que la pluie y passait. Très sale mine. Sandra avait dissimulé cette partie avec des feuilles de plastique, des rideaux, une petite lampe rouge posée sur une drôle de table à trois pieds, en réalité une boîte de gâteaux secs recouverte de tissu... Bref, toute une mise en scène de maison de poupée dans le seul but de cacher la ruine et de ne laisser apparaître que toute cette joliesse kitsch.

« T'as pas faim, Sandra ?

– Je vais préparer un petit déjeuner, papito. Rien que pour toi et moi. Tu vas voir comme ce sera bon... Tiens. »

Elle lui a donné vingt pesos et il est allé chercher de la bière. À son retour, elle faisait revenir du riz avec du poulet.

« Mets la bière au frigo.

– C'est sûr que tu vis bien, Sandra. Tu sais y faire.

– Hé oui.

– Cette nuit, je me suis trouvé un peu de riz et de fayots. Attends, je vais t'en rapporter un peu.

– Non, non ! Laisse ça à la sorcière. Tu n'as rien à amener ici, toi. Rien du tout. Je m'occupe de toi, je t'entretiens, mon amour, et... Hé, pourquoi tu ne te laves pas ?

– Non, laisse. Je suis pas sale.

– Rey, mon sucre ! C'est tous les jours qu'il faut se laver ! Et se raser, et se mettre du déodorant, et changer de vêtements. Fais pas le cochon, d'accord ? Autrement, tu vas attraper la gale et tu vas me la repasser.

– Ah, tu es pareil que les gardiens du...

– Les gardiens du quoi ? Finis.

– Non, rien.

– Écoute, mon petit : quand tu allais chercher la farine, j'avais déjà fini le pain, moi. Cette colombe que tu as sur le bras, et ces perles si bonnes au bout de la queue, ça veut dire : prison. Tu as fait de la taule. Ou tu t'es enfui.

– Fais pas le malin, Sandra. Commence pas avec tes devinettes. Laisse-moi tranquille.

– Je ne fais la maligne, mon lapin. C'est juste que tu es un livre ouvert, pour moi. Tu n'es pas forcé de répondre, mais je vais te dire une bonne chose : tu as été au trou. De quelle façon tu en es sorti ? Je n'en sais rien. Par ailleurs, tu vois la pédale que je suis ? Une folle totale. Et pourtant tu peux avoir vingt fois plus confiance en moi qu'en cette pute dégoûtante qui ne se lave jamais, qui te traite plus bas que terre, et qui pour dix pesos est aussi bien prête à branler le policier du coin de la rue que te donner aux flics.

– Mec ! Mais pourquoi tu la détestes autant, Magda ?

– Pour rien. Et ne me dis pas "mec", que je suis ta nana. »

Elle a posé son seau d'eau dans le coin qui faisait office de salle de bains. Elle s'est chargée elle-même de lui frotter le dos, les pieds, la tête, les bourses. Elle l'a fait bander en frictionnant sa pine avec une serviette et ils ont fini au lit. Ils se désiraient. Ils l'ont fait dans toutes les positions imaginables. Même si elle n'avait jamais lu le Kama-sutra, c'était une experte, Sandra. Rey a seulement évité qu'elle lui touche les fesses, tout comme il s'est abstenu de regarder ou d'effleurer – volontairement, en tout cas – le phallus bandé de Sandra.

« Je suis un homme, l'a-t-il avertie. Me touche pas le cul. » Mais elle était habituée à ce genre de réaction. Elle s'est montrée encore plus féminine, de quoi lui tourner complètement la tête. Ils ont terminé vidés, repus, heureux. Ils ont bu un peu de bière, soufflé un moment. Ils se sont encore lavés pour se rafraîchir après tout cette sueur et tout ce sperme. Sandra a aspergé la pièce d'alcool et d'eau de Cologne, allumé des bâtons d'encens. Ensuite, elle s'est faite toute vaporeuse et provocante, enfilant une culotte en dentelle, un déshabillé transparent. L'ensemble blanc. Sous la fine toile, on voyait la bosse formée par ses couilles et son gros membre. Le contraste, d'une sensualité brutale, a beaucoup excité Rey, mais il s'est aussitôt corrigé en lui-même, se forçant à la retenue : « Je suis un homme, bordel ! »

Pour déjeuner, riz au poulet et bière. Le tout délicieux. Après avoir fait du café et l'avoir servi, Sandra a tendu un superbe Lancero à Rey : « Tiens, doudou. Apprends à fumer du bon tabac. Moi, j'aime les hommes qui fument le cigare. La cigarette, ça n'a pas de panache.

– Pas de quoi ?

– Rien, rien. Bon, laisse-moi te l'allumer. Et profite devant moi. »

Ils ont fumé ensemble, Rey son excellent cigare, Sandra ses habituelles cigarettes mentholées à filtre doré. Ils ont gardé le silence, savourant le moment. Mais la sortie contre Magda trottait encore dans la tête de Rey.

« Tu m'as pas répondu, tout à l'heure.
– Répondu à quoi, mon amour ?
– Pour Magda. Pourquoi tu l'as autant dans le nez ?
– Pour rien.
– Dis-moi.
– Pour rien.
– Qu'est-ce qu'elle t'a fait ?
– Rien.
– Raconte !
– Ah, papito, laisse-moi ! Je ne te dirai rien.
– Si, tu vas me dire. »

Totalement à l'improviste, Sandra s'est levée. Elle a attrapé à deux mains son braquemart et ses roustons sous la dentelle blanche, les a soupesés comme un vrai mec :

« C'est à cause de ça. Regarde. Ça ! Si je pouvais, je me les couperais. Je ne veux pas être un homme ! Tout ce que je veux, depuis toujours, c'est être une femme. Une femme normale. Avec tout ! Avec un vagin juteux et qui sent bon, avec des beaux seins bien pleins, et un pétard tout rond, et avoir un mari qui m'aime et me gâte et m'engrosse, et lui faire trois ou quatre petits. Je voudrais être une belle métisse qui tient sa maison impeccable, une femme respectable. Et à la place, regarde ce que j'ai : cette bite stupide et ces sacs. Et cette traînée puante de Magda, elle gâche ce qu'elle a ! Si je n'avais pas ça entre les jambes, je serais une femme comme elle, mais une femme propre, et une mère... Ah, quelle horreur ! Par Yemayá et par Ochún, comme je suis jalouse d'elle ! Qu'on l'enlève de ma vue ! »

Elle est devenue un peu hystérique, avec tremblements et petits bruits de nez, comme si elle reniflait, tout ça les paupières fermées. Rey en est resté sans voix. Soudain, elle a ouvert les yeux et ils étaient blancs, révulsés. Rey n'avait encore jamais vu quelqu'un possédé par un mort. Les convulsions sont devenues plus violentes et Sandra s'est écroulée par terre. L'esprit qui la visitait était une Africaine qui aimait les bonnes choses. Sandra s'est transformée en vieille Noire, mais une vieille au doux et gentil visage. Parlant un mélange d'espagnol archaïque et de langue conga quasiment incompréhensible, elle réclamait de l'eau-de-vie, du tabac. La langue tirée, elle faisait mine de sucer, « slurp, slurp, slurp ». Elle s'est levée, est allée passer un bras autour des épaules de Rey et lui a demandé de l'aider à trouver la crypte. Puis elle s'est dirigée vers le petit autel. Il y avait une bouteille de gnôle et deux cigares en offrande. Elle a bu, allumé un cigare de ses mains tremblantes, aspiré la fumée à fond. Elle a pris encore une longue rasade.

« Tomasa va pa'ler pou'toi... Mmmm, slurp, slurp, slurp, hmmm, ah oui, hmmmm... – Une autre gorgée et la bouteille était à moitié vide. Elle avait très soif, Tomasa. Et elle a fumé encore un peu avant de poursuivre : – Tomasa va pa'ler pou'toi... Tomasa elle vient aider... Cette ti'Blanche-là ne t'aime point. Elle a un aut'homme dans sa vie. Et un fils de cet homme-là. Tu l'aimes, mais elle non. Elle est le sang et la mo't. Depuis son p'emier jou'elle sème le sang et la mo't. Et elle va t'ent'aîner toi itou et... Hmmm, slurp, slurp, slurp, hmmmm... »

Encore de l'eau-de-vie, encore du tabac. Elle prenait son temps, les yeux fermés. Puissante, la vieille. Elle a continué : « Hmmm... Toi tu es né avec g'and poids su'tes épaules. Il vient de bien avant jadis mais il est tombé su'toi. Ce n'est point juste un maléfice, c'est un poids de chaîne pesante, pou'toute la vie entiè'. Tombé su'toi. Chaîne lou'de, lou'de. Hmmm, slurp, slurp... – Elle a fini la bouteille. Les yeux plissés, elle a tiré à nouveau sur le cigare : – Hmmmm.... Et Sand'a ? Ah, qu'elle p'enne ga'de. La justice va veni', d'une ti'Blanche amie à elle. Amie non. Elle n'est point son amie. Il y a la justice en chemin, et la p'ison. Des grrrilles il y a. Il y a une mauvaise action qu'on va lui fai', à Sand'a. Yemayá et Ochún s'en lavent la main, ils savent pas, malheu' ! Malheu', comment qu'ils se lavent la main ces deux... Et Sand'a, toute seule... Hmmm, slurp, slurp, slurp. »

Les convulsions sont revenues, et les reniflements. Elle est tombée au sol en se frappant. Fort. Elle se faisait mal. Rey a fini par réagir. Il l'a saisie par les épaules, l'a maintenue immobile. Elle suait à grosses gouttes mais peu à peu elle retrouvait son visage normal. Elle a ouvert les yeux. Rey lui caressait le front. Quand elle a pu parler, elle a demandé de l'eau. Rey lui a apporté un verre. Elle était épuisée, à bout de forces. Elle a eu le plus grand mal à se relever, à s'asseoir sur une chaise. Elle a bu. Elle revenait à elle.

« Ah, Rey, sur la tête de ta mère, qu'est-ce qui s'est passé ?

– Je sais pas.

– C'était Tomasa, c'est sûr. Ah, cette vieille négresse, comment elle te baise la tête... Qu'est-ce qu'elle a fait ?

– Je comprends rien. Tu as dit : “Tomasa va parler

pour toi", et puis tu as sorti tout un tas de trucs sur Magda.

– Ce n'était pas moi. Je n'ai rien dit, rien fait, moi. C'était Tomasa.

– Qui est-ce ? Qu'est-ce que c'est, tout ça ?

– Qu'est-ce qu'elle a fait ? Sûrement qu'elle s'est envoyé toute la bouteille de gnôle, la vieille putain. Ivrognesse de merde...

– Oui. Et tu es pas bourrée ? Tu as vidé la boutanche en cinq minutes. Tu t'es fumé un cigare, aussi.

– "Elle" a bu. Pas moi. Aaargh, et en plus un cigare, quelle horreur ! C'est toujours pareil, avec Tomasa. Laisse-moi t'expliquer une chose, pour que tu puisses m'aider. Quand tu me vois dans cet état, avec les convulsions, c'est Tomasa. Mais je ne peux pas la laisser faire. Je ne peux pas faire passer le mort à chaque fois qu'elle l'exige, parce qu'elle aura ma peau. Hors de question. Il faut que je la contrôle, Si tu es avec moi quand les convulsions commencent, et les sueurs froides, tu dois me frotter le front avec de l'eau de Cologne ou de l'alcool, ensuite tu me les fais sentir et tu me dis un nom à l'oreille, n'importe quel nom sauf Sandra. N'importe lequel.

– Pourquoi ?

– Pour induire Tomasa en erreur ! Comme ça, elle croira qu'elle s'est trompée d'objectif et... Ah, mon petit, quel ignorant tu fais, Dieu du ciel ! Tu n'es pas cubain, peut-être ? Tu n'es pas né ici, à La Havane ? Mais si. Et à San Leopoldo, en plus ! Rien que ça ! Des fois, j'ai l'impression que tu es tombé de la lune ! Donne-moi encore de l'eau. Cette vieille guenon, chaque fois qu'elle m'attrape, elle me vide. »

Rey a rapporté le verre plein.

« Ah oui ! Tomasa, elle a aussi dit que tu devais faire attention à la justice. Qu'il y a de la prison devant. Et que tu te méfies d'une petite Blanche qui est ton amie mais qui l'est pas...

– Yamilé ?

– Elle a dit aucun nom.

– Oh, mon Dieu !

– Et aussi que Yemayá et Ochún s'en lavent les mains.

– Manquait plus que ça... Yemayá et Ochún me laissent tomber. Ah, là je suis foutue pour de bon ! Cette Tomasa, elle vient juste pour apporter des mauvaises nouvelles et tout bousiller. Quelle poisse ! Jamais elle me résout un problème, jamais elle me donne le numéro du Loto, jamais elle me cherche le Millionnaire qu'il me faut ! Rien ! »

Elle s'est levée pour aller ramasser la bouteille vide, le bout de cigare éteint. Elle s'est plantée devant l'autel, furieuse, et elle a tapé le bois avec ses phalanges :

« Tu vas m'écouter, maintenant ! Avec tes soûleries et tes manigances, tu m'écoutes quand même ! Tu te reprends et tu m'aides, autrement ça va s'entendre jusqu'à Guantánamo, et tous ces nègres vont rappliquer par ici et tu ne vas pas être à la fête. Je ne peux pas me retrouver en prison et tu le sais très bien ! Aide-moi, parce que ça va être très facile à régler : je ne te mets plus d'eau-de-vie, plus de cigare, plus de miel, plus rien de rien ! Pour toi, des fleurs et de l'eau jusqu'à ce que tu arranges ça. Tu vas mourir de faim, tant pis pour toi.

C'est quoi, ce bordel de venir te soûler à compte et fumer des cigares de prix ? Tu sais ce que tu t'es envoyé ? Un Lancero spécial ! Tu ne t'emmerdes pas, ma fille ! Et après tu me dis que tu ne peux pas solutionner. Tu me prends pour une conne ou quoi ? J'ai comme l'impression que tu ne sais pas encore qui est Sandra la Cubaine. Remets-toi d'aplomb, Tomasa, parce que là tu joues avec Sandra la Cubaine et ça, c'est jouer avec le feu ! »

Après, elle a refait du café. Ils se sont assis avec leur tasse et ils ont fumé. Elle a cherché de la musique à la radio. Son et salsa, ce qu'il fallait. Ils sont restés silencieux, à écouter et à fumer. Sandra a commencé à polir ses ongles de pied. Elle était toute gaie, maintenant.

« Et cette combine que tu voulais me proposer, Sandra ?

– Ah ouuuui ! Attends que je finisse et on va voir le Petit Raúl. C'est tout près.

– Qu'est-ce que c'est ?

– Ne pose pas de questions. Ça va te plaire. »

Ils sont sortis. Sandra, comme toujours la petite garce du quartier, marchait en se déhanchant, son joli cul cambré en arrière dans un short riquiqui qui découvrait la courbe inférieure de ses fesses, en souriant à tous les voisins. Au comble de la félicité et de la luxure. Rey a eu un peu honte, d'abord, et puis c'est passé. Petit Raúl était un vieux transfuge avec canines en or, bras tatoués, colliers d'Oggún. Un pot à tabac court sur pattes, museau de porc et sourire faux-cul. Rey n'a pas ouvert la bouche. Ce type n'était pas fiable deux minutes. Sandra se trompait lourdement à son sujet. Elle lui a dit bonjour avec un baiser sur la joue, toute enjôleuse :

« Voilà, Petit Raúl, c'est le jeune en question.

– Enchanté, a fait l'autre sans accorder un regard à Rey.

– Il pourrait commencer tout de suite, tu crois ?

– Attends, Sandrita, pas si vite...

– D'accord. Explique.

– Viens un peu par ici. – Il l'a entraînée un peu plus loin. – Qui c'est, ce zigue ?

– Mon mari. Je réponds de lui. Tu veux une avance ?

– Évidemment. Mille pesos, et ensuite ce sera cent par jour.

– Non. Je t'avance cinq cents, et après quatre-vingts tous les jours. Ne fais pas le finaud avec moi, compris ?

– Mais non, c'est pas ça, c'est que...

– Si, c'est ça, Raúlito, et tu ne vas pas me rouler, moi, parce que j'ai déjà causé avec tous tes chauffeurs, et avec ceux de Roberto, et pour tous c'est pareil : cinq cents, puis quatre-vingts.

– D'accord, garce que tu es, d'accord.

– Quand est-ce qu'il commence ?

– Qu'il vienne demain à sept heures. Et qu'il apporte sa carte d'identité.

– Entendu. Je viendrai avec lui. Et avec l'argent. »

Une fois dans la rue, Sandra lui a donné le fin mot : « C'est un tricycle. Taxi, quoi. Ce mec, il en a dix ou douze qui travaillent pour lui. En plus d'un restaurant et de trois appartements qu'il loue. C'est un nabab... et un filou, tu as vu. Tout ça se passe sous le manteau.

– Et comment c'est, le boulot ?

– Tu travailles à ton rythme et tu lui donnes quatre-vingts pesos tous les jours. Plus cinq cents d'avance, qu'il faut lui allonger demain.

– Je peux pas.

– Pourquoi ?

– Et d'où je vais sortir cinq cents pesos ?

– Mais je te les prête, mon poulet joli. Demain matin, avant sept heures, on doit être ici. Amène ta carte d'identité.

– Non.

– Non quoi ?

– Eh bien...

– Eh bien quoi ?

– J'en ai pas, de carte.

– Je m'en doutais.

– Alors oublie.

– J'oublie rien du tout. Tu veux bosser avec le tricycle, oui ou non ?

– Oui.

– Sûr ?

– Certain.

– Viens, on va te prendre en photo. Et ce soir, tu auras une carte toute belle, toute neuve. »

Quelques conciliabules, quelques billets, et à quatre heures et demie Rey a eu des papiers d'identité tout frais, au nom d'un certain José Linares Correa, dix-neuf ans, né à Sibanicú et domicilié à La Havane.

Le lendemain, il a commencé avec son bicy-taxi. Cent cinquante pesos en une journée. Pas mal, pour un début. La nuit tombait presque quand il est arrivé chez Sandra, déjà absorbée dans ses longs préparatifs de sortie nocturne. Yamilé l'attendait en fumant, distante et dédaigneuse comme toujours. C'était le code de la belle jeunesse du centre-ville, cet air de « Je suis une super-dure et je me fiche de tout ». Rey est entré tout content, mais Sandra l'a refroidi aussitôt : « Attends, tu vas nous emmener. Tu dois être très fatigué, papito ? Lave-toi, mange un bout et repose-toi un peu. Ton dîner est prêt. Mais d'abord tu te décrasses et tu mets des habits propres. Les voilà. Je te les ai nettoyés et repassés. »

Rey a pris un air dégoûté, mais il n'avait pas d'autre choix que d'obéir. Il a profité de l'occasion pour se laver en face d'elles, histoire de montrer sa queue à Yamilé. Enfiler cette petite Blanche, c'était devenu une obsession. Il l'a frottée pour qu'elle se gonfle bien. Il voulait épater Yamilé avec ça, au moins, puisqu'elle le prenait de si haut, mais elle a fait comme si de rien n'était, alors il s'est séché et rhabillé. Sandra lui a servi le dîner : riz, haricots noirs, viande hachée et patates frites, avocats en salade, eau fraîche et pain. Pour dessert, une crème au chocolat, du café et encore un de ces fabuleux Lanceros. Yamilé surveillait la scène d'un sale œil, jusqu'à ne plus pouvoir tenir sa langue. Elle a explosé : « Hé, Sandra, ça veut dire quoi, comment ce type t'exploite ? Qu'est-ce que tu branles avec ce minable puant ?

– Aïe, Yamilé, laisse-moi, tu veux ? Celui-ci est le Roi de La Havane, et mon mari, donc je suis la Reine de La Havane, hahaha ! Le Roi et sa Reine, quoi... »

Elle n'avait pas vu Magda, arrêtée à la porte de la chambre dans la pénombre du couloir. Celle-ci avait tout entendu et elle a bondi comme une tigresse : « Hé, petit bougre, sors-toi de là ou je te coupe la figure en deux !

Et toi, la vieille tantouze, tu le regardes même pas, mon mari, parce que je te tue ! Qui tu te crois, pour lui faire la cuisine ?

– Oh, la sorcière, arrête ton scandale, d'accord, vu que je ne suis pas de ton monde. »

Après les avoir regardées l'une et l'autre, Rey a continué à manger, imperturbable. Yamilé, quant à elle, se préparait à un bon spectacle.

« Tu m'as pas entendu, Rey ? Touche pas à ce manger, c'est plein de sorts et ça va te foutre en l'air.

– Va à la maison, Magda. J'arrive dans un moment.

– Mais t'as pas honte, morveux ! Alors tu fais le bougre, maintenant ? Plutôt minable, de putasser avec cette vieille tafiole. Si au moins tu tringlais les touristes, pour gagner du fric sérieux. Mais non, tu vises pas cher, avec cette négresse pourrie.

– Ce que tu as, c'est la jalousie, parce que tu es une sale clocharde et moi une vedette, une vraie madame.

– Moi, jalouse d'un pédé qui donne son cul à tout le monde ?

– Hé, regardez qui c'est qui parle comme ça ! C'est connu et archi-connu que tu putasses avec le moindre vieux cochon qui te refile deux ronds. C'est pour ça que tu es tellement sale, tellement puante. Allez, va te laver les pattes de derrière et disparais de ma vue.

– Plus sale et plus puant que toi il y a pas, tafiole ! »

Elle s'est jetée sur Sandra, tentant de l'agripper par les cheveux. Mais c'était une perruque. L'autre a profité de sa surprise pour lui asséner plusieurs claques sonores, en sautant de-ci de-là et en couinant comme une chatte. Magda a riposté dur, avec le poing fermé. Elle lui a éclaté les lèvres. Elles ont continué ainsi un moment, Yamilé très amusée par la scène, Rey attendant qu'elles se fatiguent. Quand il a jugé que c'était suffisant, il s'est interposé : « Assez, Magda ! Lâche-la, maintenant, et retourne à ta niche. Aide-moi, Yamilé. Attrape Sandra. » Yamilé n'a pas bougé d'un centimètre. Elle trouvait tout ça hilarant. Magda et Sandra se battaient de plus belle, sans cesser de se lancer des injures. Elles étaient chauffées à bloc. Difficile de les arrêter. Mais Rey a fini par arriver à se poster entre elles et à les séparer.

« Reviens seulement ici, vieille pute, reviens et je t'ouvre le bide ! hurlait Sandra.

– T'approche plus de mon mari, pédale de merde ! Le regarde même plus, parce que je te saucissonne le cul ! Tu peux être sûr que je l'ouvre en quatre, ta sale gueule, que personne te reconnaîtra ! »

Rey a pu la ceinturer, l'emporter à sa chambre, cet antre sombre qui puait le moisi et la crasse. Il n'avait plus aucune attirance pour cet endroit. La chambre de Sandra, toujours bien aérée, toujours baignée de parfums, d'odeurs d'encens et d'herbes aromatiques, était bien plus séduisante.

« Que je te voie plus avec ce makoumé, Rey, je te jure, ou bien je te tue ! Je vous défigure tous les deux au couteau. Même si je finis en prison, ça m'est égal !

– Je fais ce qui me plaît, Magda. T'es pas ma patronne, je suis pas à toi et tu défigures personne.

– Bordel de merde, je suis ta femme et tu vas pas me mettre les cornes avec un vieux pédé ! Et en face de chez moi, en plus ! Tu fais pas ça, parce que c'est non ! Tu me tromperas pas avec cette tante ni avec personne !

– Arrête de me les casser, Magda. Tu t'en vas putasser des jours entiers, alors reviens pas faire des drames avec ton petit numéro de la bonne femme du foyer. »

Elle s'est effondrée, brusquement. Plus d'hystérie, soudain. Elle s'est mise à larmoyer : « Me jette pas, Rey, sur la tête de ta mère ! Je t'aime encore plus tous les jours... Me traite pas comme ça... Ah, je voulais pas tomber amoureuse, alors pourquoi, pourquoi ? » Et elle a éclaté en sanglots. Rey l'a observée d'un œil sceptique : « Des larmes de crocodile, tout ça. Tu vas pas m'impressionner avec. Je me tire, parce que je dois travailler, moi. »

Pleurant comme la Madeleine qu'elle était, Magda-Magdalena s'est laissée tomber sur le matelas, cachant son visage. Et Rey est reparti chez Sandra, où il est apparu en mâle triomphant.

« Regarde ce qu'elle m'a fait, la sorcière ! lui a lancé celle-ci en lui montrant les multiples égratignures et les bleus qu'elle tentait de dissimuler sous le fond de teint. Heureusement qu'elle ne m'a pas cassé une dent. Elle cogne comme un homme, cette pute ! Une sauvage, sans rien de féminin... Je ne comprends pas comment tu peux baiser un boxeur vicieux, une sorcière de merde, une...

– Sandra, ma poulette, finis un peu tout ça, est intervenue Yamilé. Avec ton petit mari tout neuf, et le crépage de chignon, et la salope de voisine, et les traces d'ongles sur la figure, et la perruque déchirée, tu deviens pas mal pathos, ces derniers temps.

– Vous vouliez que je vous emmène, non ? Alors allons-y, parce que je veux plus d'embrouilles avec Magda pour ce soir, moi.

– Attendez, attendez ! a commandé Sandra. Je suis tellement nerveuse, je n'arrive pas à mettre mes faux cils. Aide-moi, Yamilé. »

Peu après, Rey descendait Reina avec les deux catins confortablement installées sur le tricycle derrière lui, à prendre le frais en fumant. Il les a déposées près de l'hôtel Riviera.

Il a recommencé la même opération trois soirs de suite. Le quatrième, Sandra lui a dit : « Attends-nous par là. Si on n'est pas revenues dans une demi-heure, tu t'en vas. » Elles sont entrées au Café Rouge. Peu après, Yamilé est resortie, lui a donné vingt dollars et une adresse. Vingt minutes plus tard, Rey était de retour avec deux enveloppes de cocaïne. Sandra est venue les prendre. Elle lui a allongé cinq dollars et elle est repartie dans ce bar élégant où ils n'acceptaient que la monnaie américaine. Son billet vert à la main, Rey a remarqué en lui-même : « Ah, c'est autre chose, ça ! C'est la vraie vie. »

Il a pris goût à ses nouvelles fonctions de courrier. Le tricycle passeur de came. Il ne travaillait pas beaucoup la journée, faisait quelques livraisons la nuit. Il n'avait jamais gagné autant d'argent. Mais c'est connu : dans la maison du pauvre, le bonheur ne reste pas longtemps. Un soir, il a fait deux voyages, rapportant à chaque fois cinq doses au Café Rouge, que Sandra a emportées à l'intérieur. La troisième, il a livré sept enveloppes. La combine marchait du tonnerre. Il était deux heures du matin. Pas un chat aux alentours, sauf trois taxis qui somnolaient sur le volant, attendant leurs clients noctambules, et quelques cavaleuses mal fringuées qui devaient faire le pied de grue dehors, en quête du clampin tardif. Rey repassait les doses à Sandra, cachées dans deux paquets de cigarettes, lorsque deux types sont sortis d'une voiture qui semblait vide, revolver au poing. « On ne bouge plus ! Police ! » Ils ont fondu sur eux en une seconde. D'une poussée, Rey a envoyé Sandra dans leurs jambes, ce qui lui a donné juste le temps de s'enfuir dans une ruelle sombre. Il courait comme si le diable était après lui. Un peu plus loin, il y avait un grand immeuble en construction. Il s'est jeté dans le chantier au moment où une auto arrivait à toute allure. Il est resté un moment plaqué contre un mur, retenant sa respiration, guettant chaque bruit. Silence. Deux vigiles passaient à pied, maintenant. « C'est bon, il suffit d'attendre », s'est-il dit. Pour s'occuper, il s'est mis à faire des comptes dans sa tête. Chaque nuit, ces rapides allers-retours lui avaient rapporté dix ou quinze dollars. « Putain, c'était une bonne pioche mais qu'est-ce qu'elle a foiré vite ! » Quelques minutes après, les vigiles étaient parvenus à l'arrière du chantier. Rey est parti d'un pas tranquille, remontant tout le Vedado. Il avait la carte d'identité au nom de José Linares Correa, qu'il s'était fait contrôler trois fois sans avoir le moindre souci. Il marchait calmement, papiers en règle et trente dollars dans la poche, mieux habillé que jamais. « Et dire que j'allais m'acheter une chaîne en or... Bon, voyons si je sauve mon cou, maintenant ». Il n'était pas devenu accro à la coke, au moins. Il avait essayé à deux ou trois reprises mais il préférait le rhum et l'herbe...

Il s'est rappelé qu'il en avait un peu dans une poche,

justement. Il était parfaitement sûr de lui. Il était certain que Sandra ne dirait rien. S'ils avaient attrapé Yamilé aussi, les choses pourraient se compliquer, cependant... « Fais marcher ta tronche, Rey. Réfléchis un brin, si tu veux rester le Roi de La Havane au lieu de finir au trou. » Il s'est assis sur le parapet du Malecón. Il était trois heures du matin. La brise marine dissiperait la fumée en un clin d'œil, et puis personne ne passait par là... Il a roulé un joint, l'a fumé. C'était un bon trip, et son cerveau fonctionnait mieux, désormais. Lucide. « Oh, Reynaldo, fiston ! Ils ont vu ta gueule, tout à l'heure. Va savoir depuis combien de temps ils te surveillent, et toi à aller et venir sur ton tricycle, et à tout gober... Total, si tu te montres trop par ici, tu termines au violon, encore une fois. Ce qu'il faut, c'est disparaître quelques jours. Et ensuite, prévenir Magda. »

Aussitôt dit... Tout doucement, il s'est tapé le Malecón, le front de mer jusqu'au port de pêche. Quand il est arrivé à son terrain vague, il faisait déjà jour. Deux énormes camions étaient en train de décharger encore de la ferraille pourrie. Il a pris un sentier qu'il connaissait par cœur. Le container tout rouillé l'attendait. Rey l'a contemplé avec les yeux de l'amour : « Ah, mon petit chez-moi ! Quel bonheur d'être ici, peinard ! » Voilà un endroit où il se sentait bien. Magnifiquement bien. Il s'est endormi sur des cartons moisis, tel un chiot sur sa litière.

Il s'est réveillé en pleine forme. La faim au ventre, il calculait la suite : « Direction Regla, fiston. Là-bas, il y a moins de flics et tu as de la thune, maintenant. Plus d'aumônes, plus de petits saints... Qu'il vienne pas me casser les couilles, le petit saint ! » Il s'est mis en route. La nuit était tombée, il avait un peu froid.

Il y avait une fête dans le parc de Regla. Une grande banderole proclamait « Bonne année ! », une autre « Bienvenue à 1998, redoublons d'efforts pour défendre nos conquêtes ! » « Hé, mais je vais avoir dix-sept ans le 7 janvier, con ! Mieux vaut fêter le Nouvel An et mon anniversaire aujourd'hui, et s'ils me foutent en taule demain, ils m'enlèveront pas le bal d'hier, comme disait ma grand-mère. » Il a acheté de la bière. Presque tout de suite, il a accroché avec une petite Noire très sombre, bien fournie en fesses et nibards. Toute souriante et gaie, avec plein de quinquina saupoudré sur les seins et les épaules, pour éloigner le mauvais œil. Quand il a sorti tous ses dollars pour payer la bière, elle a aussitôt pensé : « Ça y est, j'ai fait ma nuit. » Sauf que Rey lui avait montré les billets en se disant : « Tu as mordu à l'hameçon, pétasse, et maintenant je vais te mettre de la pine jusqu'aux oreilles. Mes perles veulent de l'action ! »

Il ne se trompait pas. Ils ont dansé un moment, ils se sont tripotés, Rey lui a payé un autre biérette, puis il l'a entraînée dans une ruelle derrière l'église et il l'a mise à sucer. Le premier jet lui a aspergé les nénés. Il avait une réserve de sperme des deux derniers jours. Beaucoup. « T'essuie pas, laisse-le sécher sur toi, lui a-t-il ordonné. C'est la marque du Roi de La Havane, ça. Et ça va te chauffer les turbines. »

Au total, il a commencé l'année 1998 en beauté. Il a dépensé ses trente dollars en rhum, bière, une bonne paella. Il a dansé et niqué toute la nuit. À six heures du matin, il était claqué, une bouteille à moitié vide à la main, la petite Noire aussi épuisée que lui, endormie la tête sur ses cuisses. Il a regardé le jour se lever, assis à sa place préférée : les escaliers de l'église de Regla, face à la mer. « C'est le 1er janvier, et qu'est-ce que j'ai changé ! Je sais même danser, maintenant, et j'aime la musique. » Il était content, très satisfait de sa fiesta. Il s'est adossé à la marche et il a sombré dans le sommeil. Un soleil bien chaud l'a réveillé. À sa gauche, la vedette avait commencé ses trajets à travers la baie. La petite Noire a ouvert les yeux, elle aussi. Ils se sont étirés, ils ont bâillé, ils se sont regardés. Elle lui a donné un baiser. Elle était incroyablement enjouée et gentille : « Hé, quel joli fiancé j'ai pour débuter l'année ! Un doudou café au lait. Comment tu t'appelles, déjà ? J'ai oublié.

– T'as pas oublié, non. Je te l'ai pas dit.

– Si, tu me l'as dit cette nuit.

– J'ai rien dit du tout. Et toi, tu t'appelles comment ?

– Katia.

– Moi, c'est Rey.

– Ah...

– Quoi ?

– Achète-moi une boisson. J'ai une de ces soifs...

– Attends un peu... – Il a fouillé ses poches. – Non. J'ai plus un rond et même je crois... Ah, la purée !

– Quoi ?

– J'ai paumé ma carte d'identité...

– Non ! Quelle poisse !

– Pas d'argent, pas de papier...

– Hé, charrie pas, Rey, tu es un fortiche. Cette nuit tu avais un paquet de billets énorme. Paie-moi un soda et garde-toi le rhum. Je veux rien d'autre.

– J'ai plus d'argent, je te dis. Arrête de m'emmerder. Où tu habites ?

– Ici même.

– Bon, alors file, parce que la fête est finie.

– Dis pas ça, papito. Tu es fatigué ?

– Non.

– Donc on peut continuer ! J'ai pas de gosses ni rien, moi.

– J'ai même pas où crécher, petite. Tire-toi, tu vas trouver mieux.

– Je reste. Je te plais ?

– Oui, bien sûr. T'as pas vu comment je t'ai tirée, cette nuit ? J'ai les perles qui brûlent sous la peau.

– Aïe, oui, papi, tu m'as rendue folle.

– Chez toi, il y aura quelque chose à croûter ?

– À ma maison ? Tu es zinzin ou quoi ? On est quatorze dans une seule pièce. C'est un appartement collectif tout près, à deux ou trois rues.

– Mieux vaut pas y aller, alors.

– Non, non, pour quoi faire ? »

Ils ont commencé à marcher sans but. Katia, heureuse comme tout, tenant Rey par le bras, se demandait quelle promesse elle pourrait faire à Yemayá, la Vierge de Regla, pour que ce métis à la Pine d'Or s'énamoure d'elle pour toujours et ne la laisse jamais. Rey, de son côté, pensait l'emmener à la décharge de ferraille, avoir de la compagnie dans son container pendant un moment. Elle était tout en nerfs et en muscles, cette négresse. Et après tout, à quoi bon rester là-bas tout seul et amer ? « Et Magda, dans tout ça ? Qu'est-ce qu'elle peut faire à cette heure, ma douce et triste Magda aux yeux de prune ? » Où avait-il pris cette expression, d'ailleurs ? Est-ce que ça venait de l'école ?

Un grand métis tout joyeux s'est approché d'eux. Il avait une casquette toute neuve avec l'insigne des éboueurs de Chicago, une impressionnante chaîne en or ornée d'un médaillon de la Vierge de Cuba. Il a donné un baiser à Katia en guise de salut :

« Hé, tu as accueilli le Nouvel An en fanfare, toi !

– Hahaha ! Vois, Rey : c'est Cheo, un de mes frères.

– Enchanté.

– Grmmm.

– Qu'est-ce que vous faites, vous deux ?

– Rien.

– J'ai une petite fête ce soir, venez avec moi.

– Où c'est ?

– Le Nuevo Vedado.

– Pfff, c'est loin, ça.

– Viens par ici un moment, Katia. Excuse-nous un moment, Rey. »

Il l'a entraînée quelques mètres plus loin :

« Écoute, c'est une teuf avec des étrangers. Deux vieux et deux vieilles, qui paient bien. Ils veulent voir un tableau vivant. Qu'est-ce que tu fiches avec ce type ? Si c'est un branque, donne-lui du mou et jette-le.

– Non, non ! Il est parfait, pour ça. Une bite super-énorme, avec deux perles au bout. Il m'a rendu zinzin, cette nuit. Comment on partage ? Et pas d'embrouille, parce que tu es l'embrouilleur en chef, toi !

– Non. Fair-play du début à la fin. Cinquante sacs chacun.

– Donne-moi l'adresse. On a tout dit. »

Il a suffi à Katia de mentionner les cinquante dollars pour convaincre Rey. À dix heures du soir, ils prenaient une bière bien fraîche, confortablement assis dans une villa de deux étages. Meubles, rideaux, tapis, tout était un peu passé, et les rares bibelots avaient été neufs quarante ans plus tôt, mais une vaste collection de peintures était accrochée aux murs, depuis Lam, Mariano, Portocarrero et d'autres maîtres cubains modernes jusqu'à un Romañach et plusieurs peintres européens mineurs de la fin XIXe siècle, ainsi qu'une aquarelle de Dalí et un dessin à l'encre de Picasso. Cheo les a fait attendre une heure sur ce canapé poussiéreux, avec une seule bière qu'ils ont terminée en deux minutes. Les cinquante-huit suivantes, ils sont restés tout raides et empruntés, intimidés par ce cadre imposant, sans oser parler, le nez chatouillé par la poussière et l'humidité. Un vieux pédé a traversé le salon plusieurs fois, en les regardant avec un sourire, sans un mot. Les invités sont enfin arrivés à onze heures : deux sexagénaires ventrus, avec toquantes et gourmettes en or, un peu maniérés. Ils ont dit bonsoir et ils sont passés dans la pièce d'à côté. Le silence est revenu, mais Rey s'impatientait :

« Je crois que je m'en vais, Katia. C'est trop bizarre, ici. Il me plaît pas, ce plan.

– Me lâche pas maintenant qu'il y a cinquante sacs en jeu... »

Cheo est réapparu avec sa casquette de Chicago :

« D'accord, j'ai pigé comment ça va se passer. Là, on met de la musique, on picole, on blague, et puis je te préviens pour que tu commences un strip-tease. Tu provoques Rey, tu excites l'animal et vous vous la donnez. Ensuite, j'entre dans la danse, moi aussi, je dégaine et bon, tu sais...

– Je sais quoi ? Je suis un homme, moi. Personne me la met.

– Entendu, entendu. Avec Katia. Je tire Katia, c'est tout ?

– C'est pas ta sœur ?

– Ah, laisse tomber. »

Tout s'est passé comme il avait dit. Musique, rhum, bière, conversation banale, quelques grammes de blanche... Le pédé de la maison et ses amis étrangers n'étaient pas très stimulants, mais il y avait Katia pour chauffer l'ambiance. La petite baise les a fait planer, Katia a été confirmée vedette porno. Elle savait s'y prendre comme une pro. Rey a dégainé, et bien. Emballé, Cheo a baissé le pantalon. Mettre ou se faire mettre, tout était bon pour lui. Les tantes se contentaient de regarder. Cheo a essayé plusieurs fois de les entraîner mais ils ont refusé. Trop peur des maladies tropicales, sans doute. Le show n'a pas duré très longtemps. La mayonnaise ne prenait pas. Les gringos ont payé et sont partis. Le maître de maison a fini par céder à Cheo, ils se sont éclipsés dans une chambre. Quelques minutes plus tard, Cheo est revenu. Il a pris le petit Picasso, l'a fourré dans un sac en plastique, l'a tendu à Katia :

« Emporte-moi ça à la maison et planque-le bien.

– Et qu'est-ce que tu t'intéresses à cette vieille merde moche comme tout ?

– Pour décorer.

– Décorer ? Cette pièce pourrie ? Tu as perdu la boule.

– Fais-y gaffe. Le perds pas de vue pour rien au monde. Je te donne dix sacs pour le service.

– Ah, dans ce cas, c'est autre chose.

– Oui. Allez-y, parce que j'ai encore un petit boulot supplémentaire, ici. »

Ils sont partis dans la nuit noire, très doucement. Chacun avait cinquante dollars en poche. Sans sa carte d'identité, Rey pensait au petit hic survenu devant le Café Rouge. Il a dit à Katia : « Écoute, je m'expose trop, là, et j'ai pas envie de tomber sur les flics. Je vais rester dans une de ces allées. Je continue demain.

– Ah, moi ça m'est égal. »

Ils se sont engagés dans un chemin sombre et bordé d'arbres, près du zoo. Peu de maisons, peu de lumières, beaucoup de végétation. Ils ont choisi un gros arbre, se sont adossés au tronc. Le sommeil est venu en écoutant les glapissements, rugissements, barrissements et autres feulements d'éléphants morts d'ennui, de lions neurasthéniques, de singes et d'oiseaux du monde entier qui se réveillaient au milieu de la nuit en se languissant de leur jungle et en maudissant ces barreaux, cette odeur d'une merde qui n'était pas la leur, cette nourriture insipide, rationnée.

Au lever du jour, ils ont repris leur marche. Le tapage des oiseaux et des singes s'est éloigné derrière eux. C'est seulement à ce moment-là qu'ils se sont rappelé qu'ils avaient de l'argent et qu'ils pouvaient prendre un taxi jusqu'au débarcadère de la vedette à Regla. Une demi-heure plus tard, ils descendaient de voiture devant le quai du départ. Ils étaient plutôt sales et dépenaillés, mais guère plus que les autres. Un policier s'est approché.

Il a demandé ses papiers à Rey. Trois de ses collègues en faisaient de même, arrêtant les passants au hasard. Ils inspectaient les sacs, les paquets, posaient des questions sur la provenance de ceci ou de cela. Dès que leurs soupçons étaient éveillés, ils appréhendaient le quidam. « Anormal », pour eux, c'était la viande de bœuf, les œufs, le lait en poudre, le fromage, les boîtes de thon, les langoustes, le café, le cacao, le beurre, le savon, bref tout ce qui circulait sur le marché noir à meilleur prix que dans les magasins en devises et qui était inaccessible au commun des Cubains.

Attendant que Rey lui présente sa carte, le flic a fait signe à Katia de lui montrer ce qu'elle avait dans son sac en plastique. Elle lui a sorti le Picasso modèle réduit.

« C'est quoi, ça ?

– Un ti'tableau, pour décorer chez nous.

– Ah... »

Il allait redemander à Rey de s'exécuter mais l'un des autres policiers venait juste de tomber sur un trafiquant porteur de plusieurs kilos de lait en poudre. Il a appelé ses collègues pour l'aider à neutraliser un délinquant aussi dangereux. Avec un soupir de soulagement, Rey a continué en direction de la vedette. Il allait avoir dix-sept ans dans quelques jours, il voulait être libre à ce moment. Ce n'était pas facile, cependant : toujours plus de flics, toujours plus de contrôles. Alors il allait devoir vivre comme un rat, sans cesse embusqué dans sa galerie ? Katia l'a tiré de ses songeries.

« Ouf, j'ai failli me pisser et me chier dessus, avec ce keuf.

– Pourquoi ?

– Pourquoi ? Toi sans papiers, moi avec ce tableau à la noix. Je comprends même pas pourquoi il a piqué pareille saleté, Cheo. J'ai envie de le balancer dans la flotte, là, tout de suite.

– Il t'a demandé de t'en occuper pour dix sacs. C'est pas gratuit.

– C'est pour ça que je le jette pas. »

La vedette traversait lentement la baie, contournant des bateaux à l'ancre sur le pont desquels rien ne bougeait. Les quais étaient également déserts, silencieux. On aurait cru que le port était en grève, ou en récession, ou accablé de solitude. Ils sont allés au centre. Plus de flics encore. Ils sont entrés dans l'église. Katia en a profité pour s'agenouiller devant l'autel et prier avec ferveur. Assis sur un banc, Rey l'observait d'un œil froid. Il continuait à calculer ses chances : « Si je me remets à mendier avec un saint à la main, ils me ficheront la paix. C'est à peu près la seule solution pour qu'ils arrêtent de me demander mes papiers toutes les deux minutes. »

Katia a terminé ses dévotions à Yemayá. Ils sont allés à l'appartement collectif en rasant les murs. Cheo les attendait. Il a arraché le dessin des mains de sa sœur.

« Donne-moi l'argent, Cheo.

– Plus tard. J'en ai pas, maintenant.

– Fais pas la crapule, Cheo. Passe-moi mes dix sacs. Pour un peu j'allais la foutre à l'eau, cette merde. Pourquoi tu as besoin de ça, d'abord ?

– Prend ton bifton, Katia, et pose pas tant de questions.

– Tu vas le vendre, c'est ça ? Tu m'aurais pas payé, autrement.

– Le répète à personne, mais ça vaut des tonnes de fric, cette "merde". En billets verts. Et j'ai déjà un acheteur. Un gringo avec qui je suis en affaires.

– Et combien il va te donner ?

– Bon, il m'a dit deux cents, mais moi je vais faire le difficile et peut-être qu'il va en cracher trois cents... Tout ça pour une petite croûte pourrie, hahahaha ! Pas vrai que je suis une tronche ! Le bisné, c'est ma vie, Rey. Le bisné !

– Ça m'étonnerait qu'on te donne autant pour cette chiasserie.

– Ah, mais c'est déjà réglé, mon poteau ! Quand je lui ai dit de quoi il s'agissait, il a grimpé au plafond, le type ! Et il sait comment le sortir du pays sans histoire, et tout. Oh, quand on a des dollars, on se la coule douce, mon compère ! Fric, fric et fric, y a que ça de vrai ! Viens un peu par là, qu'on cause bisné. – Ils sont sortis dehors et se sont assis au bord du trottoir. Cheo a continué : – Tu sais, mec, je te connais même pas, mais tu es un grand cinglé parce que tu aimes, mon compère. Et si tu t'es collé avec ma sœur, eh bien... Je dois t'aider.

– Je sais pas pourquoi tu dis ça.

– Tu es jeune. Tu as de la ressource. Cette jolie couleur que tu as, ça se monnaie.

– De quoi tu parles ?

– De quoi ? Les étrangères, elles sont dingues des Noirs et des métis. Comme toi et comme moi. Et cette pine que tu as, elle vaut une fortune. T'as de l'or entre les pattes, je te dis ! De l'or en barre !

– Hé, t'es pédale ou tu as bu ou quoi ?

– Attends, attends, commence pas à te monter le bourrichon. J'essaie de t'aider, moi.

– De m'aider ? Comme ça, à l'œil, parce que tu es tellement le brave bougre ? Avec cette tronche de filou que tu as ? Déconne pas, vieux.

– Calmos, mon compère, calmos ! Prête-moi attention. J'ai été six mois en Finlande, moi. Embringué avec une de là-bas même, de la capitale. Le pied, ça a été. D'accord, un froid et une neige à te péter les couilles, et je comprenais pas la langue, mais à part ça, la vie... On vit comme un roi, là-bas.

– Pourquoi tu es revenu, alors ?

– Oh, ça,... J'ai eu des petits soucis avec la police et... Bon, c'est le passé. Vois-tu, Rey, il faut aller de l'avant. Je suis à la colle avec une Norvégienne, maintenant. Elle arrive en février, pour se marier avec moi. Et après, ciao, je me barre.

– Pour où ?

– La Norvège, tiens !

– C'est où, ça ?

– Au diable vauvert. Elle dit que c'est pareil que la Finlande, froid et neige atroces, langue pas possible, égal merdier, quoi. Mais cette fois j'y vais marié, tout en règle, et je reviens pas, même pour la rigolade.

– Bon vent, alors.

– Oui, mais si je te raconte ça, c'est parce que ma meuf a deux ou trois copines, n'est-ce pas ? Alors quand elles se pointent ici, je te présente, tu emballes et tu te tires, toi aussi. Et après, on envoie un Norvegos à Katia. Qu'on se comprenne bien, hé : là, c'est sauve qui peut, mais si je peux t'aider toi, et ma sœur aussi...

– Non, non, compte pas sur moi. D'abord j'ai la trouille de l'avion, ensuite j'ai jamais quitté La Havane, et en plus j'en ai pas besoin. Pour moi, c'est ici que ça se passe.

– Fais pas le couillon, Rey. Tu es jeune, tu as une bite qui peut t'ouvrir les portes du monde entier. Crois-moi.

– Non, non, ça suffit. J'y vais, maintenant.

– Hé bé, tu vas crever la dalle toute ta vie, alors.

– J'ai l'habitude de me battre, compère, et je suis encore jamais mort de faim. Dis à Katia que je suis parti. Je reviendrai un de ces quatre. »

Cheo est resté sur son trottoir en se disant que ce mec était un idiot. Au bout d'un moment, il est rentré et il a annoncé à Katia : « Écoute voir, tu m'oublies ce moitié de Blanc minable ! Celui qui naît pour piétiner, il décollera jamais. »

Il avait peur, maintenant. Il a acheté des petits pains aux croquettes, des boissons, des bonbons. Après s'être empli la panse, il a refait la route habituelle : sortir de Regla, laisser les silos derrière lui, marcher encore sous le doux soleil de janvier, retrouver son container. Trop de problèmes tournaient dans sa tête : la flicaille, Magda, le malheur possible entre Yamilé et Sandra... Il était épuisé et la nuit précédente lui avait donné la migraine. « Après tout, s'est-il dit, je me suis dégotté une tonne de fric sans trop de travail. » Et il s'est endormi. Vingt heures d'un sommeil de plomb, sans rien pour l'interrompre. Il s'est réveillé à midi le lendemain, avec une faim terrible. Il s'est maîtrisé. Il savait comment s'y prendre. Oublier la faim, puisqu'il y a rien à croûter : cette formule de sa mère, il se la répétait machinalement jusqu'à cesser d'en souffrir. Un réflexe conditionné. Il a somnolé encore un moment. Par pure paresse, parce qu'il ne se faisait pas d'illusions : il fallait bouger. Retourner à Regla et chercher Katia. Ou repartir à La Havane et chercher Magda. Qu'est-ce qui serait le mieux ? Ah, comme il détestait prendre des décisions ! Il ne pensait jamais en termes de planification, de logique, de persévérance, de long terme. Des chiens aboyaient au loin. Plein de clebs, qui hurlaient tous en même temps. Son esprit a dérivé tranquillement par là-bas. Il les a écoutés un bon moment. Il a découvert alors qu'il y avait aussi des coqs qui chantaient, quelques camions qui passaient en grondant et, beaucoup plus près, le vent qui faisait murmurer les herbes folles. Rien de tout ça ne l'intéressait. Quoi d'autre ? Rien. Rien d'intéressant. Tout lui semblait inutile. Il s'est rendormi. Doucement.

La nuit tombait quand il s'est réveillé. La faim était devenue si tenace qu'il ne la sentait plus. Il est parti vers La Havane sans y penser. Maigre, émacié. Il avait encore de l'argent dans sa poche mais il ne s'en souvenait pas. Il a longé le quartier Jesús María jusqu'au parc Maceo. Il était très tard. Il n'avait pas l'espoir de trouver Magda en train de vendre des cacahuètes devant l'arrêt du bus, à cette heure. Et elle n'y était pas, non. Deux types étaient en train de discuter. Soudain, l'un d'eux a sorti une poupée en plastique du sac qu'il avait avec lui et a frappé l'autre avec, sur la tête : « Me traite plus comme ça ! Ça suffit, maintenant ! Profite plus de moi comme ça ! »

Le deuxième s'est protégé d'un bras tout en lui attrapant la main, mais il s'est dégagé pour continuer à lui taper dessus avec la poupée, qui a commencé à tomber en morceaux. Il a jeté les débris et il s'est servi de ses poings. Ses coups étaient désordonnés, faibles, comme ceux d'une fillette maladive. Et il continuait à crier sur l'autre : « Jamais j'ai eu un homme si méchant ! Jamais ! »

Sans proférer un mot, l'autre se protégeait comme il pouvait. Soudain, il a saisi le bras de l'assaillant, l'a tordu vicieusement et, pris d'une fureur épouvantable, lui a cassé les os, comme ça, sur son genou. Ensuite, il est resté à contempler son œuvre d'un œil moqueur et satisfait. Affalé par terre, tremblant de douleur, le type le regardait avec stupeur. Il ne pouvait plus parler, tellement il souffrait. Les passants qui avaient observé la scène étaient muets, eux aussi. Un vieux pochard a rompu le silence. Le regard fixe, braqué sur eux, il répétait comme une litanie : « Ce monde, il est foutu... Non, mais regardez ça... Ce monde, il est foutu... Non, mais regardez ça... »

Le zigue au bras cassé est resté par terre tandis que l'autre s'en allait en sifflotant. Tous les témoins ont tourné la tête dans une autre direction et Rey a continué son chemin vers le Malecón en traversant le parc Maceo. Il était peut-être minuit, ou deux heures du matin, ou trois. Pareil. Il n'y avait presque personne, à part quelques couples en train de boire du rhum et de baiser sur des bancs, et quelques voyeurs aux aguets qui s'astiquaient la queue en rythme, rêveurs. Très bien, tout ça. No problem.

Rey s'est alors souvenu des dollars qu'il avait encore dans la poche. Ses yeux se sont posés sur la cafétéria Fiat. Brusquement, la faim s'est mise à rugir comme un tigre dans ses entrailles. Littéralement. Une chose qui arrive très peu souvent, dans la vie, et qui vous panique parce que vous êtes persuadé que ce tigre va vous dévorer pour de bon, en commençant par les tripes pour jaillir dehors. Le plus couillu des couillus perd son calme, à cette idée, et ne pense plus qu'à trouver de quoi manger de toute urgence, afin de calmer le tigre. Pressant le pas, il s'est imposé entre la faune habituelle de touristes crédules en quête d'émotions sexuelles aussi grandioses que bon marché, de cavaleuses et de cavaleurs à la recherche de l'étranger qui changera leur vie en leur proposant le mariage. Il y avait aussi quelques pédérastes, quelques gouines brutalement masculines, des revendeurs de rhum imbuvable présenté dans des bouteilles de marque. En trois minutes, Rey avait englouti deux hot dogs au bacon et deux bières. Il a pris soin de ne pas montrer les billets qui lui restaient, cette fois. Il a acheté un paquet de cigarettes et il est allé fumer sur le front de mer. Il n'avait pas sommeil. Même s'il ne s'était pas lavé ni rasé depuis des jours, il ne paraissait pas encore être passé dans la catégorie des clochards irrécupérables. Il était juste un peu sale, négligé, fripé, partie intégrante de l'ambiance apocalyptique des villes fin de siècle. Des travestis hyper-sensuels et des lesbiennes à l'ivresse vulgaire ne cessaient de lui demander des cigarettes. De cette manière, il a distribué pratiquement tout le paquet qu'il venait d'acheter avant de réagir : hé, c'était là qu'il était venu s'asseoir, justement là ? Sur le Malecón, en face de la cafétéria Fiat, le point de ralliement de tous les gays et les gouines prêts à taper le premier venu ? Oh, l'innocence ! Il s'est hâté un peu plus loin. Retour au parc Maceo, territoire du batifolage hétérosexuel et des voyeurs correspondants, moins agressifs, plus absorbés par leurs petites affaires.

Il n'avait pas sommeil. Qu'est-ce qu'il pouvait faire ? Rien. Fumer les deux clopes qui lui restaient. Il en a allumé une en regardant la mer assombrie, écumante, de janvier. Il faisait bien frais et... ah, ça lui a rappelé son anniversaire. Quel jour on était, d'abord ? Il a observé les alentours. À quelques mètres, un Noir se branlait en matant un couple qui faisait l'amour. Ils étaient assis sur le parapet du Malecón, l'un en face de l'autre, et bougeaient en rythme. Fasciné par le spectacle, le Noir faisait aller sa main sur le même tempo. Rey n'a pas hésité.

« Pssst, hé, là... Écoute, hé... »

Se croyant repéré, le type a fourré son membre dans le pantalon avec une précipitation apeurée. Il devait avoir perdu son érection en trois secondes, à l'idée qu'un flic venait de le surprendre en flagrant délit de masturbation sur la voie publique. Il a jeté un regard effrayé vers l'endroit d'où cette voix était venue. Rey a enchaîné :

« Quel jour qu'on est aujourd'hui, l'ami ?

– Hein ?

– Quel jour c'est, aujourd'hui ?

– Heeeeeein ? Qu'est-ce que tu demandes, là ?

– La date. Le jour. On est quoi, aujourd'hui ?

– Ah, mais... Putain, mon pote, je sais pas, je sais pas... Putain, tu m'as miné, là ! »

Très fâché, il a tourné le dos à Rey et il a essayé de revenir à son occupation favorite, de récupérer le temps perdu et d'aller encore plus loin. Rey a sauté sur ses pieds et s'est remis à marcher. Au coin de Belascoaín, deux policiers s'ennuyaient ferme. Rey a senti ses cheveux se dresser sur sa tête. Faisant volte-face, il s'est jeté dans le tunnel. Il est resorti dans le parc. Encore plus de couples. Un vieux a surgi devant lui, chargé de deux sacs en plastique rebondis qui avaient l'air de peser lourd. Il marchait vite, les traits crispés par l'appréhension.

« C'est quoi, aujourd'hui, grand-père ?

– Deux heures et demie.

– Non, non, le jour ?

– Quoi ?

– Quel jour qu'on est ? La date ?

– Ah, j'en sais rien... Il est deux heures et demie. »

Trois flics à l'angle de Belascoaín et San Lázaro. Rey s'est esquivé en direction de Marqués González. Il rejoignit le quartier Jesús María par les rues les plus secondaires, parce que la police surveillait les avenues. À la porte d'un immeuble sur Ánimas, une dame vraiment très, très, très grosse prenait le frais. Presque nue. Elle n'avait qu'une robe vieillissime sur elle, devenue transparente à force d'avoir été lavée et relavée. On voyait ses énormes nénés, ses tétons gigantesques, sa monstrueuse bedaine. En bas de cette masse gélatineuse, surchauffée, inondée de sueur acide, il y avait peut-être un mont de vénus, un vagin humide et palpitant, et tout le reste. C'était peut-être là, oui. Le problème, c'était d'y arriver sans mourir asphyxié. Elle n'était pas très âgée, cette dame. Entre trente et cinquante ans, ou entre vingt-cinq et cinquante-cinq, allez savoir... Quand on ne l'a pas facile, la vie abîme plus, creuse des rides supplémentaires, et ainsi de suite. Elle a regardé Rey avec un sourire en coin.

« Vous savez quel jour on est ? »

Surprise par la question, elle s'est mise à rire comme s'il s'agissait d'une bonne blague.

« Hahahaha, je sais pas, hahahaha !

– Bon...

– Mais viens un peu par ici, attends... Hahahaha ! »

Elle l'a retenu par la main. Elle avait des bras comme des jambons, de grosses paluches pleines de force. Rey a voulu se dégager mais elle a renforcé sa prise. Elle a pris un ton séducteur, ou plutôt qui se voulait tel. On aurait dit le Loup devant le Petit Chaperon rouge :

« Pourquoi tu veux savoir la date ?

– Pour rien, pour rien... Lâche-moi, je suis pressé.

– Ne t'en va pas... Pressé pourquoi ?

– Lâche-moi, bordel ! »

Elle a obéi tout en lui disant :

« Viens dans ma chambre, que tu voies un peu comment je jute. Des torrents de crème. Tu as jamais vu une chose pareille, toi. Tu es un bébé. Allez, viens, reste... Viens ! »

Rey était déjà loin. Quelle crétine, cette grosse ! « Qui va tirer un mastodonte pareil, foutre ! Je me branlerais cinquante fois, d'abord ! » Avec la plus grande précision, il a commencé à s'imaginer soulevant ces tonnes de graisse, de tripe et de chair pour chercher la moule et la rondelle de cette femme. Il se voyait en train de peiner à la tâche pendant qu'elle riait, riait, mais il ne trouvait pas son sexe, rien que sueur, crasse et puanteur acide. Il a souri. Ce serait rigolo, finalement...

Il a accéléré un peu. Tout était très silencieux et tranquille. Obscurité, effluves d'ordures pourries. Les éboueurs ne passaient plus depuis des jours, visiblement, et à chaque coin les tas d'immondices s'accumulaient, toujours plus fétides et plus tentants pour les rats, les cafards et autres. Il n'aimait pas marcher dans ces ténèbres. Seules les grandes artères étaient relativement éclairées. Assis à la porte de leurs petites piaules étouffantes, quelques Noirs du quartier buvaient du rhum en bavardant doucement. Les gens disaient que cette chaleur anormale était la faute d'El Niño. « De quel gosse ils parlent ? » s'est demandé Rey.

Le pâté de maisons suivant, ils étaient presque tous dehors. Incapables de dormir, ils prenaient la chose avec philosophie, sortant sur le trottoir pour attendre que le sommeil finisse par les terrasser. De toute façon, personne ne travaillait, personne n'avait d'horaire, personne ne devait se lever tôt. Il n'y avait pas de travail mais tout le monde vivait ainsi, comme par miracle, sans hâte. Remontant Factoría, Rey s'est arrêté au coin de l'immeuble en ruine. Il tenait encore debout, au moins. « Bon, il faut que je me décide », a-t-il pensé. Un coup d'œil à la ronde. Pas un chat. Il s'est glissé à l'intérieur, a grimpé les escaliers dans le noir, a frappé à la porte de Magda. Pas de réponse. Le cadenas n'était pas là, donc elle devait dormir. Il a frappé encore. Il a appelé tout bas, la bouche contre le battant :

« Magda ? Magda... Magdalenaaaa... »

Au bout d'un moment, elle a répondu :

« Qui c'est qui fait chier, à une heure pareille ?
– Rey.
– Rey ? Rey !
– Crie pas, crie pas... »

Elle a ouvert. Ils ne voyaient presque rien. Elle l'a pris dans ses bras à tâtons, l'a embrassé comme une folle, l'a serré contre elle en réprimant difficilement ses sanglots. « Je croyais qu'ils t'avaient mis en prison, mon amour ! Ah, sur ta mère, mon Rey, comme c'est bon, tu es revenu ! »

Il n'a pas répondu, mais pour la première fois de sa vie il a ressenti en lui quelque chose d'incroyablement beau, d'absolument inexplicable, une émotion inconnue et magnifique qui grandissait dans son cœur. Et sa réaction a été une érection formidable, géante, facétieuse, la plus joyeuse de toute son existence, et ils ont baisé comme des sauvages, en s'aimant plus que jamais, un orgasme après l'autre jusqu'à l'aube. Après, ils se sont endormis, bien dégoûtants, maculés de sueur, de sperme, de saleté, de salive. Sur ce matelas répugnant, ils ont ronflé comme deux petits porcs tout contents.

Magda avait des morpions. Elle les a refilés à Rey, mais elle l'a convaincu que c'était lui qui les lui avait repassés. Et ils en sont restés là. Malgré les morpions et l'engueulade qu'ils avaient provoquée, ils ont passé trois jours dans un huis clos d'amour, de passion et de sexe. Dépensant les derniers dollars de Rey, ils ont vécu de rhum, d'herbe, de cigarettes et de bière. Le quatrième jour, ils avaient une gueule de bois abominable, des crampes partout. Le gland de Rey était en feu, la peau irritée autour des perles. La chatte et le cul de Magda, pareil. Dans toute cette chaleur humide, les morpions avaient crû et multiplié à l'envi. Ils ne leur laissaient pas une minute de paix. Leur estomac brûlait, aussi. Pour compléter le tableau, il ne leur restait que vingt-cinq cents américains, soit cinq pesos au change officiel.

En sentant sous ses doigts cette unique piécette, Rey a été soulagé ! Il n'aimait pas avoir de l'argent, en réalité. Il ne savait pas quoi en faire. Soudain, il s'est souvenu de son anniversaire.

« Hé, Magda ? Le 7 janvier, c'est passé ?

– Pourquoi ?

– C'est mon anniv', le 7.

– Non, sans blague ! Et combien il fait, mon petit poulet ? Dis-moi, que je t'organise un goûter avec des bougies et des caramels.

– Ah, fais pas chier ! On peut jamais causer, avec toi. »

Elle est venue à lui, l'a pris dans ses bras et l'a embrassé. Ils puaient vraiment, après toutes ces galipettes sur le matelas pouilleux, trempé de sueur, couvert de poux. Mais ils n'en avaient pas conscience, eux. Ils se trouvaient très bien. Les baisers de Magda étaient si pleins d'amour qu'ils ont aussitôt calmé Rey :

« Alors combien tu fais, papito ? Dis-moi. Je crois qu'on est... Attends que je me rappelle. Tu es revenu le dimanche 4 dans la nuit. On a baisé sans arrêt le 4, le lundi 5, le mardi 6. Donc aujourd'hui, on est mercredi 7. Donc, c'est ton anniversaire !

– Vraiment ?

– Mais oui ! Quel âge tu as ? Dis-moi la vérité.

– Dix-sept.

– Bien vrai que la vie t'a mené à train d'enfer ! On croirait que tu as trente ans.

– Ah, déconne pas.

– Bon, en tout cas, il faut fêter ça.

– Fêter avec quoi, Magda ? On a fait ça trois jours, fêter. Ou quatre, je sais plus. Et il me reste vingt-cinq cents en poche.

– Je vais chercher quelque chose. Même si c'est juste un peu de rhum. »

Ils étaient réellement sales, tous les deux. Et ils se grattaient comme des damnés, avec les poux, les puces et les morpions. Devant la porte de Magda, Rey a jeté un coup d'œil machinal vers la chambre de Sandra. C'était ouvert. Il s'est approché, a passé la tête. Personne. Complètement vide. Tout avait été volé, jusqu'aux étais qui retenaient la partie du plafond prête à s'écrouler. Il est revenu sur ses pas.

« Qu'est-ce qui est arrivé à Sandra ?

– Je sais pas et je veux pas savoir.

– Mais, Magda... Comment tu saurais pas ?

– C'est toi qui devrais être au courant, pas moi. Ah, chaque fois que je me rappelle ça, la haine que ça me met ! Que tu tantouzes comme ça...

– Mooooi ? Non.

– Il paraît qu'ils l'ont jeté en taule, ce pédé. Et ils sont venus inspecter sa piaule. J'ai rien vu, moi. C'est ce qu'ils racontent ici.

– Mais... Et toutes ses affaires ? La télé, la radio, le frigo ? Sandra avait tout ce qu'il faut, là-dedans.

– Je t'ai déjà dit que je m'en fiche. S'il est en prison, pourvu qu'ils lui collent vingt ans !

– Ah, merde, pourquoi tu as l'esprit si mauvais ?

– Pour rien. Chien mort donne plus la rage. »

Ils ont allumé la dernière cigarette restante et ils se sont assis dans l'escalier. À attendre qu'une idée leur vienne. Magda n'avait plus d'argent ni de maní à vendre. Rey : une pièce dans la poche. Ils contemplaient une flaque d'eau à l'étage d'en bas. Elle était rouge, teintée par la rouille des conduites oxydées.

« On pourrait fourguer du poison contre les cafards, a proposé Rey.

– Et tu le sors d'où, exactement ?

– Cette eau-là, toute rouge, ça pourrait en être. Dans des petites bouteilles, ni vu ni connu.

– Dis pas de bêtises, Rey. Personne n'achète de poison à cafards, d'abord. Qu'est-ce qu'on s'en fiche, des cafards ?

– Alors il faut trouver une statue de saint et aller faire l'aumône.

– Deux ! Une pour moi, une pour toi. »

Ils se sont mis en route. On aurait dit des zombies. Ils ont pris Campanario jusqu'à l'église de la Caridad. Ils étaient là, les saints en plâtre. Les figurines décapitées, couvertes de grigris, étaient alignées devant la porte de l'église. Ils en ont réquisitionné deux, leur ont remis la tête sur le cou. Ils ont tenté leur chance sur place. Non. Personne ne leur a donné un rond. Direction Galiano, où des milliers de gens s'agglutinaient devant les boutiques et des milliers d'autres revendaient tout et n'importe quoi sur le trottoir, un bric-à-brac qui allait des bijoux fantaisie aux chaussures de marque. Ils se sont dit que les passants auraient de l'argent, dans cette rue.

Avec une tronche de circonstance et les balbutiements appropriés, ils se sont mis à tendre la main. Rien. Pas une pièce. Incroyable, mais vrai. Magda avait peu de patience pour ce genre de chose. Il lui fallait dix ou vingt pesos, de quoi s'acheter des cacahuètes, du papier et laisser tomber ces pitreries avec la marionnette. Elle a commencé à lancer des regards insistants à quelques vieux soûlards regroupés dans le jardin public. Aucun d'eux n'a mordu à l'hameçon. Mais elle ne se laissait jamais abattre si facilement. Elle est allée à eux. Si elle était obligée de leur tirer la thune des poches, elle était prête, parce qu'elle voulait recommencer avec le maní. Elle a distribué les saluts enjoués et les sourires provocants à la ronde, pris ses airs de nympho. Ça n'a rien donné. Ils étaient trop vieux et trop soûlards. Ils ne lui ont pas accordé la moindre attention. Après avoir observé son manège de loin, il s'est moqué d'elle : « Tu es en train de perdre tes pouvoirs, on dirait, hahahaha !

– Je me suis négligée. Tu m'as transformée en loque, avec tes parties de baise de zinzin à n'importe quelle heure. Sans compter que ceux-ci sont des vieux bons à rien. Même avec une grue, il se lèverait pas, leur quiqui.

– Ton problème, c'est que tu es une vioque, toi aussi. Alors que moi, je pète la forme.

– Quelle vioque ? J'ai vingt-huit ans, c'est tout !

– T'en fais quarante.

– C'est ça, c'est ça... Moi qui cherchais un peu de fric pour fêter ton anniversaire...

– Arrête ton ciné. Tu cherchais un peu de fric pour qu'on crève pas de faim, c'est tout.

– Quel ingrat tu es ! Tu dégoûterais n'importe qui de la vie.

– Ingrat, non. Je suis un dur de dur, comme dans la chanson : "Toi, joue pas avec moi, sinon tu te brûleras."

– Ah, le barbare ! Le Roi de La Havane ! Hahahaha !

– Quoi, hahahaha ? Le Roi de La Havane, oui ! Super-dur. Personne vient me chanter, à moi.

– T'es un morveux, Rey. Joue pas les terreurs, parce qu'il te reste beaucoup à apprendre. Beaucoup.

– Et qui va m'enseigner ? Toi ?

– Ni moi, ni personne. Tu es une tête brûlée. Ou tu apprends tout seul, ou tu vas dans le mur.

– J'ai rien de rien à apprendre. »

Ils sont descendus sur le Malecón en parlant. Un touriste qui portait un grand sac à dos leur a demandé où était l'avenue Italia. Il avait l'air paniqué. Ils n'avaient aucune idée où elle pourrait être, cette rue. Ils étaient sur Galiano, ça c'était sûr. Le touriste était de plus en plus perdu :

« Ici, c'est l'avenue Italia ?

– Non, señor, ici c'est Galiano. Cette avenue que vous dites, elle existe pas.

– Aaaah... »

Il n'y comprenait plus rien. Ils lui ont demandé la pièce. Le touriste les a éconduits avec un geste méprisant et il est reparti à toute allure. Cherchant désespérément l'avenue Italia. Il y avait peut-être sa vie, là-bas...

Magda et Rey ont continué. Deux passants leur ont donné une minuscule obole. Ils avaient trente cents, maintenant. Le soir tombait, la mer était calme. Deux types mettaient à l'eau leur chambre à air. Ils allaient passer toute la nuit à pêcher, les fesses et les pieds trempés. Ils allaient à deux ou trois cents mètres du rivage, lançaient des fils garnis d'hameçons et de plombs. Des fois, ils revenaient bredouilles mais d'autres ils attrapaient un bon spécimen, surtout s'ils se plaçaient juste au milieu du canal d'entrée du port. Souvent, c'était seulement une poignée de petits poissons, qu'ils vendaient le lendemain matin. C'était le rêve de Rey, ça : avoir un de ces boudins en caoutchouc et flotter en silence sur les vagues obscures, en vérifiant les fils jusqu'à ce qu'un beau poiscaille vienne s'y prendre. Il ne savait pas nager, certes, mais il pourrait apprendre. Il est resté un moment à les contempler, imaginant qu'il avait leur équipement et qu'il allait pêcher toute la nuit, lui aussi. Magda l'a secoué :

« Hé, remue-toi ! On bouge.

– Pour aller où ?

– À l'arrêt du bus. »

Dix minutes plus tard, ils étaient sur les marches de la chapelle, leur petit saint à la main. Les fidèles de la Miraculeuse entraient et sortaient, certains leur abandonnant quelques pièces. Les bus se succédaient rapidement, avec à chaque fois des dizaines de passagers qui se bousculaient pour descendre ou monter, à moitié hystériques, leurs yeux lançant des dagues au zigue qui leur avait tripoté les fesses, ou avait essayé de fouiller leurs poches. Ceux qui montaient bandaient leurs muscles, se préparant à la bataille. Ceux qui descendaient sortaient de la mêlée et reprenaient leur souffle, heureux de s'être échappés. Sourcils froncés, l'air peu commode, Magda était dans son élément, ici. Elle avait couché avec plusieurs des conducteurs d'autobus, ou du moins leur avait branlé la queue pour cinq pesos. Un petit service, quoi. Là, sans ses cacahuètes, elle n'était plus rien, pourtant. Un bus est arrivé. Elle a cherché du regard qui était au volant. Quand elle l'a reconnu, elle a sauté comme si elle avait un ressort dans le cul. Elle est allée à sa fenêtre, lui a parlé à voix basse. Elle lui a montré Rey du doigt, ils ont encore parlementé et le bus est reparti. Elle est revenue en souriant :

« Je t'ai trouvé une combine, mon beau.

– Comme quoi ?

– Débardeur à La Polar.

– Putaaaaain ! À porter des caisses de bière ?

– Bien sûr.

– Je suis trop maigre pour ça. Je mange pas assez, non plus.

– Mais tu es une bête, papito ! Un couillu.

– C'est comment, ce plan ?

– Ce type et moi, on est en affaires. Et son frère est le chef du dépôt, là-bas. Regarde, il m'a prêté vingt pesos pour que je m'achète du maní et du papier.

– Viens, on va bouffer quelque chose.

– Ils sont pour mon maní, ces vingt là ! Et ce qu'on a récolté, c'est à peine... Même pas trois. Non, il faut continuer avec les aumônes. Et demain tu te présentes à l'usine.

– Et ma fête ? Tu avais pas dit que tu cherchais de la thune pour ça ?

– On le fêtera un autre jour, mon amour. M'oblige pas à dépenser ce peu que j'ai. »

Rey s'est tu. Il avait faim, rien d'autre. Il a regardé

autour de lui. Au coin, deux gus vendaient des pains aux croquettes, des tomates. Un grand plateau posé sur leur chariot. Il a tendu sa statuette à Magda :

« Garde-moi ça. Je t'attends à la porte de Yumurí. Rejoins-moi là-bas. »

C'était facile. Il est allé à eux, leur a demandé quatre pains. Il a fait comme s'il cherchait de l'argent dans son pantalon. Soudain, il a détalé en remontant Marqués González. Les types criaient : « Attrapez-le, attrapez-le, il a volé ! » Personne n'a bronché. Rey a couru deux blocs comme un dératé. Il s'est arrêté. Non, on le suivait pas. Sur Belascoaín, il s'est assis sous un porche et il a dévoré les quatre pains. Il a manqué s'étrangler. On lui a donné un verre d'eau dans un bar. Il a remonté la rue jusqu'à Reine, s'est installé sur les marches de la poste pour attendre Magda. Il faisait presque nuit. Elle est arrivée une heure après. Elle a ri en le voyant :

« T'es un zinzin, papito !

– Je me suis bouffé les quatre, alors achète-toi quelque chose, si tu veux manger. »

Le lendemain, Magda l'a réveillé trop tôt. Il faisait encore nuit et lui, comme toujours au réveil, il avait la pine raide et levée, anxieuse de trouver un trou où s'introduire pour cracher la purée en excès. Mais non. Elle ne lui a pas permis de se laisser aller.

« Allez, bouge-toi, autrement, dix heures vont sonner et tu seras toujours là. On baisera ce soir.

– Déconne pas, quoi ! Suce-la un peu, au moins.

– Si je la suce un peu, ça veut dire que je me la mets

dans le cul toute seule. Hé, tu crois que je suis en fer ou quoi ? Allez, lève-toi et vas-y. Tu prends le bus jusqu'à la 51 et tu descends à La Polar.

– Oh, mais tu te prends pour un général de l'armée, aujourd'hui.

– Général mes fesses. J'en ai assez de ta fainéantise, voilà. Tu penses rien qu'à niquer. Le ventre vide mais la baise dix fois par jour. C'est impossible, ça. »

Il est arrivé à l'usine à sept heures, sans s'être lavé la figure ni avoir pris de café, très sale et bandant encore à moitié parce qu'il avait profité du trajet en bus pour se frotter contre le gros cul bien ferme d'une Noire. En le sentant faire, elle s'était cambrée en arrière et quand Rey était descendu sa bite était sur le point d'exploser, il en tremblait presque, ses bourses étaient douloureuses.

Il s'est présenté à un vieux type grand et massif, avec une tête d'ivrogne chronique. Ici, ils avaient tous l'air de soûlots mais celui-ci, particulièrement, semblait être né une bouteille à la main. Pas commun, le type. Il l'a jaugé de haut en bas, désapprobateur :

« C'est toi qui es recommandé par Carmelito ? Ah, ce pays est foutu, chaque jour un peu plus. Tout ce qui fonctionnait est allé au diable... Bon, suis-moi. »

Il l'a conduit dans un couloir, l'a fait entrer dans un bureau, lui a montré une chaise :

« Dès que la jeune fille arrive, tu lui donnes ta carte d'identité et elle te met dans l'équipe de l'entrepôt. Tu commences un mois à l'essai. Ne crois pas que c'est fixe.

– Non, non, c'est pas possible...

– Qu'est-ce qui est pas possible ?

– J'ai pas ma carte avec moi, là.

– Tu ne l'as pas là ni nulle part.

– Euh...

– Bon. Dans ce cas, tu traites direct avec moi. Entre nous. Ce sera meilleur pour toi. Je te file dix pesos par jour. De ma poche. C'est clair ? Et tu te la fermes. Tout ce que tu vois à l'entrepôt, j'ai dit "tout", c'est pas tes oignons. T'as rien vu et t'as rien entendu. Pigé ?

– Oui, oui-oui-oui.

– Voilà. On y va. »

L'instant d'après, Rey charriait des caisses de malt et d'orge dans l'entrepôt. Il fallait les entasser sur des wagons électriques qui les emportaient à l'unité de fermentation. Pas difficile, le boulot. Tout seul dans ce hangar énorme. Le conducteur du train ne disait pas un mot. Au bout d'une heure, pourtant, la faim l'a saisi aux tripes et il est allé chercher le gros vieux. Il ne l'a pas trouvé. Il a recommencé à charger les caisses en suant. À dix heures, il a cru qu'il allait tourner de l'œil. Il se sentait très faible et il n'arrêtait pas de se gratter. Avec la chaleur et la sueur, les morpions étaient à la fête, plus voraces que jamais. L'autre a fini par réapparaître. Au bord de l'évanouissement, Rey a murmuré :

« Écoutez, señor, il faut que je mange quelque chose, autrement...

– Ah oui, j'avais oublié. Prends par ce couloir. Il y a une buvette, ils vendent des croquettes et des boissons.

– Euh...

– Quoi ?

– C'est que... j'ai pas d'argent.

– Oh, l'ami, mais faut t'exprimer, con ! Parle, vu

qu'on est pas des devins, personne. Tiens, voilà une avance. Cinq pesos. Ce soir je te donne les cinq autres. »

Il s'est payé des croquettes et, pour le déjeuner, du riz et des petits pois. Il a trimé tout le reste de la journée. À cinq heures, il a eu le reste de sa paie. Il sentait le rat mort. Lui tendant le billet à bout de bras, le gros vieux lui a demandé :

« Tu viens, demain ?

– Mais oui...

– Bien. Te froisse pas, alors, mais lave-toi, mon pote, lave-toi, parce que tu coinces sérieux.

– Euh... Il y a de quoi, ici ?

– Il y a des douches par-derrière, mais on n'y a pas vu de flotte depuis perpète.

– Ah...

– Écoute, va prendre un seau d'eau à l'unité de fermentation, mets-toi dans un coin et frotte.

– Ça me va.

– Et tu vas remettre ces fringues puantes ? Bon, c'est comme tu veux. »

Ce jour-là, Rey est reparti tout propre mais dans ses habits raides de crasse. Le lendemain, le vieux lui a offert un bout de savon. Le surlendemain, un tee-shirt presque neuf. Le jour d'après, un pantalon. Et le jour suivant, il l'a amené à l'infirmerie pour qu'on le débarrasse de ses morpions et de sa gale. Au bout d'une semaine, il avait déjà meilleur aspect. Le vieux lui a dit :

« Dans cet entrepôt, tu n'as pas d'avenir, Rey. Gratter pour dix pesos par jour, c'est pas une vie.

– Eh bien...

– Tu veux devenir manutentionnaire à la production ?

– C'est quoi, ça ?
– Manutentionnaire à la production.
– Euh...
– Tu veux, oui ou non ?
– Eh bé...
– Allons-y. »

Ils sont partis à la chaîne de mise en bouteilles. La technologie de la bière en canettes n'était pas encore arrivée dans le pays. Les bouteilles tintaient en s'entrechoquant sur le tapis. Les ouvrières avaient des visages jeunes mais ridés. Des métisses et des Noires qui suaient joyeusement et aimaient rigoler avec les employés mâles. Il y avait une bonne ambiance, décontractée. Les bouteilles sortaient pleines une à une. Il fallait les ranger dans des caisses, puis entasser les caisses sur des palettes que les monte-charge emportaient. Ça n'arrêtait pas. Cinq ou six Noirs costauds trimbalaient les caisses. Ils ont regardé Rey approcher d'un œil un peu torve, sans interrompre leur travail. Le vieux l'a mis en équipe avec deux d'entre eux. Le rythme n'était pas effréné. On pouvait transporter les caisses sans trop forcer, mais il était exclu de s'arrêter. Ils étaient soumis à la cadence de la chaîne.

Parfois, ils devaient charger directement dans un camion. Dans ce cas, les Noirs se montraient plus rapides et un certain mystère entourait le départ du chargement. Une fois le semi discrètement parti, ils reprenaient leur place aux palettes et aux monte-charge qui envoyaient les bouteilles à l'entrepôt. Très bruyant. Impossible de se parler, sauf en criant quelques mots indispensables.

Rey a eu envie de caguer, soudain. Il a résisté. Ce

n'était pas le moment. Le besoin était de plus en plus pressant. Oh... Il a serré les fesses et les dents, mais il était sur le point de chier dans son pantalon. Il n'avait pas de slip, évidemment. Il n'en avait jamais eu. Alors quoi, faire dans son futal ? Pas question. Il a crié à l'un de ses compagnons :

« Hé, je vais me chier dessus, là ! Où c'est qu'on peut faire ?

– Non, non, non, non !

– Quoi, "non, non, non, non" ? Il me faut caguer, bordel ! Tu m'entends pas ? Où je peux aller ?

– Pas avant la sonnerie. Quand il y a la sonnerie, là, oui, tu peux.

– Le con de ta mère, qu'est-ce que tu me baratines ? Je te dis que je vais me chier vivant, con ! »

Il allait descendre de la plate-forme de chargement, à environ deux mètres du sol, mais le Noir l'a pris par le cou et lui a envoyé un sale coup sur la tête :

« J'ai dit que tu peux pas. T'as qu'à faire dans ton futal. »

Rey a contracté son cul et il a fait la brute, lui aussi. Il a balancé une bonne pêche au Noir, sauf que l'autre était en acier, il n'a rien senti et il a juste attrapé une bouteille de bière par le goulot. Le troisième type de l'équipe a cherché à le maîtriser, mais il tenait absolument à sonner Rey sur la tête. Celui-ci a esquivé, le mec a perdu l'équilibre en frappant aussi fort, Rey l'a repoussé en arrière. Il est tombé sur le derrière juste au bord de la plate-forme. Il n'a pas eu le temps de se retenir à quoi que ce soit et il a continué sa chute. Deux mètres plus bas, sur le dos. Dur. Un ou deux os cassés, apparemment.

Il a essayé de se relever. Impossible. Il geignait. La chaîne continuait son travail, bouteilles, caisses, palettes. Personne ne pouvait s'interrompre pour aller secourir le type. Rey n'arrivait plus à tenir, lui. Il a couru dans un coin, derrière des caisses empilées, et il a tout lâché. Beaucoup et bien. Ouf. Il pensait avoir terminé mais non, il est sorti encore un peu de merde. Après, super, sinon que... Comment s'essuyer ? Avec les doigts, rien d'autre, qu'il a frottés ensuite contre le sol. Il a remonté son pantalon et il est retourné à son poste. Les autres étaient en train d'aider le zigue tombé de la plate-forme. Il n'arrivait pas à se relever tout seul, il se plaignait beaucoup. Quelque chose de cassé. Soutenu par deux collègues, le Noir a enfin été debout, une patte à la traîne. Il a crié quelque chose à Rey, qui n'a pas entendu et qui n'écoutait pas, non plus. Sans regarder personne, il s'est remis au travail.

Le soir, le gros vieux l'a pris à part. Il n'a pas évoqué l'incident, se contentant de lui allonger cinquante pesos.

« C'est quoi, ça ?

– La combine d'aujourd'hui.

– Quelle combine ?

– T'as pas aidé à charger quatre camions ?

– Si.

– Eh bien, c'est pour nous autres, ça. Chaque fois qu'un cametard arrive, il faut le remplir en vitesse et qu'il se barre aussi vite.

– Ah.

– Si un inspecteur de la compagnie se pointe, tu sais rien, t'as rien vu, t'es pas au courant.

– On fait qu'charger les palettes dans ces ascenseurs, boudu !

– Exactement.

– Ah bon. »

Cinquante balles la journée, c'était une autre chanson. Les jours suivants, trois ou quatre camions se sont pointés à chaque fois. Le type mal luné a disparu, lui. Et Magda a été rassurée quand elle a vu que Rey revenait tous les soirs avec cet argent. Elle ne faisait plus d'histoires, elle lui a lavé son linge et même préparé un dîner de temps à autre, patates douces bouillies, un avocat, riz blanc ou manioc en sauce.

Un soir, le travail fini, l'un des Noirs est venu à lui : « Dis donc, demi-Blanc, tu t'en vas toujours en courant dès qu'on entend la sonnerie. C'est pas possible, ça. Faut partager avec les amis, hé !

– Ah.

– Allez, viens avec nous.

– Faire quoi ?

– On a des bièrettes au frais par là-bas en dessous, mon compère. »

Ils sont descendus au sous-sol. Derrière les machines, ils avaient caché une grande citerne avec des blocs de glace et des tas de bouteilles de bière. Les cinq manutentionnaires noirs auraient pu tous être des boxeurs poids lourd. Trois d'entre eux avaient le nez cassé, un autre une longue cicatrice qui partait de la joue jusqu'au bas du cou. Et plein de tatouages. Ils n'avaient pas besoin de parler. Leur regard et leur silence suffisaient. Toutes les dix minutes, les gigantesques turbines qui dataient de Mathusalem se mettaient en route et il devenait impossible de blaguer ou d'écouter de la musique. Seulement boire, le temps qu'elles s'arrêtent. Ensuite, dix minutes de salsa, et de nouveau le vrombissement des turbines qui envoyaient de l'air froid en haut. Ils avaient déjà éclusé plusieurs boutanches. L'usine avait été construite en 1921 et tout datait de là, l'édifice, les machines, les installations, l'odeur d'humidité, de rouille et d'urine, les cafards...

Trois métisses ont surgi dans la cave. Elles arrivaient tout droit de la chaîne de mise en bouteilles. Toutes souriantes, elles ont enlevé leur bonnet et leur masque en tissu vert, les ont salués, ont pris des bières. Il y en avait deux pas mal ridées, avec des chicots en moins, mais la plus jeune était vraiment bien : cul ferme, petits seins pointus, mince, visage passable. Excellent. Ils ont bu encore et la danse a commencé. Casino, bien sûr. Parfait. Des fois avec la musique de la radio, d'autres avec les compresseurs. La nuit est tombée, ils ont allumé une unique ampoule presque morte. Les turbines recommençaient leur tapage, on n'entendait plus rien d'autre mais les métisses et les Noirs continuaient à danser, comme ça, sans y penser, sur le ronronnement des compresseurs, et ils prenaient du bon temps dans ce sous-sol qui puait le moisi et les cafards, envahi de vieilles bécanes et de tuyaux, presque sans lumière, mais la bière semblait inépuisable, et toujours fraîche, et... Ça c'était la vie ! Un type a roulé deux joints d'herbe et les a fait passer. Mmmm, encore mieux. De la succulente beu venue de Baracoa. Deux joints de plus. Et plus de bière encore. La fumette et l'alcool sont montés à la tête des filles, qui ont commencé à se déshabiller. En douceur. Lentement.

Pour provoquer. Les trois. Elles n'ont gardé que la culotte. Rey s'est absorbé dans la contemplation de la plus jeune. Les deux autres avaient été mères, elles avaient les seins et le ventre un peu flasques. Le popotin irréprochable, par contre. Dur, bien cambré. Aaah. Il s'est retrouvé avec une érection monumentale. Quand il a jeté un coup d'œil à ses côtés, les cinq Noirs étaient en train de se masturber tranquillement, sans hâte. Fantastique ! Une fine équipe, ça ! Il a déballé son matos, lui aussi. Les métisses dansaient toujours, se déhanchaient avec sensualité, admiraient ces splendides pines d'ébène, s'approchaient pour donner une caresse à l'une ou à l'autre. Elles ont enlevé leur culotte et là les Noirs ont perdu la boule. Ils voulaient fourrer les cinq bites dans ces trois cons dénudés, mais c'était impossible, bien sûr. Les filles étaient prêtes à essayer, pourtant. Pourquoi impossible ? Rey matait en se branlant doucement, à son rythme. C'est l'une des métisses qui a pris l'initiative : « Non, non, je veux la voir. Pas dedans, je te dis, pas dedans ! Frotte-la sur mon ti'bedon, là, et ici, sur les nénés... »

Ils n'en pouvaient plus. C'était trop. L'un d'eux a envoyé son sperme sur le ventre et les seins de celle qui l'avait réclamé. Les autres, égarés, ont suivi et... Aaaah, des litres de jus ! Cinq pines déchargeant à l'unisson sur trois ventres de femme. Rey se maîtrisait, lui. Une fois les autres vidés, il s'est levé et sa main a accéléré sur sa queue. Les compresseurs vibraient, couinaient, rugissaient. On n'entendait plus rien. Rey a fait signe aux filles de se rassembler l'une contre l'autre. Il planait, elles aussi. Orgie de sperme. Elles s'enduisaient de la crème qui coulait sur elles. Rey a lâché son foutre. Un jet pour chacune, successivement. Comme une mitraillette. Puissant, l'arrosage. Ah, quel pied ! Ils ont tous repris leur souffle, rangé leur biroute. Les métisses se sont rhabillées en rigolant, très amusées. Et ils ont recommencé à boire. Glacée, la bière. Un plaisir. Un délice.

Ça a été une cuite gratinée. Les métisses sont parties avec deux des types, Rey est resté avec les trois autres. Jusqu'au bout. Ils ont ratissé le fond de la citerne. Il y avait encore quelques bouteilles. Ils ont continué à boire. Quand ils en ont eu plus que leur compte, ils se sont endormis par terre. Au matin, l'un d'eux a réussi à se réveiller et à secouer le reste de la bande. Ils ont grimpé les escaliers. Ils avaient une demi-heure de retard à leur poste de travail. Toute la ligne de production était paralysée. Deux manutentionnaires à la place de six, c'était impraticable. Le directeur de l'usine était en train de passer un savon au vieux gros. Ils se sont mis à l'œuvre mollement, affaiblis par une gravissime gueule de bois. Un camion s'est présenté mais ils ont été incapables de le charger. Affolé, le vieux a supplié le chauffeur de se dépêcher de repartir, même à vide, parce que le grand patron continuait à tourner dans le coin en distribuant les ordres. Il a demandé ce que ce camion faisait ici, ils lui ont répondu n'importe quoi et il l'a gobé. Parfait. La chaîne commençait à retrouver son rythme. De mieux en mieux. Le directeur s'est esquivé. À midi, pendant le déjeuner de riz aux petits pois, le gros vieux est venu à eux. La biture et le manque de sommeil leur avaient flanqué mal au crâne.

« Qu'est-ce qui s'est passé en bas cette nuit, Rey ?

– Rien.

– Comment, rien ?

– Rien.

– Je sais très bien ce qu'il y a eu, Rey. Le directeur m'a demandé de tous vous vider ce soir même. Sers-toi de ta caboche, Rey. Je n'ai envie de mettre à la porte personne, moi, mais on peut pas se pointer à huit heures et demie complètement soûlés.

– Soûlés, non.

– Oh que si ! Je ne peux pas travailler avec des gens qui me créent des ennuis. Je ne vais pas vous vider, mais ça ne doit plus jamais se reproduire. Okay ?

– Okay.

– Vous pouvez vous biturer tant que vous voulez. Ici, on picole tous comme des maboules. Du matin au soir. Mais quand on est un homme, on doit savoir tenir la boisson. Pas question de finir à quatre pattes. Okay ?

– Okay. »

Pendant l'après-midi, Rey a travaillé à moitié de son régime habituel. Les boxeurs avaient récupéré, eux. Ils expédiaient les caisses de bière comme s'il s'était agi de boulettes en papier. Rey se traînait tel un rat empoisonné. La sonnerie a enfin retenti à cinq heures. Il s'est joint au flot d'employés qui sortaient par la porte principale. Les hommes parlaient base-ball : « Omar Linares aurait dû être là... Eh non, c'est toujours les mêmes... Mais lui, il assure ! » Rey n'avait jamais assisté à un match de base-ball. Un de ces soirs, il faudrait qu'il aille au Stade latino-américain. Ce ne serait pas une mauvaise idée. Voir s'il comprenait quoi que ce soit. Fondamentalement, ça ne l'intéressait pas mais on ne savait pas, peut-être... Pfff, pour l'instant, tout ce qu'il voulait, c'était dormir. Quelqu'un lui a pris la main. La jolie métisse marchait à côté de lui en souriant :

« Qu'est-ce que tu as de prévu ? Y a pas de fête à la cave, ce soir ? Hahahaha !

– Je vais faire dormir mes yeux. Je suis mort, après la nuit qu'on a eue.

– Ah, me dis pas ! T'es un faiblard ou quoi ?

– Toi, tu es partie, mais nous on a continué jusqu'au bout.

– Combien de bières tu t'es envoyées ?

– Trois cents.

– Plus l'herbe.

– Mmm.

– Comment tu t'appelles ?

– Rey. Et toi ?

– Yunisleidi.

– D'accord, Yuni, je te vois demain.

– Demain rien du tout. Viens avec moi, tu vas voir comment je t'enlève la fatigue.

– Tu es bonne de bonne, mamita, mais...

– Et toi, tu es zinzin complet. Tu sais où je t'emmène ?

– Non.

– Et alors ? Pourquoi tu rouspètes ? Viens, je te dis. »

Ils ont pris le bus à la station de La Polar. Ils ont dû se battre pour monter. Ils sont descendus au parc de la Fraternité. Pendant tout le trajet, Yunisleidi n'a cessé de l'embrasser, de le caresser et de le chauffer. Ah, quelle merveille ! De quoi tu te plains, Reynaldito ? Avec une métisse de première et tu chouines ?

Elle louait une chambre au troisième étage d'un immeuble de la calle Monte. Petite mais bien aérée, avec un balcon qui donnait sur la rue, une minuscule salle de bains. Un évier, un fourneau à pétrole. Le tout très propre. Elle avait un phrasé un peu chantant, agréable, et Rey a compris qu'elle n'était pas de La Havane.

« D'où tu viens ?

– De Las Tunas.

– Ah.

– J'ai loué avec mon frère mais il a sa vie et il me sert à rien. Des fois, il se passe des deux ou trois jours sans que je le voie. Tu es havanais, toi-même ?

– Mmm.

– Havanais de La Havane ?

– Euh, ouais.

– Et tu as la carte d'identité avec une adresse ici ?

– T'es flic ou quoi ?

– Ah, doudou, si tu es "palestinien", je peux rien pour toi. J'ai déjà assez de problèmes.

– Je suis pas de la province, je suis havanais ! Enregistré et tout.

– Tant mieux, alors, parce qu'à La Havane personne n'est de La Havane, concrètement.

– Qu'est-ce que tu veux, au juste ?

– Il faut que j'arrête, avec l'usine. Si toi tu peux m'aider le soir...

– En quoi ?

– La police. Ils m'ont repérée. Même que ça fait seulement un mois que je suis ici, pareil. Dès que je suis sur le

Malecón, ou devant le Riviera, ou n'importe où, ils me tombent sur le râble avec leurs questions à la con, et si je fais la prostitution, et si oui, et si non... J'ai déjà trois avertissements, ils veulent me renvoyer à Las Tunas et...

– Qu'est-ce que tu jactes, ma fille ! Mais qu'est-ce que tu veux, bordel ? »

Yunisleidi l'a saisi, embrassé, déshabillé. Elle l'a basculé sur le lit, a admiré la belle rangée de perles sur sa queue, l'a sucé et léché partout. Elle a voulu ces perles miraculeuses dans tous les trous imaginables et se l'est enfournée d'elle-même. Génial. Tout bonnement génial. Elle se donnait tout entière, cœur, âme et vide, comme dans la chanson, et elle lui criait : « Ah, je vais être folle de toi, salaud ! Baise-moi tous les jours comme ça, baise ! Tu es un zinzin, tu me tues, aaaah ! Ces perles-là, c'est trop, tu me déchires, vas-y encore, plus loin, plus loin, jusqu'au fond ! »

Le grand délire. Yunisleidi était enjouée, bavarde, câline. Elle avait un fils de trois ans à Las Tunas, que ses parents élevaient et pour lequel elle leur envoyait de l'argent d'ici. Ah, mais si elle ne l'avait pas dit, on aurait cru qu'elle était vierge ! Elle lui a parlé de son frère, aussi : « On est montés tous les deux à la capitale parce qu'on crevait de faim, là-bas. C'est un queutard, mon frère. Et rien l'arrête. Je sais pas comment il peut. L'autre nuit, doudou, il a ramené un vieux makoumé, je pourrais pas dire d'où il était, vu que je comprenais pas un mot. Mais mon frère, si. Il m'a dit qu'il l'avait levé à l'hôtel Nacional. Un vieux plein aux as. Il l'a niqué pendant deux heures et plus. Je sais pas comment il arrive. L'estomac qu'il a !

– Fais pas ta sucrée. Toi aussi, tu baises tout ce qui bouge.

– C'est pas pareil ! Moi j'ouvre les cannes et je ferme les yeux. Tandis qu'un mec, il doit... Enfin, l'autre lui a refilé cent, en billets verts.

– C'est vrai ?

– Il voulait cinquante mais mon frère, il lui a soutiré le double. S'il lâchait pas ses biftons, le vieux, Carlos lui tombait dessus avec les poings. Ils sont tous pareils mêmes, mes frères. Des brutes et des sauvages.

– Combien ils sont ?

– Neuf. Je suis la seule femme. Et Carlos, c'est le plus civilisé, encore. Il est allé à l'école, au moins, et bon, il sait parler, et...

– Cause pas tant, Yuni, que j'ai la caboche qui va exploser. Mets de la musique. »

Elle a allumé la radio. De la salsa, plein de salsa. Elle s'est habillée, si on peut dire : un short et un bustier pas plus grands que des timbres. On lui voyait un peu les tétons, et le quart des fesses. Un sacré numéro, cette métisse. Elle est descendue prendre du rhum et du tabac, rapportant un cigare à Rey :

« J'aime les hommes qui fument le cigare, moi. Allume et prends la bouteille. Ça me plaît, de te voir bien macho et moi je suis ta femelle, et que tu me tringles dix fois par jour. Et être ta pute, également. Je m'en vais travailler pour toi, papito. Je vais te faire vivre comme un roi.

– Tu sais comment on m'appelle ?

– Comment ?

– Le Roi de La Havane.

– Ça m'étonne pas. Mais ce que tu vas être, c'est "mon" roi. Rien que pour moi. Avec la pine d'or que tu as... Moi, je vais vivre rien que pour toi, mon doudou. Ah, je suis amoureuse de toi comme une chienne. Et tu es un zinzin complet, quand...

– D'accord, Yuni, d'accord. Sois pas lourde, laisse-moi écouter la musique.

– Tu veux que je te cuisine quelque chose ? Il y a du pain et des œufs. Et je m'en vais te laver ce linge, aussi. Je veux t'avoir tout propre et parfumé. – Elle a recommencé à l'embrasser, à le caresser. – Et dès qu'on aura un peu de ronds, je m'en vais t'acheter une chaîne en or, et une bagouze, et une montre, et pas mal d'habits. Tu vas être mon roi, jeune homme, attends de voir !

– Suffit, boudu ! Cause pas tant, Yuni, cause plus ! Qu'est-ce que tu es soûlante !

– Et alors, c'est pas bien ? C'est mal, d'être soûlante pour mon ti'mari en sucre ?

– Aaaaah... »

Elle a fait frire des œufs, lavé les vêtements de Rey, briqué la chambre de fond en comble, repassé une ou deux babioles. Ensuite, elle s'est lavée et s'est mis du vernis sur les ongles. Personne ne pouvait arrêter ce moulin à paroles, d'autant qu'elle adorait avoir un homme auprès d'elle et jouer à la bonne épouse. Elle continuait son joyeux bavardage, radieuse, au son de la salsa. Ah, il faut si peu de choses pour être heureux quand le cerveau est tranquillement en orbite, avec le minimum de révolutions à la minute ! La belle vie. Elle tournait autour de Rey comme une phalène fascinée par la lumière.

« Vas-y, ton bain est prêt. Lave-toi, mets ces habits de Carlos et on y va.

– Où ça ?

– Sur le Malecón, dans le coin des hôtels, par là-bas... Allez, bouge, on peut pas rester à bayer aux corneilles comme ça. Il faut aller se gagner les billets dans la rue, hé ! Allez, au bain !

– Parce que je dois me laver ?

– Mais oui, mon beau, avec toute cette suée au travail et à la baise... Aïe, doudou, j'ai comme l'impression que vous aimez pas trop être propres, à La Havane. Chez nous, à Las Tunas, on...

– Y a pas d'eau, à La Havane.

– Ah ? Et pourquoi il y en a ici ?

– C'est ta chance. Moi, j'ai jamais habité nulle part avec l'eau courante.

– Oui, bon, vas-y. Moi, à Las Tunas, je me lavais deux ou trois fois par jour, figure-toi.

– D'accord, d'accord, lâche-moi la grappe ! J'y vais ! »

Il est entré dans la minuscule salle de bains. Yuni lui a donné une serviette, des vêtements propres. À ce moment, on a frappé à la porte. C'était Carlos, parfait spécimen du mâle de Cuba oriental : grand, musclé, la voix forte, les cheveux noirs en broussaille, le torse velu, la mâchoire carrée, des mains immenses, une grosse chaîne en or avec un médaillon de Santa Bárbara. Il n'était pas seul. Un tout jeune marin, un Blanc maigrelet qui servait sur un bateau-école en escale au port, l'accompagnait. Il baragouinait un peu l'espagnol et ses yeux se sont allumés quand il a vu Yunisleidi, habillée de telle sorte qu'elle paraissait nue. Ils étaient déjà pas mal partis, ils ont continué au rhum. Carlos n'a même pas accordé un regard à Rey, qui n'a pas ouvert la bouche et s'est tenu en retrait. Sur le balcon, le marin, Carlos et Yuni buvaient, souriaient et communiquaient par signes. Au bout de quelques minutes, le frère a demandé :

« Elle te plaît ?

– Oui.

– Couche avec elle, alors. Au lit ? Vous deux ? Ah...

– How much ? Combien ?

– On s'arrange après. Tu as de la thune ?

– Hein ?

– De l'argent, des talbins, des dollars... Tu as des dollars ?

– Oh, yes. Oh oui.

– Allez, Yuni. Il est à toi. Rends-le dingue, moi je m'occupe du reste. Et ce zigue, là ?

– Ah, Carlos, tu me le laisses tranquille, lui, parce que c'est mon mari, en ce moment.

– C'est que tu en as tous les jours un nouveau, de mari... Bon, au boulot.

– Descendez, vous autres. Disparaissez un moment. Je vous appelle. – Elle déshabillait déjà le marin, tout en donnant ses instructions aux deux hommes : – Avec moi, il va pas durer un quart d'heure, ce freluquet. Descendez et ramenez du rhum.

– C'est que tu es un peu perfide, là, Yuni. Je voudrais pas avoir à te claquer la cougourde. Tu m'appelles et c'est moi qui encaisse, pigé ?

– Mais oui, Carlos, mais oui. Allez-y, maintenant. »

Rey et Carlos sont descendus. Ils ont choisi d'acheter

une autre bouteille de rhum et de s'asseoir sur le trottoir, au pied du balcon, pour picoler peinards. Après quelques rasades, ils étaient amis. Carlos a commencé les confidences : « La prends pas trop au sérieux, Yuni. Elle est comme ça depuis toute petite, tu vois ? Elle s'amourache tous les jours et le lendemain, oublié. Elle avait huit ans, elle est tombée amoureuse d'un de nos voisins, là-bas chez nous au village. Presque cinquante qu'il avait, lui. Ah, ça a été une histoire terrible ! Il voulait que mes parents la lui donnent pour qu'il finisse de l'élever et la marier ensuite.

– Sans blague ? À huit ans ?

– Elle a toujours été plus chaude qu'une poêle à frire, Yuni. Et bon, mon père ne voulait pas, mais elle est quand même partie avec le zigue et elle est restée avec lui deux ans. Elle a laissé tomber l'école. Tout le temps dans la maison du vieux.

– Mais...

– Oui, ici à La Havane, c'est pas l'usage, mais chez nous, à l'Oriente, c'est autre chose, c'est normal. Ma mère, elle s'est mise avec mon père à dix ans. Et lui, il en avait trente. Et ils ont eu neuf gosses, et ils sont toujours là, à boire le rhum et à se fumer de l'herbe, hahahaha ! T'es jamais venu dans notre province, toi ?

– Non.

– Ah. »

En moins d'une demi-heure, ils avaient fini la bouteille. Bonne petite biture. Carlos s'est ébroué :

« Oh, le citadin, viens qu'on remonte, parce que Yuni tarde trop, là. Ça devait être un coup vite fait, rien de plus. On va voir ce qu'elle fricote. »

Ils ont repris l'escalier en chancelant. Ils ont frappé à la porte. Yuni a ouvert. Ils étaient tout nus, les deux. Le marin, ivre, était vautré sur le lit. Après s'être couverte d'un drap, Yuni a murmuré à l'oreille de Carlos : « Aïe, c'est qu'il bande pas... On a rien pu faire du tout.

– Alors qu'il paie et qu'il dégage. Je m'en vais le dessoûler, moi. »

Aussitôt dit, aussitôt fait. Il n'écoutait que ses impulsions, Carlos. La violence toujours à fleur de peau. Il ne savait pas réagir autrement. Les yeux lançant des éclairs, il est allé prendre le type par les épaules, l'a secoué :

« Oh, hé ! Tu me dois cinq sacs. Crache et rhabille-toi, parce que tu t'en vas.

– Heeein ?

– Cinq sacs. Cinquante dol-lars. Paie et disparais.

– Hein ? »

Les paupières lourdes, le petit jeune essayait de comprendre ce qui lui arrivait. Il a fini par percuter :

« Moi ? Non. Sexe pas. Moi non.

– Pareil. Cinquante. Dollars. Aboule, con, me mets pas colère. Paie !

– No sex. Nada de sexo. Rien, rien...

– Cinquante, j'ai dit, c'est cinquante !

– No money, nada, niente, niente... »

Il a tenté de se lever, d'attraper ses vêtements, mais Carlos l'a plaqué sur le matelas avec une seule de ses paluches. Ensuite, il est allé lui-même prendre le pantalon du type. Il a farfouillé un peu, parce qu'il avait bu, lui aussi. Il a fini par trouver le portefeuille. Sept dollars et des misères, plus deux capotes. Il a jeté le tout par terre :

« Ah, il s'est fichu de moi, ce bougre-là ! Il s'est condamné ! – Il est retourné au marin, l'a giflé. – Hé, vaurien, tu me trouves cinquante ou je t'écrase sur le sol ! Tu crois pas que tu es très fou, pour te moquer de moi comme ça ? »

Le marin lui a fait signe de patienter. Il s'est mis péniblement debout, livide, sur le point de gerber, il est allé jusqu'au tas de fringues et il a sorti un couteau de poche de la poche de sa chemise, l'a ouvert et a essayé d'attaquer Carlos. C'était comique, ce maigrelet plus blanc que du papier mâché, chétif, nu comme un ver, qui prétendait s'en prendre à pareil troglodyte avec une lame riquiqui. Tout s'est passé en quelques secondes. D'un seul coup de poing, Carlos l'a renvoyé sur le lit et a fait voler son arme au loin. Fou furieux, il s'est lancé sur lui, l'a emballé dans le drap, l'a pris sous son bras comme si c'était un traversin en plume et l'a expédié par-dessus le balcon, dans la rue.

Yunisleidi et Rey sont restés bouche bée. Elle a fini par retrouver la parole :

« Aïe, Carlos, qu'est-ce que tu as fait ?

– Qu'il se foute pas de moi, ce crétin-là.

– Tu l'as tuyyyé, Carlos !

– Tu crois ?

– Comment, si je crois ? Tu l'as tué ! Faut s'en aller d'ici, Carlos, mais tout de suite ! »

En un instant, elle s'était habillée, avait saisi son sac et dirigeait l'évacuation. Elle les a conduits à une fenêtre au bout du corridor. En passant par là, ils se sont retrouvés sur le toit de l'immeuble voisin. En courant, ils l'ont traversé, ont sauté la rambarde pour atterrir sur une autre terrasse pleine de gravats. C'était une maison à moitié en ruine. Ils ont dévalé les escaliers abandonnés. Ils ont débouché dans la rue, à vingt mètres du marin écrasé sur le large trottoir de la rue Monte. Ils n'ont pas pu le voir, parce qu'un grand attroupement s'était formé autour de lui. Les curieux arrivaient par dizaines. Ils ont foncé en direction de la gare. La peur les avait dessoûlés d'un coup. Il y avait un train pour Guantánamo deux heures plus tard. En voyant ça, Carlos n'a pas hésité une seconde :

« Allez, Yuni, on se rentre chez nous.

– Non. Rey et moi, on va aller à Varadero. Toi, tu rentres à la maison et tu te mets au frais. Ne reviens pas à La Havane d'ici un an, au moins. – Elle a ouvert son sac, lui a donné quelque argent, puis ils ont échangé un baiser sur la joue, comme les plus inoffensifs des frères et des sœurs. – Fais gaffe à toi, Carlos, et arrête avec les bêtises.

– Toi aussi, fais gaffe à toi. Prends soin de la petite, mon pote.

– Hmmm. »

Ils ont passé le reste de la nuit cachés dans un immeuble en ruine près de la gare. Au matin, ils ont cherché un moyen de se rendre à Varadero. Rien : l'accès à la plage n'était autorisé qu'aux taxis officiels, hors de prix.

« En plus, ils vous laisseront pas entrer, vous autres, leur a dit l'un des chauffeurs.

– Pourquoi ?

– Il faudrait que je vous arrête sur le pont et après,

ils vous permettront pas de continuer. C'est pas que vous ayez l'air d'aller putasser le touriste, non, mais... Enfin, vous pigez. »

Ils ont réussi à atteindre Matanzas, finalement. Yunisleidi a convaincu un camionneur. Elle est montée dans la cabine, Rey à l'arrière, avec le chargement de sable qu'il transportait. Il se passait des choses, devant. Le camion s'est arrêté deux fois au bord de la route et Rey a entendu le type ahaner. « Mieux vaut pas que je regarde par la vitre », s'est-il dit, de mauvaise humeur parce qu'il avait du sable jusque dans le trou du cul. À Matanzas, il les a présentés à un ami à lui, qui conduisait une toupie à béton. Celui-ci leur a demandé dix dollars. Cinq, a marchandé Yuni. D'accord, cinq. Évidemment, il y avait des restes de ciment séché, dans la cuve, et encore du sable. Rien d'agréable. Le camion s'est arrêté devant le pont basculant. Contrôle des papiers, inspection du véhicule, vous pouvez y aller. Personne n'a pensé à regarder à l'intérieur de la toupie. Ils ont continué. Le gars les a laissés sur la 42. Il a empoché ses cinq fafiots et ciao, je vous ai jamais vus.

Rey a trouvé l'endroit sympa. Il y avait la mer et peu de monde, au moins. D'un pas très décidé, Yuni s'est dirigée vers l'une des maisons les plus proches.

« Hé, tu connais, ici ?

– Oui, Rey. Mais les flics, ils me chopent toujours.

– Et ils te vident ?

– Trois fois, oui, et avec lettre d'avertissement, et sermons, et foutaises. Là, c'est la quatrième. S'ils me pincent, ils m'envoient au trou.

– Et qu'est-ce que tu vas faire ?

– Pas tant de questions. »

Ils sont arrivés chez une grosse Noire qui avait l'air d'une maquerelle pleine d'expérience.

« Mon bijou, tu sais bien qu'ici je ne loue qu'aux jeunes filles. Je peux pas accepter un homme.

– Et qu'est-ce que je fais de lui, alors ? C'est mon mari. Je le laisse à la rue ?

– Ah, 'tite chérie, les maris, ça reste à la maison avec les enfants. Les putes, elles se trimbalent pas avec le mari dans les jupons, hahaha ! »

Ni l'un ni l'autre n'a trouvé ça amusant. Après pas mal de tractations, il a été décidé que pour trois dollars par jour Yuni occuperait l'un des neuf lits de camp assignés aux filles dans une grande chambre, et que Rey se mettrait dans un coin au bout du couloir, à l'arrière de la maison. Yuni a fait ses comptes. Elle avait de quoi payer dix nuits, et il n'y avait pas d'avance à débourser. Okay. Ils se sont reposés un moment. À dix heures du soir, ils sont sortis pour un tour de reconnaissance sur l'avenue Primera, près des hôtels. Yuni s'était lavée. Ses collègues lui avaient prêté du parfum, du maquillage, un chemisier transparent, et elle était délicieuse comme une tartelette au chocolat. Rey, égal à lui-même : débraillé, les yeux sans cesse en mouvement. Ils ne sont parvenus à rien. À une heure, exténués, ils sont allés vers l'autoroute du sud. C'était la pleine lune, il y avait une bonne brise, quelques nuages noirs dérivant au sud-est. La nuit était bleue, la mer argentée, paisible, infinie. Tout était calme et silencieux, avec une agréable odeur d'iode et d'écume, de coquillages et d'algues. Ils sont descendus sur le rivage. Les énormes brise-lames ressemblaient à des joujoux pour géants. Une douzaine de mouettes blanches s'étaient posées sur l'un d'eux. Elles dormaient, visiblement, et n'ont même pas bougé à leur passage. Au loin, les flammes orangées qui montaient des derricks de pétrole ajoutaient une lumière irréelle au clair de lune. Un bateau à peine éclairé quittait lentement le port de Cárdenas. Ils se sont assis au bord de l'eau pour contempler cet étrange panorama. De temps à autre, une voiture rugissait sur l'autoroute et puis c'était à nouveau le silence et le doux murmure des vagues. Ils sont restés sans parler. Finalement Rey s'est redressé :

« Qu'est-ce que je fous ici, merde ?

– Toi ? Eh bien tu es mon mari et tu dois t'occuper de moi.

– C'est les autres qui devraient s'occuper de moi, oui... »

Un banc de sardines s'est approché, ondulant à la surface. Minces fils d'argent qui scintillaient dans l'eau, milliers d'éclairs qui sautaient et s'agitaient tout près, presque à portée de la main. Un gros nuage obscur a aboli la lune un instant. Tout s'est assombri et les sardines, peut-être effrayées, ont plongé jusqu'à disparaître. Et puis le nuage a glissé et tout est redevenu bleu, rafraîchissant.

« Rey ? Pourquoi tu t'es pas lavé et changé, tout à l'heure ?

– J'ai pas d'autres fringues, j'aime pas me laver et j'aime pas qu'on me casse les couilles. Je fais ce qui me chante, boudu !

– C'est pas te casser les couilles, doudou. C'est que

-dans ce bizness il faut être propre et présentable, mon sucre.

– Ouais, ouais.

– Non, pas ouais, ouais. Une touriste se pointe, tu lui plais et ça y est, tu as fait ta journée. Cinquante dols, ou cent. Et avec un peu de chance elle se met avec toi et elle t'emmène dans son pays. Là, oui que tu l'as faite, ta journée !

– Cesse de rêver. Je suis pas dans ces plans, moi.

– Et dans lesquels, alors, petit ? Le plan de mourir de faim et de traîner sans un rond ?

– J'ai toujours été un voyou, Yuni. Essaie pas de me changer.

– Bon, comme tu veux. Demain, je vais voir un ami à moi, il est chorégraphe à l'hôtel Galápagos. Si je deviens danseuse à leur cabaret là-bas, plus personne peut me sortir de Varadero. Jusqu'à ce qu'arrive un touristo qui me marie et me prend avec lui, loin, là où on vit comme il faut.

– Mmm.

– J'aime pas te voir comme ça, Rey, tout tristoune. Demain faut que tu te laves et je t'achète du neuf à te mettre sur la peau. Même un short, une chemisette et des sandales en plastique. Alors haut les cœurs, hé, marre-toi !

– Je sais foutre pas ce que je fabrique ici avec toi. Je lui ai même pas touché un cheveu, à ce marin. Ces embrouilles, c'est pas les miennes.

– Ah, Rey, sur la tête de ta mère, parle pas de ça ! Oublie, oublie ! Comme je vivais bien, dans cette 'tite chambre-là... Et avec toi, ça allait être encore meilleur.

– Sauf que ton frère...

– Mon frère est un vaurien. Il se comporte bien deux jours et après il débloque six mois. Il a pas de tête. On va voir s'il se raisonne, maintenant. Dans les collines, à la récolte du café au moins un an, le temps que ça se calme. »

Ils sont repartis enlacés, en s'embrassant, très contents d'être ensemble. Quand il sont arrivés à la pension, Yunisleidi est allée dans la chambre des filles et s'est couchée. Rey a ouvert son lit pliant, l'a installé dans le coin du couloir que la matrone lui avait montré. En une minute, il dormait comme une souche.

Il s'est réveillé à midi. Yuni était déjà sortie. Il l'a attendue toute la journée. Le soir est venu. Pas de Yuni. À onze heures, il n'en pouvait plus de faim. La vieille patronne l'a découvert assis sur son lit de sangle, désœuvré. Elle l'a averti :

« Si tu restes cette nuit, il faut payer maintenant. C'est pas un asile de la Croix-Rouge, ici.

– Yuni va arriver. Elle a l'argent.

– Non. C'est un cinquante, maintenant. T'as pas de quoi ?

– Non.

– Je la connais, cette petite bougresse-là. Elle fait toujours pareil. Elle disparaît, brusquement.

– C'est qu'elle devait aller régler un truc avec...

– Attends-la dans la rue, alors. Quand elle revient, vous payez et vous entrez. »

Sans répondre, Rey est allé s'asseoir sur le trottoir. Pas un rond en poche. Comme d'hab'. Rien de nouveau. « Et ici, avec ces touristos bizarres, pas moyen de faire la manche, s'est-il dit. J'ai même pas de saint, en plus. » Machinalement, il s'est levé et il est parti à l'hôtel Galápagos. Impressionnant, le bâtiment : huit étages tout illuminés, grande élégance, jardins, fontaines, voitures de luxe, portiers en livrée rouge et épaulettes en or... Impossible d'approcher un endroit pareil. Il ne pouvait tout simplement pas imaginer comment ce serait, dedans. Il a cherché un coin où dormir dans le parc, sous des amandiers. Les moustiques se sont acharnés sur lui. Des millions. Eux et les moucherons, ils se sont nourris sur lui toute la nuit, mais il ne s'est pas réveillé une seule fois. Lorsqu'il a ouvert les yeux, le soleil était haut, brûlant. Un jardinier arrosait les massifs de fleurs avec un beau tuyau blanc et rouge. Tout était beau, plaisant, jusqu'aux filets d'eau en spirale sur le sol. Il a dit bonjour, mais l'autre l'a à peine regardé. Trop accaparé par ses fleurs, elles aussi parfaitement belles. Cinq cents au mètre carré, facilement, et des grandes, en plus. Il a fini par le rejoindre :

« Envoie-moi un peu d'eau sur la figure, mon compère.

– Ce qu'il te faut, c'est te laver de haut en bas, avec savon et brosse et tout. Va voir ailleurs, que tu dois avoir des poux.

– Non, non, j'en ai pas.

– Hahahaha ! »

Rey s'est rincé un peu et il a continué à observer le type. Au bout d'un moment, il a eu une idée :

« Y aurait un ti'boulot pour moi, l'ami ?

– Pour toi ? Je pense pas, non.

– Pourquoi ? Je suis costaud, j'ai été docker, et manu...

– Oui, mais ici, ils sont très exigeants. On est dans la zone dollars, ici.

– C'est quoi, ça ?

– Ah, mais tu n'es pas de Cuba, alors ?

– Si, je crois.

– Tu crois ?

– Euh, oui...

– Ha !

– Et c'est quoi, les exigences ?

– Eh bé, il faut avoir un diplôme universitaire, être membre du Parti, moins de trente ans, parler au moins une deuxième langue.

– Oh con !

– Le mois passé, ils ont ouvert vingt postes et il y a eu mille trois cents candidats. Tous répondant au critère. Ils sont venus du pays entier.

– Des postes de quoi ?

– De tout. Moi je suis un ingénieur du génie civil, avec sept ans d'expérience. Je parle anglais et italien, je...

– Ingénieur pour un jardin ? Je peux faire ça, moi aussi.

– Tu parles ! Tu n'as pas une chance, ici. Va, va, parce qu'ils te laisseront même pas mettre un pied à l'intérieur.

– Oui, d'accord, j'y vais, mais... C'est que j'ai une dalle, con, je tiens plus.

– Non, non, il n'y a rien pour toi, ici. Dépêche de filer. S'ils te chopent, les gars de la sécurité, tu vas l'avoir mauvaise.

– Les ordures, ils les mettent où ?

– S'ils te pincent à fouiller dans les poubelles... Ah,

enfin, comme tu veux. Ces containers, là-bas, tu vois ? Mais je ne t'ai rien dit, moi. Ça te regarde.

– Hé, con, laisse-moi vivre, mon compère.

– Zéro compère. Me regarde même pas. »

Rey se dirigeait vers les poubelles quand il s'est rappelé quelque chose. Il a rebroussé chemin.

« Permets que je te pose une question, mec.

– Ah, viens plus faire caguer !

– Tu connaîtrais pas une métisse très jolie qui est danseuse ici ?

– Je connais personne de ces gens-là, non.

– Yunisleidi, elle s'appelle.

– Je connais personne qui travaille là-bas dedans. Ma partie, c'est ici, dehors. Dégage et me les brise plus. »

Il s'est approché des containers, a tenté d'en ouvrir un. Sans succès. Un jeune habillé tout en blanc est arrivé, un seau à la main. Devinant les intentions de Rey, il s'est mis à glapir :

« Du balai, du balai, y a rien pour toi, ici !

– J'ai faim. Laisse-moi me chercher quelque chose.

– Rien du tout ! Fiche le camp ou j'appelle les vigiles ! »

Il a dû battre en retraite, et vite. En marchant il a remarqué une casquette blanche par terre, avec le sigle « DRYP » en vert. Le même que celui dont était frappé le gigantesque drapeau qui flottait en haut d'un mât, au milieu du jardin. DRYP, ce devait être les propriétaires de toute cette beauté. « Hé, qu'est-ce qu'elle est chouette, con ! » a-t-il pensé ; « J'ai de la chance, aujourd'hui ! » Et il se l'est vissée sur la tête, très fier de participer aussi élégamment à la puissante entreprise. Il a traversé le parc, a rejoint la route, mais soudain il a eu l'idée d'aller à la plage, plutôt, et il est revenu sur ses pas. Qui sait, un touristo lui refilerait peut-être quelque chose... Il avançait avec prudence, se faufilant entre les raisins en espalier et les amandiers. Il avait reçu tellement de menaces dans la matinée qu'il valait mieux marcher sur des œufs. Il est parvenu à des cocotiers, s'est risqué au milieu des dunes, et s'est arrêté, fasciné. Il n'avait encore jamais vu une plage aussi belle, l'eau d'un vert émeraude, les vagues paisibles qui étincelaient au soleil, le calme... Quelques touristes se bronzaient et... « Putain, mais ces nanas ont les seins à l'air ! Dc foooolie ! Quels jolis nibars elles ont ! On voit bien qu'il y a pas de Cubains, par ici. Si les cinglés de La Havane Centre débarquent par ici, ils passent la journée à se branler ! » Mais il ne s'est pas laissé hypnotiser par ces nénés européens. Il a décidé de mieux observer les parages, et avec raison : des flics en short, genre plaisanciers, patrouillaient la zone. Ce dont il avait vraiment envie, en fait, c'était de piquer une tête. Pour la première fois de sa vie, l'idée d'entrer dans l'eau l'attirait. Dans un tel paradis, évidemment... « Non, Rey, non, insiste pas », s'est-il corrigé, et il a fait machine arrière à pas comptés.

Un petit snack-bar se cachait sous les arbres et là, il a eu plus de chance. Il est passé derrière la cahute. Personne. Ouvrant les poubelles, il est tombé sur des restes frais en abondance, bouts de pizzas et de sandwichs, ainsi qu'un morceau de saucisse un peu pourri mais tout de même appétissant, et nourrissant. Il s'est empiffré en hâte avant de repartir tranquillement, sans être inquiété. Le ventre plein, tout content.

Ragaillardi par ce déjeuner, il a décidé de tenter le sort, à nouveau. Il voulait revoir cette plage, prendre un peu le soleil. Encore une approche discrète à travers les amandiers, les vignes, les cocotiers. Il s'est installé à l'ombre. Pas d'argousins en vue. Ni de petits seins, d'ailleurs, mais l'endroit restait incroyable. Adossé à un tronc, il s'est offert un roupillon de quatre heures et à son réveil on lui avait mis la tentation à deux mètres à peine : une immense serviette de plage et dessus quelques vêtements, des tennis, des flacons de crème solaire, une bouteille de rhum vieilli en fût, des verres. Plus loin, trois silhouettes chahutaient dans l'eau. Son cerveau s'est mis au travail : « Emballer le tout dans la serviette ? Que les fringues et les grolles ? Le rhum ? » Il a patienté quelques minutes. Ils s'amusaient bien, là-bas. Il s'est approché, en rampant sur le sable ou presque. Il s'est emparé des habits et des tennis, il est retourné à sa place. Un coup d'œil à la ronde. Ils n'avaient rien vu. Il s'est éloigné, pas mal inquiet. C'était une zone très tranquille. Il s'est dépouillé de ses vieilles frusques, a enfilé un short beige, une chemise de surfer toute propre, des tennis bleu marine qui semblaient avoir été faits pour lui. Le tout excellent, de marque. Mais on le sait, l'habit ne fait pas le moine : malgré cet accoutrement distingué, il ressemblait toujours au métis crève-la-faim qu'il avait toujours été. Maigre, mal nourri, les bras et les jambes couverts de plaies purulentes laissées par les moustiques, les cheveux sales, les cils collés et surtout, surtout, cet air furtif et mal à l'aise de celui qui s'attend à recevoir un coup de pied au cul à tout moment.

N'empêche, il se sentait mieux. Il puait le bouc,

d'accord, mais bien habillé. De loin, il n'avait pas une si piètre dégaine. La police allait sans doute moins s'intéresser à lui.

Il a résolu de risquer une dernière tentative pour retrouver Yunisleidi. Il est retourné à la pension. Le voyant si joliment attifé, la vieille matrone l'a jaugé de bas en haut en souriant. Elle se voulait sympathique, maintenant :

« Elle n'est pas revenue, non, mais si tu veux, paie ta part et reste.

– J'ai pas d'argent.

– Habillé comme ça et tu n'as pas de l'argent ?

– Hummm. »

La nuit venait, il faisait bon. Rey est parti vers le pont basculant. Il l'a traversé. Les flics, qui s'occupaient de quiconque voulait entrer à Varadero, l'ont complètement ignoré. Le hic, c'était l'autre sens. Il a continué en suivant la rive du canal, dépassant le Red Coach, l'Oasis, il faisait sombre maintenant, puis Carbonera, les champs de sisal. La lune est apparue et tout est devenu bleu. Il marchait toujours. À côté de lui, l'écume blanche sur les récifs, la rumeur des vagues. Il s'est arrêté à plusieurs reprises pour se reposer. Sans penser. Il n'avait rien à quoi penser. Il n'avait jamais besoin de réfléchir, de faire des choix, de se projeter dans l'avenir. Il se contentait d'avancer sur l'herbe au bord de la route, au frais, en regardant le bleu de la nuit, le bleu de la mer, le bleu tranquille de l'infini. Et il a continué. Derrière lui Camarioca, le phare de Maya, Canímar. Il faisait presque jour quand il a atteint Matanzas. Il ne connaissait pas la ville et elle ne lui disait rien. Il aurait pu poursuivre jusqu'à

La Havane à pied, mais cela n'a pas été nécessaire. Peu après, devant une vieille demeure qui portait le numéro 81, un camion prenait tout un tas de gens sur l'avenue de Tirry. Une dame blonde et souriante, apparemment folle d'amour, est apparue entre les persiennes françaises et ils se sont regardés droit dans les yeux un instant, mais tout s'est arrêté à ce rayon lumineux entre deux inconnus, ce toucher fugitif, la conscience d'une légère altération dans leur champ magnétique respectif, et puis l'un et l'autre ont continué leur vie. Les prémonitions ne se réalisent pas toujours.

Rey est monté dans le camion sans poser de question. Le chauffeur a entrepris de percevoir le prix de la course, dix pesos par tête pour La Havane. Quatre autres voyageurs se sont hissés dedans, puis deux autres. Les bus pour la capitale ne passaient plus depuis des heures, s'est plaint quelqu'un qui était arrivé en courant de la station d'autobus, tout essoufflé et furieux d'avoir attendu en vain pendant tout ce temps. Un troupeau de gens l'a imité, charriant des sacs. Le camionneur n'avait pas le droit de transporter des passagers. Deux policiers s'étant approchés, il est descendu de la plate-forme pour leur parler à voix basse. Un paquet a changé de mains et le chauffeur est revenu collecter son dû. Rey a tenté de l'embobiner mais l'autre connaissait son affaire. Ils ont négocié, Rey s'est retrouvé sans chemise.

Deux heures plus tard, le camion entrait à Guanabacoa. Il a pris l'avenue du 10 Octobre et il a commencé à dégorger sa cargaison humaine. Quarante personnes pouvaient entrer là-dedans mais ils étaient au moins deux cents. « Heureusement qu'il est arrivé, ça faisait dix heures qu'on était à la gare », répétait pour la vingtième fois une vieille boursouflée qui n'arrivait plus à respirer et suppliait les autres de lui laisser un peu d'air. Quelqu'un s'est moqué d'elle, lançant qu'elle aurait dû prendre un taxi, si elle voulait ses aises. La vieille a répliqué qu'elle n'avait plus l'âge de monnayer son con : « Je me bats pareil même que toi dans ce camion, comme les vaches. » Tout le monde se gondolait à chacune de ses reparties.

Rey est descendu à Cuatro Caminos. Ah, quelle saleté, quelle ruine ! Tout était déglingué, la foule bruyante, vulgaire, grande gueule. Les métisses débarquées de l'Oriente avec leur gros cul si tentant, prêtes à faire n'importe quoi pour trois ou quatre pesos. Quel pied ! Varadero, c'était trop beau, trop propre, trop calme, trop silencieux. On n'avait plus l'impression d'être à Cuba. « Ici c'est goûteux, ici c'est chez moi », s'est-il dit. Le Roi de La Havane était revenu sur ses terres.

Il était midi, la place du marché trépidait. Rey a traîné par là, pour le cas où une combine se présenterait. Si la section des animaux vivants était assez déserte, les allées de boucherie, par contre, étaient envahies. Mais là, c'était la chasse gardée de deux ou trois gros bonnets. Un type ventru à l'air placide, avec une chaîne en or immense au cou, surveillait les alentours. Les couteaux, l'odeur de la viande de porc, le sang, les vendeurs hurlant les mérites de leur camelote et leurs prix, tout ça plaisait à Rey. Passer son temps à tailler dans la chair, à fracasser les os, à fendre les têtes de cochon en deux, à enfoncer la main dans leurs entrailles encore chaudes pour en sortir les rognons. « Comme j'aimerais gratter ici ! Tuer trois ou quatre porcs par jour, leur démolir la caboche, une grande lame dans le palpitant, hahaha ! Et après, je découpe, je dépèce, le sang qui coule de partout... » Surpris lui-même par ces idées, il ne quittait pas des yeux le gros à la chaîne en or. Sans y penser, il est allé à lui pour demander s'il aurait du travail. Ce type était un patron, c'était clair. Il s'est planté devant lui et il allait ouvrir la bouche quand il s'est découvert paralysé, impressionné par la puissance que ce bonhomme irradiait. Grand, corpulent, bedonnant, bien habillé, avec bagues, montre, chaîne, gourmette. Le tout en or massif, jusque sur les canines. Il dominait toute la scène de sa taille, de son calme et de son sourire paisible. En même temps, on voyait bien qu'il était dangereux. Un type qui pouvait commettre le pire ou le meilleur sans changer d'expression. Redoutable, pour cette raison. Il n'y avait pas une tache de sang, pas une auréole de sueur sur sa chemise d'un blanc immaculé, sur son pantalon gris perle. D'autres trimaient pour lui, suaient, vociféraient, baignaient dans la graisse des porcs, perdaient patience. Lui seul récoltait les bénéfices, contrôlait tout de son sourire distant. Devant ce monument, Rey est resté comme deux ronds de flan. Il a ravalé la phrase qu'il voulait sortir, baissé les yeux et continué son chemin. Le type ne l'a même pas regardé. Un malheureux pou, un mendiant de merde.

Rey est allé au fond de la place, la section la plus étendue, celle des légumes. Au moins quatre-vingts auvents ou plus. Tout horriblement cher. Les gens tournaient dans les allées, demandaient les prix, achetaient peu de chose ou rien, intimidés, résignés à rester avec leur faim. Dans le tas, un petit vieux a grommelé : « Ils se gagnent des millions et notre gouvernement, il bronche pas ! C'est antipopulaire, tout ça, entièrement contre le peuple. » Personne ne l'écoutait. Il y avait encore des vieux pour espérer que l'État trouve une solution à n'importe quoi, de temps à autre. Une idée qu'on leur avait rentrée dans la tête et qui faisait partie de leur patrimoine génétique, désormais.

Là aussi, avec la verdure, aucun espoir : les Noirs avaient accaparé la moindre chance de transborder les sacs de riz et de fayots, les cageots de fruits et de légumes. Rey a volé deux bananes sur un stand et les a mangées vite fait. Pas évident, car chacun surveillait son étal comme le lait sur le feu. Il a demandé à l'un des vendeurs :

« T'as besoin d'aide ?

– Caser la camelote, c'est ça que j'ai besoin ! Qu'est-ce que tu jacasses avec ton aide, bordel ? »

Il est reparti par la rue Matadero. Il y avait les charlatans habituels et deux tireuses de cartes qui fumaient le cigare dans leur robe à volants. Tous assis sous les grandes arcades du marché. Une des bonimenteuses était sans travail, pour le moment. L'autre disait la bonne aventure à une paysanne et à sa fille, leur donnait des conseils, prescrivait des remèdes, des prières, des amulettes, des frictions aux herbes de la montagne. La provinciale, ses deux enfants, son mari, ils avaient tous des problèmes, plein de problèmes, des tonnes de problèmes, mais « tout qu'il a une solution, tout qu'il a une solution, le mort il dit que tout va s'arranger », répétait la Noire en tirant ses cartes, et à chaque fois de nouveaux soucis, et les réponses adéquates. La femme qui consultait était glacée par la peur. Rey regardait, écoutait, et il s'est dit : « Hummm. » Rien que ça, « Hummm ». La première cartomancienne l'a hélé :

« Viens par là, assois-toi.

– J'ai pas d'argent.

– Je le vois bien, que t'as pas même où tomber mort. Mais ça, c'est œuvre de charité, aujourd'hui. Assois-toi, il me faut te dire deux ou trois choses pour que les chemins s'ouvrent devant toi.

– Non, non.

– Tu as en toi un mort bien sombre, avec une grosse chaîne. Et tout ça tout ça, c'est pas qu'un maléfice. Tu le traînes depuis que tu es né. Assois-toi, que je te fais pas payer... »

Il a pris la tangente. Ça l'effrayait, ces choses-là. Comme la Noire continuait à lui parler de loin, il a eu le temps de saisir : « C'est pas une goulée d'air, le mort que tu as, et il pèse, il pèse... » Il s'est dépêché de s'éloigner de cette négresse impressionnante, avec son cigare et ses morts... « Au diable ces foutaises ! » s'est dit Rey en allant s'asseoir de l'autre côté de la rue. Deux vieilles ultra-sales et décaties, couvertes de chiffons répugnants, vendaient des tubes de dentifrice, des rasoirs, deux petits sacs de café. Il s'est installé près d'elles. L'une d'elles lui a posé une question que Rey n'a pas entendue. La Noire lui avait flanqué la trouille. « Un mort bien sombre avec sa chaîne... Le con de sa mère ! » Il a recommencé à traîner. Il avait faim. Il a tenté d'autres vendeurs. Personne ne voulait d'aide. « Je vais devoir me chourer de ces pains à la tortilla », a-t-il pensé. Pas de flics en vue. Il pouvait sauter sur les pains, traverser l'avenue en courant jusqu'à la gare et dégager par Monte. Déjà il était devant le kiosque, tenu par un seul type, et sans clients autour. Sa nervosité l'a trahi, cependant. Il se léchait les lèvres. Quand ses mains se sont abattues sur les petits pains, le vendeur, un jeune rapide à la détente, et qui avait surpris son manège, l'a saisi par les poignets en beuglant : « La police, la police ! » Se sentant attrapé de la sorte, Rey a paniqué. Il a réuni toutes ses forces pour repousser le gars, envoyant un coup de pied qui a presque flanqué le kiosque par terre. L'autre l'a lâché et il s'est enfui en courant. Il n'avait rien volé, cette fois, donc il n'était pas coupable. Il a remonté Belascoaín, d'abord avec l'idée de retourner dans le quartier de Magda et de la trouver. Il devait être cinq heures. Dans un bar, des types buvaient du rhum et fumaient posément en regardant les femmes qui passaient sur le trottoir. Noires, Blanches, métisses, provocantes, remuant de beaux culs, crâneuses, moites, exhibant leur nombril et leur petit ventre, le con bien apparent sous les shorts en lycra. Luxure, désir, sensualité, sueur coulant le long du dos, doux balancement des fesses, regards de défi. Quel endroit ! Sale, démoli, en loques et en ruine et pourtant ses habitants semblaient invulnérables. Ils vivaient, remerciaient les saints pour chaque jour de plus et jouissaient de la vie. Dans les décombres et la crasse, mais ils goûtaient le moment.

Chercher Magda, vraiment ? Il était très tôt, encore. Elle devait être en train de vendre ses cacahuètes. Il a ralenti l'allure, continuant sur Belascoaín jusqu'au Malecón. Des fois, ça lui plaisait de regarder, simplement. Il était affamé. Sans rien à manger et sans argent, il était forcé de regarder encore mieux. Au cas où il tomberait sur quelque chose de comestible. Il s'est assis sur le parapet du front de mer pour prendre le frais. C'était toujours pareil : la faim était devenue si tenace qu'il ne la sentait plus. Il faisait toujours très chaud, même si le crépuscule teintait déjà l'horizon de rose, d'orange, de gris, de rouge, de violet, de bleu, de blanc. On ne peut y croire que si on le voit : le soleil plongeant dans l'océan et peignant le ciel de toutes ces couleurs. Sans chemise, Rey dégoulinait de sueur, sous les bras et dans le dos jusqu'aux fesses. Ses couilles suaient, elles aussi. Il sentait la foudre. Ça faisait des siècles qu'il ne s'était pas lavé. Il a reniflé ses aisselles. C'était agréable. Il se humait plusieurs fois par jour. Excitant. Il a commencé à bander, mais il avait besoin de pisser. Il a glissé tout au bord du mur, sorti sa queue et envoyé son jet vers la mer. Une fille en train de s'embrasser avec son fiancé s'est mise à le regarder fixement, envoûtée par ce bel engin à moitié érigé. Rey l'a remarqué et il a apprécié. Il se l'est un peu tripotée, il a craché sur le gland pour qu'il brille encore plus. Une petite branlette en l'honneur de son admiratrice. L'homme lui tournait le dos, il n'avait pas idée de ce qui se passait. Elle, elle le prenait par la tête, l'embrassait dans le cou et ouvrait de grands yeux sur la bite de Rey. Il s'était chauffé tout seul en humant ses aisselles, ainsi que le font les singes et beaucoup d'autres animaux, les humains y compris. Et là, il avait une fan tellement emballée qu'elle était prête à planter son mec sur place pour venir lui finir gentiment la besogne. Mais se rappelant qu'il avait le ventre vide, Rey s'est repris, cependant : « Si je lâche ma purée maintenant, je tombe dans les pommes. » Avec un dernier regard pour la jeune amatrice de biroutes, il a rangé son outil et est parti en direction du port. En chemin, il s'est arrêté pour inspecter la zone où Magda pourrait se trouver : l'arrêt de bus au coin de San Lázaro et Marqués González, l'entrée de la chapelle, le trottoir de l'hôpital, le parc Maceo. Il observait lentement. Pas de Magda. Il avait envie de la voir, de se mettre au lit avec elle, de lui sucer le cul et de se lancer dans une de leurs baises démentes qui duraient trois jours, s'achevant quand ils avaient l'une le con, l'autre la bite, presque en sang. « Où elle est passée, cette zinzin ? Avec qui elle est ? » s'est-il demandé deux ou trois fois avant de la rayer de son esprit. Il a continué sur le front de mer. Il ne savait pas où il allait. Affamé, sans argent. Sa chance et son malheur, c'est qu'il vivait exclusivement dans la minute présente. Il oubliait totalement celle d'avant et ne se préparait d'aucune manière à la suivante. Certains vivent au jour le jour. Rey, c'était à la minute, à la seconde. À chaque respiration. C'était essentiel à sa survie, mais cela l'empêchait aussi de faire face à ce qui allait arriver. Il était comme de l'eau figée dans une mare, immobile, polluée, diminuée par l'évaporation au milieu d'une affreuse puanteur. Disparaissant peu à peu.

Il s'est rassis sur le parapet. Le crépuscule était un incendie. Le ciel, la mer, les façades, les rochers de la côte et le lichen vert qui les recouvraient, la pierre d'El Morro, tout virait au doré, au rose, au violet, à des teintes indescriptibles. La beauté était autour de Rey : dans ces couchers de soleil, dans ces femmes qui passaient, dans la joie de vivre qui palpitait alentour, dans la musique, dans la présence infinie de l'océan, dans l'air saturé d'odeurs. Tension vitale. Et lui, il était étranger à tout. Mais à cet instant il se sentait bien, pourtant. Sans savoir pourquoi. Personne ne lui avait appris à déguster la beauté. C'était un moment plaisant. Long regard sur le calme des eaux. Soudain, il a remarqué une petite forme blanche qui flottait sur les vagues, non loin de lui. Les courants et le vent de noroît la poussaient vers le rivage. Un drap blanc, taché de sang coagulé. Bien ficelé, avec quelque chose dedans. Un bébé mort ? Une mère qui avait jeté son nourrisson à l'eau après l'avoir mis au monde ? Ou un morceau de cadavre ? Rey a regardé autour de lui. Il était seul, dans ce coin. Il s'est concentré sur le paquet, cherchant à reconnaître la forme d'une tête, d'un bras. Ce ne pouvait être les tripes et la merde d'un cochon ou d'une brebis. Personne n'aurait gâché un drap pour ça. Non, on avait tué quelqu'un dans un lit, on l'avait découpé en morceaux et ce ballot en contenait une partie. Dérivant sur les modestes vagues, la chose atteignait déjà les rochers. Rey a été tenté de descendre pour l'inspecter. Il aurait suffi de défaire un nœud. Il s'est ressaisi juste à temps : dès qu'il poserait la main dessus, des gens se pointeraient, aussi morbides que lui, et puis ce serait la police... « Non, qu'un autre s'en charge. Moi, j'ai rien vu. » Et il a continué sur le Malecón en direction du port.

Deux flics arrivaient sur la promenade dans l'autre sens. Il a pris peur d'être surpris aussi près du macabre paquet. Panique infondée, mais panique quand même. Il a traversé pour prendre San Lázaro. La nuit tombait quand il est arrivé dans le quartier de son enfance. De Belascoaín à Galiano. Un type en sang, plaie ouverte à la tête, marchait au milieu de la chaussée, arrivé de Lealtad. Il a obliqué à droite, vers la Vieille Ville. C'était un Blanc maigre comme un clou, avec trois tatouages sur les bras : un Christ, « Lorensa, on a kune seule maman », et un couteau sanguinolent. Tout ça très mal dessiné. Il ne portait qu'un vieux short et des savates en plastique usées. Beaucoup de poils sur le torse, dans lesquels le sang coulait. Un chiffon noir à la main, peut-être un mouchoir. Il s'essuyait le front avec, essayait d'arrêter le sang qui lui entrait dans les yeux et l'aveuglait. Il était soûl, ou pété à l'herbe, car il avançait comme un zombie, d'une démarche pesante et maladroite. Un sourire étrange flottait sur ses traits hagards. Du sang coagulé partout, même sur les pieds. Les gens le regardaient, sans un mot. Il était clair qu'il peinait pour bouger, pour rester debout. Il semblait sur le point de s'effondrer sur la chaussée, perdait parfois l'équilibre et cependant continuait. Il lançait de fréquents coups d'œil en arrière, comme si on le poursuivait, et alors il accélérait le pas. Il a remonté la rue. Bientôt, il était hors de vue.

Il faisait nuit noire, maintenant. Et Rey avait envie de pisser. Il a poursuivi son chemin. Son regard s'est dirigé vers sa maison, ou ce qui avait été sa maison. Il ne voulait plus être témoin de nouveaux malheurs, là-bas. Tatiana aveugle, Fredesbinda en pleurs... Assez. Il est entré dans un grand immeuble de huit étages au coin de Perseverencia. Monté au premier palier, il a uriné dans la cage d'escalier. Il se souvenait de cet endroit, au temps où il était gosse. Les gens venaient ici pour chier, pisser, fumer de la ganja. Si ces marches pouvaient parler, elles seraient une encyclopédie de la ville. Jadis, lors de sa construction en 1927, cela avait été un luxueux édifice, avec escalier en marbre, grands appartements cossus. Seulement habité par des professions libérales et des Américains. Désormais au bord de la ruine, c'était devenu une pissotière. Il avait presque terminé, expédiant un dernier jet contre le mur, lorsque l'idiote du quartier, Elenita, a surgi. Un autre souvenir d'enfance. Elle devait avoir quatre ou cinq ans de plus que lui. Les yeux bigles, la langue toujours un peu pâteuse, c'était une folle du cul, aussi. Elle l'a surpris alors qu'elle descendait. Sans aucune hésitation, elle a tendu le bras pour saisir sa queue, s'est collée contre lui de tout son corps et, de sa voix de nez : « Arrrgnnh, toi, arrghnnh, écoute... »

Rey l'a laissée faire, parce qu'elle avait de beaux nibars qu'il sentait se presser contre son flanc. Ça l'a excité. Il n'a pas perdu de temps, lui non plus, fourrant la main sous la longue robe d'Elenita. Oh, quelle touffe ! Il a introduit un doigt. C'était mouillé, et bien. Il a humé son index. Ouah, quelle bonne odeur, sucrée, appétissante ! L'animal a brusquement durci dans la main d'Elenita, pris d'un désir brutal. Elle s'est penchée pour lécher. À ce moment, quelqu'un a commencé à monter les escaliers. L'ascenseur était en panne, apparemment. À ce bruit de pas, Elenita a prestement attrapé Rey par le bras, entraînant sa proie dans les étages. Arrivés au sixième, ils se sont mis dans un petit couloir qui les isolait un peu du passage de la cage d'escalier. Ils se trouvaient à un mètre de la piaule d'Elenita, aussi. Par la porte entrouverte, tout éraflée et maculée de taches, on entendait une télé en marche. Il en sortait également une intense puanteur. Caca de poulet. Très décidée, l'idiote s'est agenouillée pour reprendre sa tâche de suceuse. En découvrant les perles au bout du gland, elle s'est emballée encore plus. Elle a pris la queue d'elle-même. Elle avait un vagin accueillant, très poilu, de bons nénés, un bon cul. C'était une folle qui aimait caresser, embrasser, jouir. Elle soupirait, gémissait. Elle a eu son premier orgasme à peine avoir pris la bite au fond d'elle. Elle soufflait et se plaignait comme s'ils étaient seuls en pleine nature. Son mari, lui aussi à moitié retardé ou à moitié siphonné, on ne savait pas trop, est venu à la porte et les a presque surpris. Rey a juste eu le temps de se plaquer contre le mur du côté opposé. Le type avait la même voix traînante et stupide que sa femme :

« Elenitaaaa, qu'est-ce que tu fais làààà ? T'as 'cht'é les s'garettes ?

– Arrrghnhn, non, non, j'y vais maintenant.

– Et pourquoi tu soupirais comme çaaa ? Comme si... ? Tu es'ec qu'qu'un ? Attends, je va...

– Non, non, arrrghghn, continue à dormir, dormir.

– Je dormais pas, Elenitaaa. Entre.

– Non. Ré-endors toi.

– Rentreeeeu ! Y a une émission vach'ment bien à la téléééé.

– C'est quoi ?

– Les infroma... informations.

– Arrgghhn, laisse-moi ici, laisse-moi. »

L'idiot s'est tourné pour parler vers l'intérieur de la pièce :

« Maman ! C'est Elenitaaaa, mais elle veut pas rentreeeer ! Et elle a pas 'ch'té les s'garettes. »

Une dame – la mère d'Elenita, et donc belle-mère du demeuré – a réagi au quart de tour :

« Pas de disputes. Laisse-la tranquille. Ferme cette porte et oublie-la. »

Le type a considéré cette possibilité pendant une demi-minute, puis :

« C'est bon, Elenitaaa, je vas fermer l'porte, mais tu restes iciiiii. Bouge pas d'ici et arrête de gémir, hein ? Tu as mal quelque part, Elenitaaa ? Héééé ? Tu as mal ?

– Noooonrgneu, noon.

– Alors gémis plus. Et reste ici. »

Il a fermé la porte. Elle était insatiable, l'idiote. Se souciant peu que le sol soit dégoûtant, elle a retiré sa robe, l'a étendue par terre, et ils ont continué. Il faisait très sombre dans ce recoin, comme dans tout l'escalier, parce que les gens volaient les ampoules électriques. Ils ont repris leur baise à l'aveuglette. Elle a eu plein d'orgasmes, sans cesser de soupirer et de couiner. Ils l'ont fait dans toutes les positions possibles. Le retardé les a interrompus plusieurs fois, entrouvrant la porte pour chuchoter : « Rentre, mon amoulll... Qu'est-ce que tu fais dans l'escalier toute la nuiiiit ? Entre, viens dormir donc... » À l'intérieur, la voix d'Elena, la mère, le rappelait à l'ordre : « Laisse la petite tranquille, elle sait ce qu'elle fait. Cesse de discuter et ferme cette porte ! » Il obéissait et ils recommençaient à niquer, par-devant et par-derrière. Elle adorait se faire enculer, la folle. Rey a joui quatre fois. Finalement, il n'a plus été capable de rebander. Sur les rotules, complet. Égaré par la faim, aussi, au point de sortir tout de go à Elenita :

« T'as quelque chose à croûter ?

– Arrrghhn, rgghhnaa. »

Il l'a prise par le cou, menaçant :

« Hé, fais pas la débile, bordel ! Tu joues les fofolles quand ça t'arrange. Va me chercher à manger.

– Arrgghnn, petit, lâche-moi... Tu veux un poulet ?

– Oui. »

Elle a renfilé sa robe et elle est entrée chez elle. Elle est revenue très vite, tenant un volatile vivant par les pattes. Elle l'a tendu à Rey. Sa mère et le mari d'Elenita ont essayé de l'en empêcher : « Elenita, tu vas où, avec ce poulet ? », « Elenita, r'vieeeens ! »

Ils les élevaient dans la salle de bains. Près d'une vingtaine, tous de bonne taille et prêts à passer à la casserole. Rey a pris la bestiole. La retardée a fait mine de lui donner un baiser en guise d'au revoir mais il n'y avait pas de quoi, vraiment. Il a dévalé les escaliers en trombe, tandis que les cris de l'idiote s'élevaient : « Sois pas brute ! Montre-moi du respect, que je suis ta femme ! Aarrgghn, rgghhnnaa, je t'aime beaucoup, tu sais, Tito, je t'aime très beaucoup ! »

Et la mère, protestant en contrefond :

« Vous allez me tuer, vous deux ! Vous me tuez ! Tito, laisse-la tranquille, lâche la petite. Assez ! »

En une minute, Rey était dans la rue. Sa première intention a été d'aller chez Magda et de mettre le poulet à cuire. Mais la mère d'Elenita se penchait déjà par le balcon qui donnait sur San Lázaro en glapissant : « Arrêtez-le, arrêtez-le ! Il a volé un poulet ! Police ! Ah, ils sont jamais là quand il faut ! Où ils sont, ces salauds de flics ? Arrêtez-le ! »

Rey s'est précipité vers la station, à Manrique. Un minibus s'est arrêté, pris d'assaut par un troupeau de types impatients. L'un d'eux a dit à Rey que c'était la ligne de Guanabo. Il est monté, lui aussi. Quand le chauffeur est passé pour encaisser, il s'est mis à bafouiller. Il savait qu'ils allaient l'éjecter. À côté, il y avait un homme habillé avec une correction de l'ancien temps, tellement inhabituelle qu'il faisait penser à un pasteur protestant venu de la province. Rey tentait un « Allez, gars, donne-moi une chance jusque là-bas. Je suis fauché. » Le chauffeur : « Non, pas question, tu descends tout de suite. » Mais le pasteur a mis fin à la discussion : « Un moment ! Il reste ici. Je paie pour lui. »

Plein de reconnaissance pour ce geste de générosité inespéré, Rey s'est troublé, incapable de remercier. Les yeux au sol, il est allé au fond du bus. C'était la pleine nuit. Dix heures, peut-être, ou onze, ou minuit. Rey ne se souciait jamais de savoir l'heure, le jour, le mois. Tout était pareil, pour lui. Il faisait sombre. Il est descendu au dernier arrêt de Guanabo. Il avait en tête d'aller à la plage, d'allumer un feu de bois et de griller son poulet dessus. Il l'avait fait plusieurs fois, à l'époque de la maison de correction. Avec des canards, des lapins, des poules, des chats. Il lui manquait le sel et le citron. La plage était déserte mais un kiosque restait ouvert. Assis à l'une des tables, deux types et deux cavaleuses buvaient de la bière. Personne d'autre autour d'eux. Rien que cette petite lumière sur l'immense rivage plongé dans les ténèbres. Et deux employés derrière le bar. Rey est allé à eux, certain qu'ils allaient l'envoyer au diable, comme d'habitude. Mais non, ils ont trouvé ça épatant, cet inconnu surgi de nulle part et demandant du sel pour cuire sa bestiole. « Hé, con, c'est que tu es un battant, toi ! Voilà comment il faut être, hahahaha ! »

L'un d'eux a mis une salière, de la moutarde et du ketchup sur une assiette en plastique. Rey est parti avec, aux anges. Il a cherché quelques branches sèches, les a empilées. Ensuite, il a tué le poulet en lui écrabouillant la tête contre une pierre, l'a plumé, l'a étripé avec une esquille de bois effilée, l'a nettoyé de ses viscères dans l'eau de mer, l'a enduit de sel, de moutarde et de ketchup. Là, il s'est rendu compte qu'il n'avait pas d'allumettes. Il est retourné au kiosque. L'employé l'a aidé à allumer deux bouts de bois sec. Il ne se faisait pas prier. Il s'ennuyait. Ce vagabond voleur de poules apportait une distraction, au moins.

La grillade a été parfaite. Après son dîner, Rey a marché un moment sur la plage. Il était épuisé. Il écoutait le murmure des vagues sur le sable. Pas de brise, toujours très chaud. Il a retiré ses tennis et s'est assis sur le sol mouillé. Ensuite, il a enlevé son short et il a avancé dans la mer, entièrement nu, entouré par une eau tiède et noire. La sensation était nouvelle, étrange. Volupté. Les yeux fermés, il avait l'impression que la mort le prenait dans ses bras. Pas un souffle d'air, la chaleur de l'eau, l'obscurité infinie autour de lui. Et aussi la peur de se noyer, parce qu'il ne savait pas nager. Les paupières toujours closes, il s'est abandonné sur le ventre, le visage dans les vagues. Entraîné par cette sensation délicieuse de s'en aller pour toujours.

Il est resté un long moment ainsi, flottant entre deux eaux, relevant de temps à autre la tête pour prendre un peu d'oxygène, dérivant à nouveau. Il aurait aimé ne plus respirer. Garder la figure dans l'eau, s'enfoncer dans cette obscurité, ce silence. Soudain, un corps froid, dur et souple à la fois, a frôlé ses jambes. Un gros poisson qui avançait rapidement, puissant, assez téméraire pour s'approcher du rivage. Le contact n'a duré que trois ou quatre secondes, qui ont fait l'effet d'un siècle à Rey. Effrayé, il s'est redressé, a repris pied et s'est hâté de retourner vers la plage. Il avait de l'eau jusqu'à la ceinture, ou même plus. Le poisson avait le temps de le poursuivre et de le dévorer dans les ténèbres. Rey luttait. Le cœur au bord des lèvres, il est enfin sorti de la mer et s'est jeté de tout son long sur le sable, tremblant de peur.

C'était facile de vivre là, sur la plage. On pouvait y dormir, même si les moustiques devenaient parfois insupportables. Pas toujours. Les rares flics gardaient leurs distances, en général. Dans les poubelles des kiosques, il y avait toujours des restes encore frais, du pain, de la charcuterie. En plus, les gens étaient détendus, ici, souriants, prêts à refiler une pièce. Même pas besoin du saint. Rey les approchait, demandait une aumône et ils acceptaient, le plus souvent. Il a passé ainsi quelques jours vautré dans le sable, tout le temps à l'air. Quand le soleil tapait trop fort, il se réfugiait sous les cocotiers.

Un soir, deux jeunes maigres et sales sont apparus, vêtus en tout et pour tout d'un short et de vieilles espadrilles effilochées. L'un d'eux a grimpé dans un arbre et fait tomber huit noix de coco par terre. Rey s'est approché d'eux. Ils ont bu ensemble le lait de noix, mangé la chair blanche. Quelques Italiens sont venus regarder. Les deux ont essayé de leur vendre des noix de coco mais les touristes n'en voulaient pas. Ils se contentaient de mater en souriant entre eux. Les garçons devaient avoir quatorze ans, au moins, et ne portaient pas de slip. Rey s'est gavé de fruits jusqu'à la nausée.

Un autre jour, il a proposé ses services au tenancier d'un bar très amusant, en forme de cannette de Coca-Cola. À l'intérieur, le type avait l'air d'une bactérie s'agitant dans le soda. C'était un endroit couru, il avait besoin de quelqu'un qui l'aide à ramasser les verres et les assiettes en plastique, les bouteilles de bière, les serviettes en papier, les sandwichs entamés, toutes les cochonneries que les clients abandonnaient sans complexe sur le sable. Pour salaire, il lui donnait à manger. Cet arrangement convenait parfaitement à Rey : il récoltait les saletés par terre et demandait un peu d'argent, au passage. Le soleil brûlait, lui donnant parfois une furieuse envie de se lancer dans la mer pour se rafraîchir un peu. Mais il n'osait pas. La nuit, il s'installait loin de l'eau, sur quelques cartons et sur le sable confortable d'une dune. Il dormait sans se soucier de rien, sous les étoiles.

Des semaines ont dû passer ainsi, jusqu'à ce que la satanée tentation, pour ne pas changer, vienne lui jouer un de ses tours. Pas sous la forme du serpent et de la pomme, non, mais sous celle d'une chemise avec quelques billets dans la poche, de lunettes de soleil, d'une casquette et de sandales en plastique. Le tout abandonné au pied d'un cocotier pendant plus de deux heures. Rey a résisté, d'abord. Mais il avait perdu sa chemise sur le retour de Matanzas, il survivait en ramassant les ordures laissées par les autres... Ses yeux ne quittaient pas les affaires près de l'arbre. Leur propriétaire devait être en train de nager. Finalement, le serpent a vaincu : posément, il est allé les prendre, il a confectionné un baluchon et il est parti vers l'avenue. Il était obligé de s'en aller, maintenant.

Il a marché plus d'un kilomètre. Compté l'argent dans la poche : huit dollars. Il a mis la chemise, les lunettes de soleil, la casquette toute neuve. Il a proposé un dollar à un taxi. Vingt minutes plus tard, ils filaient par le tunnel de la baie et Rey était heureux, en pleine forme : « Le Roi de La Havane, avec sept dols en poche, se balade en taxi, vif et fringant comme le cheval de Guaitabóooo... Tatari, tatara ! » Il chantait dans sa tête et souriait.

Descendu au Prado, il s'est dit : « Là oui que je vais chercher Magda, et je l'invite à un poulet frit, patates et bière. J'suis un nabab, hahaha ! » Prenant Ánimas, il a avisé un bar. Il se sentait tellement à son goût qu'il avait besoin d'un coup de rhum. Il est entré, a commandé un double. Il a payé, grand seigneur avec sa chemise propre, ses lunettes noires de caïd. Accoudé au comptoir, il a observé la rue. Tiens, Cacareo ! Un vieux quarteron de métis, moitié indien, bourré du matin au soir, traînant une carriole qu'il avait construite lui-même. Il avait de tout, là-dedans, mais en réalité c'était une épave. La faim, l'alcool et les années l'avaient détruit. Il demandait un peu de rhum à tous les passants. Pas d'argent, pas à manger : de la gnôle. Parfois, pour se gagner un verre, il chantait ou plutôt braillait un bout de guaracha ou de boléro. Laissant son barda sur la chaussée, il est venu trouver Rey et un autre consommateur, les seuls clients dans le bar. Tout menu, maigre, affublé d'oripeaux, il avait un grand sourire quand il a attaqué une rumba maladroite, accompagnée de quelques pas de danse grotesques. Son numéro terminé, il leur a tendu une boîte de conserve vide pour qu'ils y versent un peu de rhum. Un bouffon, pathétique, ridicule. Une idée est passée par la tête de Rey, soudain : « Quand je serai vieux, je vais être pareil. Un clown de merde. » Et il a été envahi d'une rage incontrôlable, terrible. Jetant son verre au sol, il a saisi le vieux avec une telle violence qu'il l'a fait tomber sur le dos. Puis il a foncé dehors, sans même écouter le serveur qui lui criait : « Non, mais oh, z'êtes dingue ou quoi ? Il faut payer pour ce verre, là ! »

Magda pouvait être à l'arrêt des bus avec ses cornets de cacahuètes. Il s'est dirigé par là-bas. Il devait être cinq ou six heures du soir. Un type l'a dépassé, courant avec élégance. Blond, blanc, grand, bien nourri. Un excellent spécimen aryen faisant son jogging en pleine débâcle. Avec la meilleure tenue de sport imaginable, des chaussures de marque qui avaient dû coûter une fortune. Il comprenait que dalle à tout ça, bien entendu. Trottant au milieu de la rue, il a tourné sur Campanario vers le Malecón. À la boucherie du coin, une cohue de trente ou quarante personnes se pressaient pour recevoir leur ration d'ersatz de viande hachée. « Voyez un peu ce zigue, a lancé quelqu'un dans le groupe, il doit être fou ! » Une brave dame a répliqué : « C'est nous, les fous, qu'on a même plus la force de courir après le bus ! Nous, si, on est des dingues ! » Une autre a mis son grain de sel, la mine revêche : « Ouais, et on continue à bouffer de la merde au lieu de tous partir au diable ! » Le reste, plus prudent, préférait garder bouche cousue.

Suivant des yeux l'étranger blond qui continuait à courir avec aplomb et ostentation au milieu de la misère, Rey a vaguement écouté ces commentaires, sans rien comprendre. Il a continué en direction de l'hôpital. Devant la chapelle de la Miraculeuse, il y avait un gars allongé par terre. Une catastrophe, le type. La polio, peut-être. Il dormait, ou il était dans les pommes, allez savoir. Une feuille de plastique sur le trottoir, avec une statuette de San Lázaro, un tas de pièces de monnaie et un écriteau :

C'est la dernière promesse que je faisais à mon père.
San Lázaro. J'ai des vanouissements hémoroïdes et ma [maladie.
Je la termine ce jour à 6 h 30
et je vais à l'Abri Aide et Santé pour Tous.
Promesse à respecter.

Les gens lisaient ça et s'attendrissaient sur ce déchet humain. Certains donnaient de l'argent, se signaient. Rey tirait ses conclusions, lui : « Ah, c'est un phénomène, celui-là ! Tiens, je vais m'en faire un meilleur que ça, de panneau... Hmmm. Faut que je m'excite un peu, et... Je crois pas qu'elle écrive très bien, Magda non plus, et c'est vrai qu'il est bien fait, cet écriteau... Hmmm, on verra qui c'est qui le tartine. »

Tout en réfléchissant au moyen de se fabriquer une annonce aussi parfaite, il s'est assis sur les marches de la chapelle. Il s'est distrait en regardant les passants. Sans un mot, souriante, ses cornets à la main, Magda est venue s'installer près de lui.

« Qu'est-ce que tu cherches par ici, mon zinzin ?

– Hééé ! a-t-il lâché, tout surpris.

– Je t'ai fait peur ?

– Non.

– Qu'est-ce que tu cherches ?

– Comment, qu'est-ce que je cherche ? Tu étais même pas là ! Où tu étais passée ?

– Ici et là.

– Comment, ici et là ? Qu'est-ce que tu fricotes, Magda ?

– Mooooi ? Ah, petit, tu es un peu fort de café, toi !

– Pourquoi ?

– Parce que. Tu disparais pendant je sais plus combien de temps et maintenant tu reviens, et tu questionnes, et tu fais le mari...

– Tu sais dans quoi je me suis...

– Tu as été en taule ?

– Non, mais j'ai été pris dans une embrouille et je pouvais pas...

– Ce que tu es, c'est un sans-gêne, Rey. Je me casse. Et me suis pas, surtout, parce que je veux pas de scandale en pleine rue.

– Ah, mais... Tu es devenue cinglée ou quoi ?

– J'ai dit que je m'en vais et que tu me suis pas. Fais pas le crétin avec moi, autrement je te claque ton gros beignet d'ahuri. Et ensuite, je te donne aux flics. »

Furieux, Rey a été à deux doigts de lui tordre le cou. Il s'est contenu :

« Allez, Magda, faut qu'on parle.

– Parler, mon cul. Dégage de ma vue.

– Mais au moins, dis-moi ce que...

– C'est terminé, Rey. T'es une girouette, et moi il me faut un homme. Un homme ! Qui m'aide, qui fasse des choses pour moi !

– Mais je peux...

– Tu peux, de la merde ! Tu es un morveux et un baratineur. Adieu. »

Elle est partie. Il est passé de la fureur au désarroi, puis à la tristesse. Il se sentait abandonné, soudain, écrasé par la solitude. Quelques larmes ont coulé. Il ne pleurait pas vraiment. Juste quelques gouttes. Tenaillé par une impression de vide, il s'est remis à marcher, sans but. Déprimé, avec une envie de mourir. Plusieurs fois, il s'est dit : « Ah, pourquoi je me suis pas noyé l'autre nuit, à la plage ? » Quand il a été trop fatigué pour continuer, il s'est assis sur un perron. Il faisait nuit depuis longtemps, la zone était peu fréquentée. Il s'est allongé à moitié, s'est endormi.

À six heures du matin, une grande femme très mince, soixante-trois ans, les cheveux soigneusement teints en noir et d'immenses anneaux aux oreilles, a ouvert la porte. Elle avait tout l'air d'une Gitane. Elle tenait un seau rempli d'eau et d'herbes à la main. Elle venait de « nettoyer » la pièce de ses saints et de ses ombres. Quand on travaille avec les morts et qu'on donne tellement de consultations jour après jour, il reste toujours quelques maléfices. C'était son train-train quotidien, à Daisy la Gitane : purifier sa chambre et toute la maison, recueillir toutes les mauvaisetés et les jeter dans le caniveau avec l'eau sale. Ensuite, parfumer, offrir des fleurs aux saints, remercier les orishas avec de l'eau-de-vie, du miel, de la fumée de cigare, un fruit quelconque, tout ce qu'ils demandaient. Il fallait les satisfaire. Et après, se préparer à recevoir les égarés. Elle avait sa petite popularité, en tant que cartomancienne. Chaque jour, elle traitait cinq à dix personnes qui voulaient connaître leur avenir, l'améliorer avec les remèdes et les conseils de Daisy, même si elle précisait toujours : « Moi, je ne t'ordonne rien. Je ne sais même pas à quoi sert la camomille, moi ! C'est Rosa la Gitane qui te parle. Je ne sais même pas ce qu'elle raconte. »

Elle a failli vider son seau d'eau sur Rey. Découvrant ce type endormi sur son perron, elle s'est écriée : « Hé, mais c'est quoi, ça ? Dis donc, toi, laisse ma porte libre ! Va-t'en, j'te dis ! »

Rey s'est réveillé avec des courbatures partout, et encore plus triste que le soir précédent. Tout lui était égal. Il n'a pas bougé. Contrariée, Daisy l'a poussé du pied : « Allez, dégage le passage ! » Il a glissé un peu à droite et il est resté là, sur le trottoir, le dos au mur. Daisy a lancé son eau sale, dont quelques éclaboussures l'ont atteint, elle a fait la prière consacrée et elle est rentrée chez elle. Rey avait plongé dans un état d'abandon total. Il est resté à la même place toute la journée. Il voulait mourir, rien d'autre. Absorbée par ses consultations, Daisy a oublié ce vagabond à sa porte. À huit heures du soir, elle a raccompagné dehors sa dernière cliente, une paysanne qui lui apportait toujours des poulets, du riz, des haricots, des tresses d'ail, et qui la payait bien, en plus. Elle croyait dur comme fer aux prédictions et aux recommandations de la Gitane. Après avoir allumé une cigarette et embrassé la dame sur la joue, Daisy est restée un moment sur le perron, à fumer en essayant de se rafraîchir les idées. Elle gagnait bien sa vie mais elle terminait tous les jours épuisée. Ce type, encore sur le trottoir... Elle l'a regardé. Il était sale et cependant plutôt bien habillé... « Eh bien, jeune homme ? Tu crois pas que tu aurais mieux à faire de ta peau que de rester vautré ici ? Qu'est-ce qui t'arrive, là ? Tu es soûl ? »

Rey avait complètement déconnecté. Il n'avait pas envie de répondre. Il ne ressentait plus la faim ou la soif. Daisy a insisté avec ses questions. Malgré le silence de Rey, Rosa lui a murmuré à l'oreille : « Ne le laisse pas tout seul comme ça. Aide-le. » C'était sacré, tout ce que Rosa disait. Elle l'a aidé à se lever, l'a soutenu de son épaule et l'a fait entrer chez elle. Au bar d'en face, au coin de Virtudes et Águila, deux voisins en train de boire du rhum avaient suivi la scène.

« Tout ce qui lui manquait, à la bonimenteuse ! Avant, elle rescapait les chiens et les chats perdus. Maintenant, c'est les mendiants.

– Elle est bonne du cul, cette Gitane. C'est moi qu'elle devrait recueillir, plutôt !

– Un vrai sac d'os, la vioque ! Ah, pas étonnant qu'on t'appelle le Suceur de vieilles !

– Hé, ho, l'ami, me traite pas, hein, parce que moi je te respecte.

– Hahahaha !

– Elle est plus toute jeune, d'accord, mais elle est en forme. Et elle a une maison, et de la caillasse.

– Tu crois ?

– Bien sûr, puisqu'il lui vient jusqu'à des vingt clients tous les jours ! Elle me prend chez elle et je me mets à vivre tel un roi.

– Mais si elle te plaît tant, con, pourquoi tu l'entreprends pas ?

– Elle fait pas attention à moi. Ça fait des années que je suis après elle, mais elle m'échappe toujours des mains. »

Daisy a fermé la porte. Tout amaigri qu'il était, Rey était trop lourd pour elle. Elle l'a laissé sur le sol. Il avait les yeux ouverts, au moins. Elle lui a donné un verre d'eau sucrée, qui l'a un peu requinqué.

« Tu es blessé ? Malade ? Ou quoi ?

– Non.

– Comment t'appelles-tu ?

– Rey.

– Moi, c'est Daisy. Je vais chauffer de l'eau pour que tu te laves, et préparer quelque chose à manger pour nous deux.

– Pourquoi tu fais ça ?

– Pour les saints. Ils me l'ont demandé.

– Ah, c'est égal... Je veux mourir, moi.

– Ne parle pas comme ça et n'attire pas le mauvais œil sur toi. Allez, debout, au bain ! »

Il n'a pas eu la force de résister. C'était une immense demeure du XIXe siècle, une maison coloniale aux murs épais et aux plafonds très hauts. Un hall, un grand et un petit salon, quatre chambres donnant sur un patio, le tout disproportionné. Au fond, une cuisine immense, la salle à manger et la salle de bains. Daisy s'est montrée maternelle avec lui. Elle lui a apporté du savon, une serviette, un pantalon, un slip, des chaussettes, une chemise à manches courtes. Des vêtements militaires. Elle était la veuve d'un officier, décédé depuis des années mais dont elle avait gardé toutes les affaires, casquettes, bottes, médailles, diplômes, trophées... Dès qu'elle avait un jeune chez elle – et elle en raffolait, mais elle se méfiait énormément des langues de vipère du voisinage –, elle le choyait et lui offrait ces objets fétiches. Ainsi dissipait-elle peu à peu le souvenir du défunt, qui avait été l'homme de sa vie, à la fois père, époux, ami, protecteur et maître, géniteur de quatre enfants. Il avait tout été, pour elle. Leur grand délire commun à l'époque, c'était de baiser en uniforme, pistolet au ceinturon. Il se bornait à sortir la pine et les bourses de la braguette, et en avant. Daisy en perdait la tête, à chaque fois. Il avait à peine cinquante ans quand il était mort, et tout s'était arrêté brutalement. Depuis ce moment, elle avait tourné de plus en plus gitane. Gitane à fond. Une pulsion irrésistible. Elle vivait seule dans ce palais. Trois fils à Miami, le quatrième marié, et elle claquemurée ici, avec ses saints et l'esprit de Rosa qui chuchotait sans cesse à son oreille.

Rey est ressorti de la salle de bains avec une tout autre mine. Le dîner de Daisy était très correct : riz et haricots noirs, viande en sauce, bananes frites, salade d'avocats, de mangetout et d'ananas, eau fraîche, café.

« Tu veux un cigare et un verre de rhum ?

– Oui. »

Pour la première fois de sa vie, il se sentait quelqu'un. Il n'avait jamais dîné de la sorte, et assis à une table, en plus... D'habitude, il attrapait une assiette et se casait quelque part. Il n'avait jamais eu pour convive une femme propre et parfumée, dans une vaste maison pleine de saints et de fleurs. Et elle le gâtait tellement... C'était incroyable, littéralement.

« Quel âge as-tu, Rey ?

– Hmmm...

– Tu vas mentir, je le vois. Dis la vérité.

– Dix-sept.

– C'est ce que je pensais.

– Pourquoi ?

– Tu as l'air d'en avoir trente, mais j'avais bien vu que tu étais un enfant, moi.

– Trente ?

– La vie n'a pas été vraiment douce pour toi...

– Pas trop, non.

– Ou bien c'est toi qui l'as maltraitée, va savoir... »

Elle a allumé une cigarette. Ils ont fumé en silence, et puis elle a écrasé son mégot, l'a regardé droit dans les yeux.

« Dix-sept ans, alors... »

Elle ne pouvait plus résister. Elle est allée à lui, l'a embrassé, serré dans ses bras. Il a réagi de même. Se sentant acceptée, elle a perdu un peu plus de sa réserve : « Ah, sur ta mère, quel joli métis tu es ! Quelle beauté ! » Il a voulu répondre à pareil enthousiasme mais il n'est pas parvenu à bander. Cette odeur de savon, de parfums, d'eau de Cologne, c'était trop. Sa queue s'est juste gonflée légèrement et Daisy s'en est contentée, sur le moment. Comme toutes les femmes, elle s'est emballée en découvrant les perles sur son gland. Rey a fait mine de se déshabiller mais elle l'a retenu :

« Non, non, comme ça ! Garde les habits. Ouvre la braguette, c'est tout. Il faut que j'aille te chercher un pistolet.

– Un quoi ? Pour faire quoi ?

– Pour que tu te le mettes à la ceinture quand tu vas tringler Rosa.

– Hein ? Je comprends rien à ce que tu racontes. Je supporte pas les flingues, ni les miliciens ni rien de tout ça, moi !

– Pourquoi ?

– Parce que.

– Parce que quoi ?

– Parce que, aaahh... Continue à sucer, bordel !

– Aïe, grand fou, tu as une perle !

– Deux.

– Oui, deux, zinzin que tu es ! »

Il a fermé les yeux et tourné ses pensées vers Magda. Chaque fois que Daisy – ou Rosa, allez savoir... – essayait de se relever pour l'embrasser, il lui appuyait sur la tête pour la garder en bas. Il ne voulait pas de cette bonne odeur, de cette propreté. « Ah, Magda, continue à suer, encore plus, qu'est-ce que tu pues ! » C'est ainsi qu'il a pu relativement maintenir son érection jusqu'au bout. Il a lâché une quantité de sperme dans la bouche de Magda, ou de Daisy, ou de Rosa, et pfff : « Qu'est-ce qu'il faut pas faire, pour avoir la bonne vie ! » Daisy en demandait plus, évidemment. Elle était restée sur sa faim. Mais elle n'était pas née d'hier et elle a compris qu'elle ne devait pas hâter les choses.

« Tu veux un jus de mangue ?

– Oui. »

Elle a mis beaucoup de lait dans la préparation, et même des ampoules de vitamines que ses fils lui envoyaient régulièrement de Miami. Elle n'avait jamais su pour quelle raison ils le faisaient, mais ils n'oubliaient jamais. « Tiens, reprends des forces, papito, maigrelet et mal en point comme tu es... »

Les jours ont passé de cette manière. Très vite, Rey s'est habitué aux vitamines, aux bons repas, au linge propre, même s'il venait de l'armée, et à ce que Daisy lui donne quelques pesos chaque matin.

« Voilà, mon petit ange, c'est pour que tu te paies ce que tu voudras. Mais rase-toi, d'abord ! Ne sors pas comme ça. Et tu t'es brossé les dents ? »

Au bout d'une semaine, Rey était rétabli. Il avait repris du poids et il était complètement domestiqué, aussi. Petit déjeuner, déjeuner et dîner à heures fixes, douche et rasage quotidiens... Quand il sortait, il ne quittait jamais le quartier, ne s'éloignait guère de la maison. Le soir, un verre de rhum et un cigare. Daisy passait ses journées à donner ses consultations, mais le soir venu elle voulait sa ration, et Rey devait alors se triturer les méninges. Ce n'était pas la grande baise, non. Il n'arrivait jamais à bander à fond et il devait garder les yeux fermés en rêvant à la saleté et à l'odeur de Magda. Daisy était sans saveur, pour lui, et tout devenait gris, monotone, ennuyeux.

Une nuit, elle a voulu lui tirer les cartes. Il a refusé. « Mais c'est important, pour toi. Je suis la seule à pouvoir t'aider.

– Pas besoin d'aide.

– On en a tous besoin. De l'aide de Dieu. Nous sommes amour et lumière, mais sans Lui nous nous transformons en haine et en ténèbres, et...

– Ah, laisse ces conneries ! Je chie sur Dieu, moi.

– On ne parle pas comme ça, sous mon toit. Dis que tu te repens.

– Je chie sur Dieu.

– Ah ! Pardonne-lui, mon Dieu ! Il ne sait pas ce qu'il dit !

– Je chie sur Dieu.

– Assez. Je vais prier pour toi. Il faut qu'Il te pardonne.

– Dieu de mes couilles, oui ! Il existe pas une minute ! Toi, oui, tu es pleine de thune, alors bien sûr que tu dois croire à tous tes saints et à tous tes tours de cartes et à toute cette merde ! Moi, je crois en rien ! Même pas à moi, je crois !

– Je te comprends, Rey. Que Dieu te pardonne.

– Arrête de répéter ces conneries ! »

Hors de lui, il est sorti et il est entré au bar d'en face. Il bouillait de rage. Il avait vingt pesos dans ses poches. Il les a posés sur le comptoir en annonçant au type : « Tout ça en rhum. »

L'employé a posé devant lui un verre et trois quarts de litre de gnôle infâme. Il a bu goulûment. Il commençait à se sentir bien parti quand Daisy a surgi à la porte.

« Rey ? Viens par ici un moment.

– Fiche-moi la paix.

– Ne te soûle pas, Rey. Viens, viens, on retourne à la maison. »

Le bar était presque vide, très silencieux. Huit heures du soir passées et c'était mort, ce quartier. Il n'y avait que Rey, le tenancier et deux autres clients. L'un d'eux, un vieux métis tout maigre, un déconneur, s'est mis à chanter d'une très belle voix :

Vous, vous êtes la coupable
De toutes mes angoisses,
De mes échecs inavouables.
Vous, vous avez empli ma vie
D'espoirs flétris
D'amères déceptions,
Et votre amour est comme un cri
Qui reste en moi, triste illusion...

Rey n'en pouvait plus. Il avait envie de casser une de ses bouteilles sur la tête de ce vieux pitre. Il a fermé les yeux pour reprendre son calme. Un quart dans la main, il est parti sur Águila. À peine couverte d'un léger peignoir, les clés de chez elle entre les doigts, claquettes en caoutchouc aux pieds, Daisy l'a suivi en suppliant : « Allez, mon garçon, après tout ce que j'ai fait pour toi... Ne sois pas ingrat.

– Laisse-moi tranquille.

– Sur la tête de ta mère, Rey, ne t'en va pas comme ça ! Je ne t'ai jamais posé de questions, d'où tu viens, qui tu es, rien...

– Ça te regarde pas.

– Je le sais. Je ne te demanderai rien, jamais, mais laisse-moi prendre soin de toi, Rey ! Arrête de boire, s'il te plaît.

– Cesse de me casser les couilles et va au diable, sale vioque de merde !

– Comment, vioque ? Je suis vieille, moi ?

– Oui, tu l'es, et comment ! Une vieille de merde. Fous-moi la paix et rentre chez toi.

– Avec toi, oui. Pas toute seule. »

Elle s'est hâtée encore pour l'attraper par le bras. La dispute était bruyante, Rey beuglant au milieu de la rue, Daisy essayant de ne pas trop élever la voix. On les regardait des balcons et des trottoirs. Le spectacle favori des Havanais, ça : les engueulades conjugales en public. D'un étage, quelqu'un a crié à Daisy : « Hé, la rombière, on voit que tu les prends au berceau, cochonne ! »

Elle s'est tournée dans la direction de ce commentaire intempestif : « C'est mon mari, lui ! Quel berceau tu parles ? Il a une pine qui peut te déchirer le cul en deux, saligaud ! Descends un peu voir, pédé ! »

La même voix narquoise, venue du nez pour qu'on ne la reconnaisse pas : « Allez, vieille obsédée, rentre vite coucher ton petiot ! » Elle n'a pas répondu, mais le provocateur a poursuivi ses sarcasmes : « Va, va lui donner le biberon ! » Sans plus s'intéresser à ces moqueries, Daisy s'est collée à Rey, lui pétrissant le bras : « Ah, tu es comme fou, papito. Laisse-moi te désenvoûter, tu vas voir comment tu auras la tête plus claire.

– Tu recommences avec tes foutaises ?

– Non, non, j'ai rien dit... Mais retournons à la maison, mon sucre, et demain matin je te fais la purification. C'est pour ton bien, mon Rey. Tu verras comme c'est bon. »

Il a préféré garder le silence et ils ont continué à marcher. Sur Águila, avant d'arriver à Zanja et en face de la compagnie de téléphone, il y avait un grand terrain vague jonché de débris. Il faisait très sombre, par là. On n'était pas loin de minuit. C'était un rendez-vous pour les pédés, les dragueurs, les voyeurs, les petites nanas qui dispensaient les branlettes pour deux ou trois pièces, les mendiants, les magouilleurs. Le voyant entrer là-dedans, Daisy a pris peur : « Aïe, Rey, sur ta mère, non ! C'est un endroit dangereux.

– Le seul danger, c'est moi ! Tiens, bois un coup. »

Ils se sont assis sur une grosse pierre. Le calme est revenu entre eux. Ils ont fini la bouteille. Rey commençait à reprendre le contrôle de lui-même. Non loin de là, dans l'obscurité, il a détecté du mouvement. Une petite branlait quelqu'un. À quelques mètres, deux Noirs forniquaient comme des perdus. Un homme et une femme, on distinguait leurs formes. Quelques voyeurs faisaient les cent pas sur le trottoir en fumant, aux aguets, se préparant à passer à l'action dès que l'occasion se présenterait. Ténèbres et sexe, gestes furtifs. Rey s'est chauffé tout seul. D'un coup, il a eu la queue en l'air, raide et dure.

« Hmmm... Viens par ici, la vioque, viens. »

Il a soulevé le peignoir de Daisy. Une petite culotte, rien d'autre. Il bandait comme un âne. Il a bien tripoté la Gitane. Maigre, avec une bonne touffe sur le pelvis. Il a dégainé. Daisy a posé la main dessus et s'est extasiée : « Ah, papito, elle tremble, ta perle !

– "Mes" perles ! Il y en a deux, bordel !

– Oui, oui, deux. Allez, donne-les-moi, cinglé que tu es ! »

Il lui a écarté un peu les jambes, a déchiré la culotte et l'a jetée par terre. Poussant Daisy contre la pierre, il l'a pénétrée comme jamais, la faisant hurler : « Aïe, papito, ça c'est de la queue... Ah, mon cher défunt, pardon, pardon, mais ça c'en est une, de pine ! Vas-y, va au fond, plus, va ! »

Trois mateurs se sont approchés tout près pour se masturber en regardant cette baise de première. Rey se retenait. Il voulait que Daisy jouisse à en perdre la tête. Elle a eu une succession d'orgasmes brefs et répétés, deux par minute. La Gitane n'était plus dans la réalité. Elle criait, gémissait, se mordait la main. La vieille de soixante-trois ans en avait à nouveau quinze, soudain. Il a fini par lâcher sa crème, et les voyeurs aussi. Décharge synchronisée, un moment d'anthologie dans l'histoire de la sexualité humaine. Quand Daisy et Rey ont rouvert les yeux, les autres avaient battu en retraite à une distance prudente. Mais ils étaient tous heureux.

Les jours suivants ont vu un retour à la normale. C'est-à-dire la routine de Daisy, ses petits repas soignés, les vitamines, se laver et se raser chaque matin. Parfois,

Rey s'échappait. Il allait au parc, s'asseyait un moment pour regarder les femmes passer. Il n'avait rien à faire, rien à penser, rien à espérer. Toujours vingt ou trente pesos sur lui. Il avançait par inertie. Il est allé demander du travail de-ci de-là. Rien. Même dans la construction, toutes les places étaient prises. Daisy est revenue à la charge avec son désenvoûtement : « C'est peine perdue. Tant que je ne t'aurai pas fait quelques bains aux aromates et que tu n'as pas pris les remèdes, tu ne trouveras rien. Tous les chemins sont fermés devant toi, mais tu ne veux pas me croire.

– Je sais pas pourquoi tu recommences à causer couillon comme ça tous les jours.

– Parce que tu cours à l'échec. Et parce que je veux t'aider, mon poulet. Comme ça, tu n'obtiendras rien. Ni travail, ni argent, ni femmes, rien. Il faut te quitter le poids. »

Et encore le même rabâchage quatre fois du soir au matin, sept jours par semaine. C'était fatigant, à la fin. Elle passait la journée à recevoir. À l'approche de la nuit, ils se lavaient, dînaient, prenaient un peu le frais. Daisy l'aguichait avec des peignoirs transparents, des négligés qu'elle portait avec un mini-slip, sans soutien-gorge. Maquillée, parfumée, les cheveux bien peignés et lissés pour faire oublier certaines racines africaines qui se perdaient parmi les ancêtres... Tous ces artifices n'étaient pas très bandants pour Rey. Il était du genre rustique, lui. Il préférait les haleines chargées de rhum et de tabac, la sueur forte, les aisselles pleines de poils.

Pour se changer les idées, il buvait et fumait. Chaque jour, il dépensait trente pesos ou plus en rhum, cigarettes et cigares. Au bar d'en face. Un soir, il y est allé, comme d'habitude. Daisy continuait avec ses consultations. Elle avait encore trois clients, elle ne finirait pas avant neuf heures. Elle prenait ça au sérieux. Rey luttait contre le désir de s'enfuir. Partir droit devant soi, sans dire adieu. Il a demandé un rhum, double dose. Sur le trottoir, un petit Noir jouait tout seul. Il empilait des cailloux les uns sur les autres jusqu'à obtenir une sorte de monument, une pyramide à échelle réduite. Il s'est mis à danser autour. Il se déhanchait, imitait le son des tambours et tournait autour de son totem. Rey l'a observé un long moment. Un gamin de cinq ou six ans, très absorbé par la danse. Souriant. Fasciné par son totem.

Un peu plus loin, des cris se sont élevés dans l'immeuble collectif. Une bagarre commençait. Plusieurs fois par semaine, ça dégénérait ainsi. C'était une ancienne maison de maître, de style colonial, avec deux étages et un patio au centre. Ils l'avaient divisée en trente-six petites chambres. Officiellement, cent quatre vingts personnes y habitaient mais il fallait y ajouter une cinquantaine d'« illégaux », parents venus de la province, copains dans le pétrin, amants et amantes... Pour tout ce monde, à peine deux salles de bains minuscules. Le patio avait été un puits de fraîcheur, jadis, mais ils avaient profité de ce grand espace pour construire d'autres pièces et il était désormais réduit à un passage de deux mètres de large, toujours envahi de lessive étendue à sécher. C'était là, dans ce corridor étroit, que les voisins montaient une fiesta ou une castagne, que deux Noires se battaient pour le même galant ou s'offraient du café avec de grands sourires, que l'on fumait de l'herbe, ou que les couples baisaient debout en gémissant à l'ombre de la nuit.

Cette fois, c'était l'accrochage le plus sérieux depuis longtemps. Un péquenot de la province de l'Oriente s'était pris le bec avec un immense nègre à propos d'une escroquerie incompréhensible. Qui avait roulé l'autre, on ne le saurait jamais, mais ils s'étaient chauffés, chauffés, et bientôt les frères, les cousins, les amis, les potes de java du Noir avaient afflué. Dix-huit mecs en colère, tous désireux d'éclater la calebasse du plouc isolé, sans soutien. Soudain, une machette est apparue dans la main de ce dernier. Sa femme la lui avait apportée en lui disant : « Tiens, te laisse pas enquiquiner, montre-leur que tu en as. »

Sans y penser deux fois, le campagnard s'est mis à tailler dans le tas, à droite et à gauche. Et que je t'éventre celui-ci, et que je te coupe le bras à l'autre. Du sang partout, très rouge et très épais. Le couloir était plus étroit que jamais, du coup. L'Oriental barrait l'unique sortie, sur la rue. Il en avait une paire grosse comme ça, en effet, et à la vue de tout ce sang il a été possédé par Oggún. Il en voulait, maintenant. Des flots. Désarmés, les Noirs faisaient des bonds comme des tigres dans la jungle, ou tentaient de grimper aux murs telles des mouches, les yeux hors de la tête. À l'étage, deux vieilles piaillaient et lançaient des seaux d'eau, persuadées qu'elles allaient les refroidir. Aveuglé par la fureur, le péquenot abattait sa machette sur tous ceux qui approchaient, mais sans quitter sa place, veillant à ce que personne ne puisse échapper vers le portail, décidé à consommer le massacre. Il leur faisait front avec une agilité de bête féroce. Cinq Noirs blessés, deux en pleine hémorragie. Au moins vingt seaux d'eau leur étaient tombés dessus, tous les chiens de la maison aboyaient, les femmes hurlaient : « Attrapez-le, bloquez-le, ce fils de pute d'Oriental ! », « Il a débarqué hier et il veut déjà être le patron de La Havane ! », « Appelez la police ! », « Cherchez un bâton, ayez pas peur de lui, il faut le démolir ! », « Assassin, à mains nues tu oserais pas, brute ! »

Deux policiers ont fini par arriver. Le provincial, enragé, leur tournait le dos et ne les a pas vus. Trois manchettes de karaté dans la nuque et ils l'ont désarmé. Suffoqué, paralysé, le type a laissé choir sa lame. Ils lui ont passé les menottes mais il avait retrouvé son souffle et il a commencé à brailler, à ruer. L'un des flics l'a sonné avec sa matraque. Il s'est effondré par terre, sur le ventre, et il a reçu encore une volée, le long de la colonne vertébrale.

« Fais pas l'imbécile et ferme-la. »

Il a gardé le silence, puis il a sifflé entre ses dents : « Faux jeton, pourquoi tu me frappes, saligaud ? » Cette fois, les coups ont été plus violents, à lui casser les os. Le type s'est presque évanoui et il s'est tu, cette fois.

Comme les Noirs cherchaient à s'enfuir, les policiers ont sorti leur arme et tiré en l'air, à quatre reprises. Ce qui a mis fin à la bousculade. Certains ont pu s'esquiver, de toute façon. Il en est resté onze, alignés contre le mur. Calmes, maintenant. Pendant que les flics appelaient les voitures de patrouille, les femmes les ont harcelés de leurs cris : « Laissez-les, ils ont rien fait du tout, eux ! Les emmenez pas ! » ; « C'est celui-là, avec la machette, qui a commencé ! », « Le paysan, oui, l'Oriental ! », « Ces jeunes gens sont d'ici, ils sont honnêtes et respectables ! », « C'est l'Oriental ! Ici, y a jamais d'histoires ! »

Des renforts ont rappliqué. Ils ont entassé tout le monde dans deux voitures. Les femmes, hystériques, continuaient les invectives, s'enhardissaient. Les policiers ont tenu tête aux tigresses, parvenant à dégager le terrain. Mais l'immeuble restait en effervescence.

En face, Daisy s'est penchée par la fenêtre. Après un regard, elle a annoncé à sa cliente : « Les nègres du collectif font encore des histoires. C'est tous les jours pareil. » Et elle a recommencé à tirer les cartes.

Dans le bar, Rey avait profité de la confusion pour accoster Ivón, une petite Noire bien roulée, douce et calme, qui habitait dans le même immeuble, seule avec sa fille de cinq ans. Il l'avait repérée depuis plusieurs jours et le moment était arrivé. Quand elle avait entendu la castagne, elle s'était arrêtée sur le trottoir, attendant que le calme revienne. Rey, qui rêvait de l'enfiler, est sorti avec un sourire. Il ne savait pas trop bien parler, encore moins dire des compliments. Il a eu une idée :

« Tu veux un coup de rhum ?

– Non merci.

– Je suis le voisin d'en face.

– Oui, je t'ai vu avec la Gitane. Qu'est-ce qui se passe, là-bas ? Il y a eu du grabuge, on dirait.

– Ils ont sorti cinq types couverts de sang. Un zigue avec une machette. Il s'est amusé.

– Aaaah...

– Allez, viens prendre un verre.

– Haha ! Elle va te tuer, la vieille, si elle te voit jacter avec une autre.

– Et à toi, ils te font quoi ?

– À mooooooi ? Rien du tout, mon chou. Moi, je suis libre, indépendante et souveraine.

– Moi pareil.

– C'est ça, c'est ça.

– Bon, suffit avec ça. Comment tu t'appelles ?

– Ivón.

– Rey. »

Ils se sont serré la main en souriant. Elle a accepté un verre de tord-boyaux. Comme ça, direct. Sans glace.

« Ça faisait longtemps que j'avais pas bu.

– Et pourquoi ?

– Non, pour rien... Je bois pas, c'est tout.

– C'est tout quoi ?

– C'est que... J'aime pas boire seule, voilà.

– Avec ce corps que tu as, ce sourire, tu me dis que tu es seule ? Toi ? Seule-seule ?

– Que tu le croies ou pas.

– Hahaha ! Tu plaisantes pas beaucoup, on dirait. Et depuis combien de temps, seule ? Une semaine ?

– Des mois et des mois.

– Parce que tu es très exigeante, peut-être.

– Ce repère de nègres, ça me plaît pas. Ils se mettent à picoler et après, tu as vu : la castagne, les coups de machette. J'aime pas la crasse et la vulgarité.

– Tu es une fine bouche, quoi. Une jolie négresse toute distinguée.

– Distinguée, non, mais je te répète que j'aime pas les hommes vulgaires.

– Donc il faut que je devienne distingué, si on fricote ensemble.

– Ah, commence pas à courir, commence pas !

– Mais non, titi, je marche, seulement. »

Elle a dit d'accord pour un autre double rhum et ils ont continué à badiner. Elle lui plaisait, cette femme. Elle était jeune comme lui, au moins, et puis elle avait un beau corps, elle ne semblait pas trop faiseuse d'histoires. Quand on vit en immeuble collectif, c'est mieux. Elle était bien noire, lui métis clair. Peut-être qu'il leur sortirait un petit sang-mêlé pareil. Rey se l'est imaginée enceinte, avec un gros ventre qui était son œuvre. Ils avaient pas mal bu, ils kiffaient bien. Le soir tombait. Le courant passait, entre eux. Quand ils sont allés chez elle, Daisy était toujours occupée avec ses clients, ou du moins c'est l'impression qu'ils ont eue. Silence et tranquillité. La chambre d'Ivón était petite : moins de vingt mètres carrés, une seule porte, une seule fenêtre. Un lit et un matelas déglingués, une table avec un réchaud à pétrole, nulle part où s'asseoir car l'unique chaise, presque désarticulée, accueillait une modeste pile de vêtements soigneusement pliés, chemisiers, deux jupes, quelques habits d'enfant... Sous le lit, des savates usées, une caisse en carton avec un peu de riz, une casserole. Il faisait très chaud. Ça sentait le moisi, le renfermé et les draps sales. Ils sont entrés. Rey avait un verre de rhum à la main. Ils se sont assis sur le lit en laissant la porte ouverte. Il a posé le verre par terre, a embrassé Ivón, a tenté de la culbuter, mais elle a résisté :

« Non, ma fille doit arriver d'un moment à l'autre.

Ça se passe pas comme ça. Tu me prends pour une traînée ou quoi ?

– Hein ? Tu as une fille ?

– Oui. De cinq ans. Elle est avec la grand-mère, là.

– C'est loin ?

– Ici même. À l'étage.

– Monte, alors. Raconte-lui n'importe quoi pour qu'elle y reste un temps de plus.

– Non. Elle va deviner.

– Et puis quoi ?

– C'est sa grand-mère du côté du père. Et cette chambre, elle est à lui.

– Où il est ?

– En prison.

– Ah.

– Bon, on ferme la porte, mais rien que deux minutes, Rey, rien que deux minutes. »

Elle s'est levée. Rey était comme Compay Segundo dans la chanson : il en bavait, mais du gland. La fête a été grandiose. Rey jouissait et gardait la queue bandée. Ses perles vibraient de plaisir contre le clitoris violacé d'Ivón. Il était très inspiré par ce cul rebondi et ferme, noir, d'une beauté parfaite, accompagné d'un vagin odorant, lèvres sombres et intérieur pourpre, bien serré, capable d'attraper une pine dans ses muscles puissants et de (l'é) branler mieux qu'une main. Un ventre magnifique, aussi, avec les poils qui commençaient sous le nombril, en abondance. Et les seins ronds, gonflés, durs, aux délicieux tétons. Une fois nue, Ivón ressemblait à une fille à peine pubère. Pas une marque, rien ne trahissait son âge, ni qu'elle était mère. Elle avait trente-cinq ans et en paraissait moins de vingt. Et quelle douceur ! Rey n'arrêtait pas de lui répéter : « Ah, Ivón, comme ça me plairait de vivre avec toi ici...

– Profite du moment, doudou, et oublie le reste... Ah, si tu continues à me tringler comme ça, je vais me tomber amoureuse de toi, là... Qu'est-ce qui m'arrive ? »

Ils suaient copieusement. Pas de ventilateur. Un vrai four, là-dedans. Ivón est sortie à deux reprises. Elle a rapporté encore du rhum et elle s'est arrangée avec une voisine pour que la petite reste avec elle. La belle-mère ne devait pas savoir ce qui se passait, surtout. Si le nègre apprenait quoi que ce soit, même au trou, la tête d'Ivón ne valait plus un clou. Le type finirait par retrouver la liberté et il viendrait tout droit se venger dans le sang. Elle cavalait le touriste, des fois, se gagnant cinquante ou cent dollars en un ou deux jours, mais c'était autre chose, ça. Pour nourrir sa fille. Et elle le racontait tranquillement à son homme quand elle lui rendait visite à la taule. Alors il beuglait :

« Et pour moi, y a quoi ?

– Tiens, papito, voilà pour toi. »

Elle lui fourrait dix ou quinze dollars dans la main.

« Ça ? C'est tout ?

– Et qu'est-ce que tu veux de plus ? Comment je la fais manger, ta fille ? Et moi ? Je vis d'air et d'eau fraîche, peut-être ?

– D'accord, ça va. »

Bref, elle se débrouillait toute seule. Rey, lui, voulait rester. Déjà à moitié cuit, il répétait : « Je vais vivre avec toi, ici.

– Non, doudou, non. Dès qu'il sort, ce bougre, il

nous étripe tous les deux. Ils lui ont donné vingt ans, mais il en a déjà fait deux et ils peuvent le libérer n'importe quand, maintenant. Il est dangereux, ce nègre.

– Et moi encore plus, Ivón.

– Oui, oui...

– Tu sais comment on m'appelle ?

– Non.

– Le Roi de La Havane ! La meilleure pine de tout Cuba !

– C'est vrai que tu es un zinzin au lit... La folie. Mais des comme toi, il y en a des millions. Des mil-lions, et pas qu'à Cuba. Les Italiens, les Espingouins, et ainsi de suite. Alors fais pas le méchant et continue avec cette vieille qui t'entretient.

– Elle m'entretient pas !

– Non, pas du tout ! Tu la baises gratis, la vioque. Tu me chantes quoi, petit ? Écoute, reste avec la Gitane et nous autres on se voit quand on peut, on s'envoie en l'air et chacun chez soi. En douceur. Pas de vague, pas de tracas ni rien.

– Non, non ! Je te veux pour femme. Et te mettre en cloque. Te faire un gros ventre.

– Ah, arrête de parler comme un ivrogne ! Plus jamais j'enfante pour un crève-la-faim, terminé ! Regarde ma fille... Maintenant c'est moi qui dois la nourrir, et l'autre bougre en taule. Juste parce qu'il fait le beau et qu'il cherche la castagne. Quand je me caserai, ce sera avec un yankee plein aux as. Sans ça, les enfants, rien du tout. Pas folle, la guêpe !

– Ah, mais...

– Mais rien. Habille-toi et file bien vite, qu'il va faire jour bientôt et personne ne doit te voir ici. »

Ils ont discutaillé encore un peu, Rey disant qu'il restait, Ivón qu'il devait partir. Il a fini par sortir dans la fraîcheur de la nuit. L'aube n'était pas encore venue. Il est allé droit à la porte de Daisy, s'est arrêté au moment où il allait frapper. Non. Il lui fallait encore un coup de rhum. Et un cigare. Il ne lui restait plus un peso. Il a repris sa marche et, comme toujours quand il ne savait pas où il allait, ses pas l'ont porté vers la gare, le quartier Jesús María. Ah, Magda, Magda... Il réfléchissait : « Elle me plaît trop, Ivón, mais c'est vrai, ce qu'elle dit. Le nègre sort du trou, il vient nous chercher noise et il nous coupe la tête avant qu'on ait dit ouf. Elle est intelligente. Cette femme sait ce qu'elle fait. » Il a pris Águila. Presque cinq heures du matin, et toujours la nuit noire. Et fraîche. Il a éternué plusieurs fois. À cause de la température, sans doute, mais aussi parce qu'il flottait une odeur acide, qui piquait les narines. Des sirènes retentissaient au loin, du côté de Tallapiedra. Et puis là, dans les rues sombres, des milliers de gens ont commencé à apparaître. Tirés de leur lit en hâte, enveloppés dans des couvertures sur leurs shorts et leurs sandales, traînant des gosses par la main ou les portant dans leurs bras. Des femmes presque nues. Des vieux et des vieilles qui somnolaient, une serviette ou un drap enroulé sur les épaules, certains en imperméable... Tous avaient quitté leur maison dans la précipitation, et ils s'en allaient, ils quittaient la ville... Qu'est-ce qui se passait ? Les sirènes hululaient avec toujours plus d'insistance. Rey avançait à contre-courant de la marée humaine, la tête vidée par le rhum, les décharges de sperme, le sommeil. Il marchait comme un somnambule. Plein de gens aux balcons, aussi. L'odeur était encore plus âcre dans la zone du Capitole, vers le parc de la Fraternité. Elle vous entrait dans le nez et ne vous quittait plus. D'un étage, quelqu'un s'est demandé tout haut ce qui arrivait. On lui a répondu : « Une fuite d'ammoniac » ; « Il paraît que c'est à Tallapiedra et que ça peut exploser » ; « Plein de monde a été asphyxié. Ils les emmènent aux urgences »...

D'autres questions ont fusé des balcons. Ceux qui fuyaient dans la rue venaient de là-bas, des environs de Tallapiedra. Une voiture de police munie de haut-parleurs remontait lentement Águila. Le gyrophare tournait dans l'obscurité, illuminant par flashs les façades en ruine, les fuyards pareils à des spectres. Une voix de stentor s'est réverbérée sur les murs, terminant en écho : « Regroupez-vous dans l'ordre sur le Malecón ! Quittez cette zone ! Vous devez attendre la fin de l'alerte sur le Malecón. Gardez votre calme. Il n'y a pas de danger. Évitez la panique. Évacuez cette zone, évacuez ! Avec discipline mais sans tarder. Tout va bien, mais allez sur le Malecón ! »

Rey continuait face au flot somnolent qui descendait vers le front de mer. La puanteur d'ammoniac était de plus en plus forte. Il a pensé à Magda : « Sans doute qu'elle est dans sa chambre, elle va étouffer... » Sur Monte, des camions de pompiers et des patrouilles de police. Ils avaient barré la rue. Les flics l'ont empêché d'aller plus loin. Ils avaient des mouchoirs noués sur le visage. Nerveux, abrupts : « Dans l'autre sens, dans l'autre sens ! Au Malecón ! Personne ne passe ici, citoyen ! »

Les évacués se comptaient par milliers, maintenant. Et un concert de sirènes. Il fallait réveiller tout le monde, et en vitesse. Rey n'avait aucun moyen de rejoindre Magda. Il ne voulait pas argumenter avec les policiers et les pompiers. C'était inutile. Rebroussant chemin par Industria, il s'est assis en face de la Partagás, derrière le Capitole. Le gaz rendait l'air difficilement respirable. La foule passait en toussant et en se traînant, peut-être déjà anesthésiée, à moitié empoisonnée. Plusieurs personnes l'ont secoué par l'épaule, cependant : « Hé, l'ami, bouge de là ! Reste pas ici », « Tu vas crever, descends par là ! »... Il n'a pas bougé. Il ne pouvait penser qu'à Magda, rien d'autre. Les autres fuyaient, cherchaient à sauver leur peau. Une demi-heure s'est écoulée, peut-être, ou une heure. Le jour pointait et... L'odeur avait disparu. Ou bien il s'était habitué ? Les sirènes s'étaient tues. Il s'est levé, s'est étiré. Il est reparti en direction du quartier de Magda, et là les sirènes ont repris leur vacarme. Mais la police et les pompiers commençaient à se replier, visiblement. Une voiture de patrouille, deux, trois, quatre, dont les haut-parleurs grondaient en même temps. On ne comprenait rien à ce qu'ils disaient. Rey a vaguement saisi des bribes de consignes : « Vous pouvez réintégrer vos... Fin de l'alerte... Incident technique... Sans précipitation... Immédiatement... » Pressant le pas, il est redescendu par Ángeles, parvenant bientôt devant l'immeuble de Magda, ou plutôt les ruines où elle vivait.

Ils ont manqué entrer en collision juste devant la porte, sur le trottoir.

« Hé, Magda !

– Rey !

– Ah, au moins tu es sortie à temps, con !

– Hahaha !

– Pourquoi tu ris ? Sans doute que tu as failli terminer asphyxiée.

– Comment tu sais ?

– Parce que tu dors comme une souche. T'auras jamais entendu les sirènes.

– Hahahaha, qu'est-ce que tu me connais bien, papito ! J'étais ici, oui, et il s'en est fallu de peu pour que je passe l'arme à gauche.

– Mais, et comment... ?

– Le voisin ? Le vieux d'à côté. Il a donné des coups de latte dans la porte jusqu'à ce que je me réveille.

– Il t'a sauvé la vie !

– Ils nous ont emmenés tous les deux à l'hosto. Moribonds ou presque.

– Et lui ?

– Ils l'ont gardé. C'est qu'il est vieux comme tout, tu comprends ? Et là-bas, fallait voir. Il y en a comme cinq cents à moitié morts. Le voisin, ils l'ont mis par terre dans un coin et moi, je me suis tirée, et voilà. »

Ils parlaient en montant l'escalier. Rey s'est senti heureux. Dans son élément. Rien que de voir Magdalena, il avait une fantastique érection. Il ne l'a pas cachée. Ça lui plaisait, d'exhiber sa queue braquée vers l'azimut.

« Attends, Rey, mais où tu vas ? J'ai pas dit que tu viennes plus chez moi ?

– Regarde ça, ma caille, regarde ce que tu me fais. »

Elle a obéi. Elle n'avait pas eu de sexe depuis des jours.

« Mais quoi, qu'est-ce qui lui prend, à ta pine ? Je l'ai même pas touchée.

– Il suffit que je te voie, qu'est-ce que tu veux...

– Ah, papito, tous les jours plus zinzin, toi ! »

Elle l'a saisie à pleines mains à travers le pantalon, ne la lâchant que pour ouvrir le cadenas. Sitôt entrés, elle a repris la bite, massant autour des perles. Elle était encore plus maigre, elle ne se lavait plus parce que l'eau et le savon manquaient. Les aisselles pas rasées, les habits sales, les dents pleines de taches. Dès qu'elle avait quelques pesos, elle les dépensait en rhum et en cigarettes. Une catastrophe, quoi. Misère totale. Tous les deux. Ce n'était pas qu'ils étaient poussière et retourneraient à la poussière. Non, ils étaient merde, et merde ils continueraient à être.

Ils se sont déshabillés, Magda avec ses côtes apparentes sous la peau, chaque os exposé, Rey un peu mieux nourri, et vitaminé dans la dernière période. Quoi qu'il en soit, la chèvre revient toujours à la montagne. Ç'a été la folie. Ils étaient infatigables. Si ce n'était pas de l'amour, ça y ressemblait beaucoup. Paranoïa du sexe, des caresses, de l'abandon. À un moment, Magda a enfoncé un doigt dans le cul de Rey. Puis deux. Trois. Et il a joui ainsi, pour la première fois. Elle lui a sucé l'anneau et elle a continué à lui donner du plaisir avec les doigts. Rey se laissait faire, se tendait, soupirait, prenait son pied. Son machisme radical le lui avait interdit, jusqu'alors, et maintenant il se livrait entièrement.

Comme toujours, ils se sont retapés avec du rhum,

de la marijuana, des cacahuètes et des clopes. La nuit est revenue, ils ont dormi, et ils ont remis ça le lendemain. Rey est descendu quelquefois chercher de la gnôle, des croquettes, des cigarettes. Ils n'avaient d'argent pour rien d'autre. Magda a fait cuire un peu de riz. Ils en ont mangé une assiette, avec de l'avocat. Encore une nuit. Ils ont capoté deux ou trois heures et Rey s'est réveillé à nouveau flamberge au vent. Ils ont continué, continué. Le troisième jour, dans la matinée, elle a protesté :

« Dis voir, il me reste vingt pesos et je dois acheter le maní. Je peux plus dépenser ça en rhum.

– Bon, d'accord.

– Je vais à la plage et je reviens. »

Ils s'étaient retranchés du monde depuis si longtemps. Avaient redonné vie à leur amour débridé, rebasculé dans la démence érotique. Ils étaient épanouis, Magda de nouveau fière d'avoir un mari pareil : « Bien vrai que tu es le Roi de La Havane, papito. Fou comme tu es.

– Bon, je te fais les cornets, moi.

– Dans moins d'une heure, je suis là. Fais-en un cent, pas plus. »

Il a fabriqué les cent cornets. Le temps passait, passait. Il s'est endormi sur le grabat. En pleine nuit, une faim terrible l'a réveillé. Et Magda envolée. Il n'avait pas d'argent, pas envie de descendre non plus. Il restait du rhum, quelques cigarettes. Quelques rasades et il était sonné. Le lendemain, il a ouvert les yeux avec une affreuse gueule de bois et l'estomac en feu. Il s'est forcé à sortir. Malgré ses nouveaux habits, il avait repris sa dégaine de vagabond minable. Cernes immenses, cheveux en bataille, tête de poivrot à la dérive. Factoría, ensuite Monte. Son corps et son esprit étaient dominés par la faim et l'épuisement au point qu'il ne pouvait plus avoir deux idées cohérentes. Il marchait, rien de plus. Arrivé au carrefour de Galiano, il a traîné par là. Une nuée de gens en train de vendre et d'acheter. Machinalement, il a tendu la main en bredouillant n'importe quoi à l'intention des passants. Personne n'a fait cas de lui. « Par faveur, donnez un 'tit... S'il vous plaît, quelque chose pour manger... Par faveur, queque chose... Manger... Plaît... » Pas une pièce. Il fallait agir, voler, arracher un sac... Tout en continuant son antienne, il faisait aller ses yeux à droite et à gauche, guettant la moindre seconde d'inattention, mais il y avait pas mal de policiers, dans le coin.

Un fracas de verre brisé, soudain. Un Noir seulement vêtu d'un pantalon de toile, chaussé d'une unique savate, venait de lancer une pierre dans la vitrine d'un magasin de cuir. La grande plaque de verre avait volé en éclats sur le sol. Le type voulait emporter l'un des sacs. Pas des chaussures, seulement ce sac. Il se coupait les pieds, les bras, les mains sur les débris. Des touristes le filmaient, prenaient des photos. Deux flics sont arrivés en courant. Visiblement furieux, ils ont brandi leurs matraques en caoutchouc renforcé. Mais en découvrant les caméras vidéo, ils les ont remises à la ceinture. Ayant obtenu son butin, le zigue restait sur place, n'essayant même pas de fuir. En sang. Un monde fou s'était arrêté pour regarder. Sans faire d'esclandre, les flics lui ont repris le sac et l'ont maîtrisé, mais il se débattait, les injuriait, réclamait ce qu'il avait pris. Il n'avait pas toute sa tête, visiblement. Avec un luxe de précautions, comme s'il s'agissait d'un gâteau meringué, les deux policiers ont essayé de l'entraîner loin de la scène. Profitant du désordre, quelques petites Noires crâneuses, fesses moulées dans le lycra, se sont mises à piller les chaussures dans la vitrine. Elles ont fini par se rendre compte qu'il n'y en avait qu'une de chaque paire, la gauche. La droite était en sécurité quelque part. Elles ont balancé ce qu'elles avaient pris dans le magasin, et les vendeuses de courir pour ramasser une botte par-ci, un escarpin par-là, et les touristes continuaient à filmer. Deux autres flics ont surgi, pas contents du tout. Dès que leurs collègues les ont mis au parfum, ils ont avisé les caméras et oui, bien sûr, remis les black jacks à la ceinture. À quatre maintenant, avec la plus grande considération, ils ont poussé le type en avant même s'il rechignait et réclamait son sac. Cela n'avait duré que deux ou trois minutes mais pendant ce temps-là Rey avait été à l'affût, prêt à bondir sur la moindre occasion. Rien. Toutes les femmes étaient sur leurs gardes. Pas de touristos crédules, rien de rien. Il a continué à faire l'aumône, sans illusion, juste comme ça.

Et là, le ciel est devenu noir. Des rouleaux de nuages pesants se sont accumulés, poussés par un fort vent du nord. Le tonnerre a grondé, avec des éclairs. La pluie est arrivée, à grosses gouttes. Les vendeurs ambulants se hâtaient de ranger leur marchandise. Rey a bien pensé piquer quelques pains au lard à un type qui les avait sur un plateau, mais il n'a pas osé. Trop de monde. Dans sa précipitation, le camelot a laissé glisser deux petits pains par terre, trois, et il a rattrapé au vol le quatrième. Rey était sur le point de les ramasser, sauf qu'avec tous ces gens... Tant pis. Il s'est jeté par terre, a pris les sandwichs et les a dévorés. Hmmm, du cochon grillé ! Il a failli demander de la sauce piquante, mais l'autre le regardait d'un sale œil et il s'est retenu.

La pluie et le vent ont forci. Un épais rideau de flotte balayait la ville, et le tonnerre, et les éclairs. Les passants se réfugiaient sous les portails, d'autres se ruaient dans la boutique Ultra, juste pour attendre que l'orage s'en aille.

Mais il ne s'est pas dissipé, loin de là. Il a plu des heures et des heures. Les gens se sont résignés à poursuivre leur chemin et à se tremper. L'endroit a été bien déserté. Avec ses habitudes de mendiant, Rey est resté sur place. Le type à la carriole avait renoncé à vendre. À neuf heures du soir, il s'est débarrassé des pains qui lui restaient, après avoir retiré la viande. Dans le caniveau. Dix-huit petits pains sans garniture, avec un peu de jus dedans. Et ce déluge infernal qui continuait. Rey les a ramassés, enveloppés dans un bout de plastique qui traînait par là, et il est redescendu par Ángeles. Il est arrivé à l'immeuble mouillé jusqu'aux os, mais de bonne humeur. Magda n'était toujours pas revenue. Il a eu la haine, et l'a exprimée tout haut : « Putain de con, ça fait douze heures que tu es partie le chercher, ce maní ? Tu le sèmes et tu attends qu'il pousse, ou quoi ? »

Il a bouffé quelques pains. La chambre était inondée. La pluie entrait par le toit effondré, les murs fissurés, la petite fenêtre qu'un bout de planche n'arrivait pas à boucher. Dans l'obscurité, l'eau courait sur le sol. Rey a trouvé un coin presque sec près de la porte. Il a tiré le matelas par là et il s'est endormi en écoutant les trombes, les rafales de vent, les coups de tonnerre.

Le jour suivant, même temps. Une heure d'éclaircie, quatre de déluge. D'où venait-elle, tout cette eau ? Rey est resté seul, à manger ses petits pains et à s'inquiéter de la disparition de Magda. « Elle doit avoir chopé un vieux, sûr qu'elle va revenir avec de la thune », raisonnait-il. Il avait son petit bout de sol épargné par l'eau, au moins, parce que le reste de la pièce s'était transformé en torrent. « Il pleut plus dedans que dehors », s'est-il dit. La nuit venue, il a somnolé. À l'aube, il pleuvait toujours et c'était marre. Le vent s'était calmé. « Est-ce que c'est un cyclone qui arrive ? » Il n'en avait jamais connu, mais il avait entendu les récits qu'en faisaient sa grand-mère et sa mère. Presque deux jours de flotte. Il lui restait quelques petits pains, qu'il a comptés. Sept. Il est sorti dans le couloir. Inondé, lui aussi. L'immeuble ne tenait pratiquement plus debout. Dans la seule partie encore habitable, vivaient Sandra, le vieux qui avait sauvé Magda de la mort, et eux deux. Pour l'instant, personne d'autre que lui : Sandra en prison, le vieux à l'hôpital ou au cimetière, Magda quelque part sous la pluie. Pris d'un besoin pressant, il s'est soulagé sur place. Une grosse caguade, en prenant son temps. Il s'est essuyé avec le papier des cornets. Il avait presque terminé quand Magda est apparue dans la cage d'escalier, ruisselante. Quand elle l'a découvert en train de se torcher, elle a éclaté d'un rire tonitruant.

« Qu'est-ce que tu trouves drôle, petite ?

– Rien, hahaha ! On dirait un singe en train de chier !

– Tu t'évapores pendant deux jours et tu as encore envie de rigoler, alors ?

– Si ça te plaît pas, va te faire voir. C'est mes oignons.

– Comment ça, tes oignons ? »

Dès qu'ils sont entrés dans la chambre, Magda s'est arrêtée, stupéfaite :

« Aïe, maman, ça a jamais été mouillé comme ça !

– Change pas de sujet, Magda.

– Au moins, tu as tiré le matelas au sec.

– Oh, Magda, mais qu'est-ce que tu manigances ? C'est quoi, ces putasseries ?

– Regarde, j'ai rapporté du maní, et de quoi bouffer !

– Réponds, Magda.

– Ah, papito, arrête de faire le mari, tu veux ?

– Je le fais pas ! Ça fait deux jours que je t'attends, et toi dans la nature et...

– Oui, oui, mon grand dadais, viens qu'on mange et...

– Manger, mes couilles, Magda ! Te fous pas de moi, je te prie.

– Tu es un caïd, hein ?

– Oui, je le suis, oui, je le suis ! Et toi, ce que tu es, c'est une pute !

– Ah non, Rey, ah non ! Pute rien du tout. Tu m'impressionnes pas. Ce que tu es, c'est un gamin, un bon à rien, un petit connard de dix-sept ans. Là, j'étais avec le père de mon fils, un Noir immense et fort, de quarante ans, qui a une maison et tout ce qu'il faut dedans, et qui m'aime et me respecte, et qui a de la thune. Ça, c'est un homme ! Avec plein de ressources, et beaucoup pour moi ! Toi tu es un mange-merde, Rey, et un morveux, alors ferme-la ! »

Rey lui est tombé dessus avec des claques. Elle s'est défendue en lui égratignant la figure avec ses ongles. Rey lui a envoyé une pêche, elle est tombée par terre et il l'a lattée, mais elle l'a attrapé par un pied et lui a fait perdre l'équilibre. Ils se sont roulés dans l'eau boueuse, ce qui a fini par les refroidir. Ils se sont immobilisés, silencieux. Magda a commencé à sangloter. En la voyant ainsi, Rey s'est attendri : « Ah, Magda, sur ta mère, pleure pas !

– C'est que je t'aime beaucoup, Rey, beaucoup... Tu me plais, j'ai besoin de toi.

– Et ce nègre ?

– Aussi.

– Aussi quoi ?

– Il me plaît aussi. Je suis amoureuse des deux. Tu te rends pas compte, crétin, imbécile ?

– M'insulte pas ! M'insulte pas...

– Les deux, j'aime. Aïe, Rey, je suis au milieu d'un... Mais bon, oublie. Maintenant, je suis avec toi.

– Oui, et après tu lui dis la même chose, à l'autre.

– Non, papito, non.

– Aaaah. »

Rey ne comprenait pas. La jalousie le rendait furieux, à nouveau, mais Magda l'a embrassé et caressé avec une telle douceur qu'il s'est calmé. Ils se sont mis tout nus, ils sont allés au grabat et ils ont fait l'amour. Plus délectable que jamais. Il l'a pénétrée au plus profond, avec tout l'amour du monde. Ils s'adoraient, à nouveau.

Elle avait un peu d'argent. Il le lui a demandé, pour acheter du rhum.

« Tu es fou, mon Rey ? Tout est fermé, voyons ! La ville est inondée de partout.

– Comment tu le sais ?

– Le père de mon fils, il a une maison, une vraie. Avec la radio, figure-toi. C'est pas une porcherie comme ici.

– Aaaah...

– En plus, j'ai dû revenir à pied. Y a plus de bus ni rien. Tout est vraiment foutu pour de bon, là.

– Donc pas de rhum, pas de cigarettes ?

– Non, papito, rien de rien. »

Il n'y avait rien, mais ils s'aimaient à la folie. Dehors, la pluie tombait toujours avec violence. Et beaucoup de vent, des fois. Le lendemain, à trois heures de l'après-midi, la tempête continuait de plus belle. Soixante-douze heures de déluge sur La Havane, tonnerre, foudre. La ville était paralysée.

« Quand ça va se calmer, je veux retourner là-bas. Ça fait longtemps que je l'ai pas vu, le petit.

– Celui que tu veux voir, c'est le père de ton fils. Essaie pas de me baiser la tête.

– Mooooi ?

– Oui, tooooi. Fais pas la hyène.

– Quel cynique tu es.

– Et toi une salope.

– Hahahaha ! »

Le soir tombait et Magda riait aux éclats. Ça lui plaisait, de le mettre en colère. À ce moment, les murs ont commencé à céder. Ils avaient absorbé des tonnes d'eau. Les pierres de soutènement, toutes fendues et usées après un siècle de bons et loyaux services, ont décidé que c'en était trop. Il y a eu un énorme grondement et tout s'est effondré. Le toit, les murs, les planchers ont dégringolé cinq mètres plus bas. Il n'est resté debout que le bout de façade le moins imbibé, autour de la porte d'entrée. Et ils étaient là, tous les deux, sur leur matelas, au milieu de la poussière et des décombres. Dans l'obscurité, ils se sont palpés, embrassés. Vivants, ils étaient vivants !

« Rey, ça va ? Viens, il faut se tirer d'ici ! Cours !

– Non, non... Ah, bordel de bordel ! »

Il essayait de dégager sa jambe gauche, coincée sous un gigantesque bloc de pierre. Impossible. Magda a finalement réussi à voir ce qui lui arrivait, en dépit de la poussière et des ténèbres. Elle a tenté de pousser le bloc, mais il était trop lourd. Ils entendaient le morceau de façade et de toit encore intacts lâcher des craquements menaçants. Ça allait s'effondrer d'un moment à l'autre. Tâtonnant désespérément autour de lui, Rey a senti sous ses doigts un tronçon de tuyauterie. Il l'a attiré à lui : « Tiens, Magda, fais levier avec ça ! » Après plusieurs tentatives, la pierre a bougé un peu. Et encore un peu. Au prix d'un dernier effort, Rey a sorti sa jambe, tout écorchée. Il fallait s'enfuir. Ils sont allés dans le couloir. L'escalier n'était plus là. Il avait dégringolé en bas, lui aussi. Ils étaient restés sur un tronçon de plancher retenu à cette partie de la façade, à cinq mètres de hauteur. Incroyable. Sans hésiter, Rey a pris Magda par la main et lui a crié : « Allez ! » Ils se sont lancés dans le vide, tombant sur le tas de ruines. Les mains et les genoux en sang. Ils ont couru dans la rue. Rey boitait. Malgré la pluie, il y avait un attroupement, trente ou quarante curieux. L'un d'eux s'est exclamé : « Regardez, il y en a deux qui s'en sont tirés ! »

Sans regarder une seule fois en arrière, ils sont partis vers la gare. Un nouveau grondement derrière eux : le dernier vestige de la chambre de Magda venait de se fracasser sur le sol.

Rey traînait la patte. Sa cheville lui faisait mal. Il n'avait qu'un pantalon court sur lui, Magda un short et un chemisier en loques qu'elle avait pu attraper au dernier moment. Pieds nus tous les deux, couverts de poussière de plâtre. Sonnés, hébétés. On aurait dit deux fous sortis de l'enfer. La gare était pleine de familles évacuées. Enfants en pleurs, adultes faisant la queue pour recevoir un seau d'eau. Les abords du bâtiment étaient envahis de gens qui erraient sans but. Zone sinistrée. Des dizaines d'immeubles s'étaient effondrés. Personne ne savait combien il y avait de morts et de blessés, pour l'instant. Et la pluie qui n'arrêtait pas... Ils se sont réfugiés sous un portail de la rue Egido. Magda s'est collée contre Rey. « Ah, merde, j'ai perdu une caisse de maní et cinquante pesos...

– Pas grave. On est vivants, c'est déjà une chance.

– Ta jambe te fait mal ?

– La cheville. »

Magda s'est penchée pour l'inspecter. Pas d'inflammation. Mais elle était douloureuse quand même.

« Tu crois que tu t'es cassé quelque chose ?

– Qu'est-ce que j'en sais, moi ! »

En face, sur le perron de la gare, se dressait une tente avec un drapeau de la Croix-Rouge.

« Regarde. Il doit y avoir un médecin, là-bas.

– Non.

– Comment non ? Viens !

– Non, j'ai dit.

– Mais pourquoi, Rey ?

– J'aime pas les toubibs, ni les dentistes, ni tout ça.

– Fais pas le niais ! Viens ! »

Elle l'a presque traîné à la tente. Ils ne s'occupaient que des cas graves, les urgences. Quelqu'un leur a dit qu'ils avaient monté un petit hôpital dans la cour de la gare. Ils se sont à nouveau trempés pour y aller. On se serait cru dans un asile d'aliénés. C'était dans les entrepôts de fret. Au milieu des colis et des caisses arrivées des provinces, mais qui s'accumulaient là depuis le début de la tempête, ils avaient installé des lits de camp ou des matelas à même le sol. Infirmiers, médecins, une foule de patients, tout le monde courait, parlait, criait en même temps. Magda a dû pousser une gueulante – Rey ne disait pas un mot – pour qu'une infirmière inspecte sa cheville.

« Oui, ça pourrait être une fracture, mais... Je ne sais pas... Ce n'est pas enflé, non plus. Tu as mal ? Je ne vois pas quoi te dire. Il faut demander à un orthopédiste.

– Bon, on lui demande.

– Oh nooooon, mon beau, ici on ne peut pas.

– Et pourquoi, très chère ?

– Ici, on n'a pas d'orthopédistes. Il faut aller à un hôpital normal. Ici, on ne fait que les urgences.

– Mais c'en est une, d'urgence, ma fille ! Mon mari, il s'est niqué la jambe avec une pierre. La maison nous est tombée dessus et...

– Dites donc, vous, restez calme ! Et parlez correctement. Vous n'êtes pas dans votre salon, ici. Il n'est pas blessé, il ne perd pas de sang, donc ce n'est pas grave et ce n'est pas urgent. On n'a pas d'or-tho-pé-distes ici. C'est clair ? Le problème n'est pas que je ne veux pas m'occuper de vous. C'est qu'il n'y a pas d'or-tho-pédistes. Il faut comprendre ! »

Et elle a couru ailleurs. Des dizaines de gens attendaient qu'on s'occupe d'eux. Rey et Magda sont ressortis sous la pluie.

« Heureusement que ça ne tonne plus, au moins, que Santa Bárbara soit bénie !

– Pourquoi ?

– Les éclairs, ça me fait peur, à moi. »

Appuyé sur elle, Rey avançait avec peine. La ville s'était entièrement arrêtée. Plongée dans l'obscurité. Vingt-quatre heures de pluie l'avaient conduite au coma. Plus d'électricité, ni d'eau courante, ni de téléphone, ni de gaz, ni de transports en commun. Ni de ravitaillement. Mais Magda et Rey ne s'en rendaient pas compte.

Parfois, le déluge se convertissait en crachin. Ils ont pris l'avenue du Port vers la ligne de train suspendue. Du côté de Tallapiedra, il y avait de quoi s'abriter : vieilles machines rouillées, plaques de métal, buissons. Ils se sont mis sous un camion à moitié pourri. Au sec, finalement. Ils avaient pris froid, ils éternuaient. Ils se sont endormis au bout d'un moment.

Le lendemain, ils avaient mal partout. Ils ont essayé de se lever. Rey a déployé toutes ses forces pour se mettre en marche. Le ciel restait chargé, mais la pluie et le vent avaient cessé. Reynaldo s'est engagé sur son ancien trajet. Il savait où il allait.

« Où tu nous emmènes, Rey ?

– À mon petit chez-moi. Tu vas voir.

– Hahahaha !

– Magda, enfin ! Ris pas rien que pour rire, con !

– “Mon petit chez moi” ! N’importe qui d’autre, il croirait que c’est vrai.

– Ah, tu te moques trop ! »

Ils ont marché une heure de plus. Leurs membres s’étaient réchauffés, l’effort était moins pénible. Avec un soupir, Magda a lancé :

« Demande et tu seras exaucé.

– Quoi ?

– C’est ce qu’ils disent, les curés.

– Tu vas à l’église, toi ?

– Non, mais je vends le maní à la porte, alors j’entends. Et les curés, ils disent comme ça : “Demande et tu seras exaucé.”

– Couillonnades.

– Hmmm.

– Demande une maison pour voir, Magda. Peut-être qu’elle nous tombe du ciel...

– Et à manger, aussi. La faim que j’ai !

– Moi aussi. »

La décharge de carcasses rouillées était en vue. Le visage de Rey s’est éclairé. Il y avait plein de mauvaises herbes très vertes, des ronces, de la boue partout. La terre n’arrivait pas à absorber toute l’eau et de petits ruisseaux couraient de-ci de-là. Rey guidant Magda, ils sont entrés là-dedans, pieds nus, pataugeant dans la fange. Il connaissait très bien le terrain et pourtant il n’a pas retrouvé le container. Ils se sont installés dans un vieil autobus, à la carrosserie en partie démontée et volée, mais qui constituait encore un abri. La faim leur mordait les tripes.

« J’en peux plus, Magda.

– Il faut aller chercher à manger, doudou. Si on reste ici, on va crever.

– Je dois dormir. J'en peux plus.

– Ah, c'est bien vrai que les hommes sont des lavettes... Hé, ça pourrait être pire, Rey !

– Ouais, pire, ça peut toujours l'être... Et merde.

– Aaah ! Laisse-moi regarder ta cheville. Tu as mal ?

– Oui, assez.

– Une lavette. C'est ce que je disais. Pas croyable.

– C'est pour ça que tu m'as demandé ? Te paie pas ma tronche, petite.

– Hé, regarde, il y a des baraques, là-bas.

– Oui, je sais. Je me suis jamais approché, parce que...

– Parce que tu es un solitaire, mais moi j'y vais. Ils me donneront bien quelque chose à croûter.

– Ils te donneront que dalle.

– Tu veux parier ?

– Oui. Cent dols que non.

– Et moi la même chose que si. Allez, fais voir ta mise, hahahaha !

– Comme si on les avait...

– J'y vais. Toi, mets la table, les assiettes, les serviettes, tout, parce que je reviens avec la bouffe, hahahaha ! »

Elle est partie en rigolant. Avec les débris de sièges qui restaient dans le bus, Rey a construit une sorte de divan, sur lequel il s'est couché pour dormir. À une centaine de mètres, l'énorme dépôt d'ordures de la capitale dégageait une odeur insupportable, à donner la nausée, mais que Rey a reniflée avec satisfaction. Merde et pourriture, les parfums du pauvre. Il se sentait à l'aise, en sûreté. Hmm, quel bonheur ! Et il s'est endormi tranquillement.

Deux heures plus tard, Magda était de retour. Elle avait une assiette de riz, deux pommes de terre bouillies, un broc d'eau sucrée. Elle a réveillé Rey : « Hé, papito, avale-moi ça et aboule les cent dols, vu que j'ai gagné.

– Et... et toi ?

– J'ai déjà mangé.

– Tu quoi ? Qui c'est qui t'a donné tout ça ?

– Hahahahaha !

– Toi et tes vieux, encore.

– Mange et cesse de ronchonner. »

Il a replongé dans le sommeil. Magda ronflait déjà à côté de lui. À son réveil, il faisait nuit et elle avait disparu. Sa cheville ne le tourmentait pas, quand il dormait. Il a recommencé.

Elle est revenue le lendemain soir. Elle apportait une pizza, cinq pesos, des cigarettes. On lui avait donné des vieilles godasses, aussi.

« Hé, tu es une rapide, toi !

– Mange la pizza. On devrait chercher un médecin. Cette jambe, elle a l'air...

– Non, pas question. Ça va guérir tout seul.

– Mais tu as toujours mal.

– Seulement si je bouge. »

Dans un sac en plastique, elle avait une jupe, une chemise, un pantalon et un tee-shirt. Le tout de seconde main, mais propre. Ils se sont habillés.

« Il faut que je te trouve des chaussures ou des savates. Tu peux pas continuer comme ça. »

Ils sont restés en silence un moment. À se regarder.

Soudain, Magda a éclaté de rire. Rey s'y est mis lui aussi. Ils ont enlevé leurs vêtements et ils se sont encore observés. La bite de Rey était déjà en l'air. Magda s'est mise à califourchon sur sa bouche et il a sucé cette moule aigre, sale, qui sentait la foudre. C'était comme ça qu'il aimait, bien puant. Elle s'est penchée sur sa queue. Un soixante-neuf. Ils ne s'étaient pas lavés depuis des jours. Deux porcs, ils étaient. Ils se désiraient comme des animaux. Et se sont lancés dans l'une de leurs baises démentes. Elle répétait : « Mais qu'est-ce que tu m'as fait, salopiot ? Comme tu me plais, aïe, comme je t'aime ! Enfonce-la plus ! Tout entière ! Jusqu'au fond ! Engrosse-moi, vas-y, con !

– C'est vrai ? Tu veux que je te mette enceinte ?

– Aïe, ouuuuui ! Transperce-moi avec ce pieu que tu as ! Tout au fond ! Gicle-moi dedans ! Ah, chaque jour je suis plus folle de toi ! Allez, je veux un fils de toi ! »

Les jours ont passé ainsi. Lentement, pour Rey. Il attendait qu'elle revienne, c'était tout ce qu'il faisait. Parfois, elle surgissait très tard, à la fin de la nuit. Elle ramenait toujours à manger, ou de l'argent, ou de vieux habits. Rey devenait jaloux. Surtout quand elle avait disparu pendant une journée entière. Leurs engueulades étaient monumentales. Ils échangeaient les coups, les injures. Elle calmait sa rage avec du rhum, de l'herbe, de la thune, quelque chose à manger. Et ensuite, la folie du sexe. C'était un rite d'amour et de haine. Violence et tendresse. Elle en pleurait d'émotion, lorsqu'il l'embrochait bien à fond, l'embrassait gentiment, jusqu'à ce qu'il se mette à souffler comme un taureau et lui envoie des jets de sperme chaud, épais, fertile :

« Prends ça, salope, que je te mets en cloque, moi ! Prends mon jus ! »

Et elle sentait le foutre brûlant gicler, la pénétrer. Pareil tous les jours. Elle revenait toujours. À n'importe quelle heure. Elle le maintenait dans l'incertitude, bouillant de jalousie. Chaque jour, elle récoltait sa ration de coups, puis son compte d'amour et de sperme. Rey arrivait à marcher, maintenant. En boitant, certes, et la cheville était encore un peu douloureuse. En aiguisant patiemment un bout de scie rouillée qu'il avait trouvé, il s'est fabriqué un couteau, petit mais bien affilé. Il a taillé une canne dans un bout de bois. Comme il avait du temps à revendre, il a sculpté dessus une colombe, un serpent, une épée. Ça lui rappelait son époque de tatoueur. Il dessinait bien, patiemment. Et la canne était d'un grand secours, pour marcher. Il était seul, presque toujours. Il rêvait de mettre Magda enceinte. Une fois, deux, trois. Trois ou quatre garçons avec elle. Il l'aimait, cette femme. Il l'adorait. Il la voulait pour lui, rien que pour lui. Le seul ennui, c'est qu'elle disparaissait trop souvent, trop longtemps, et qu'il ne savait jamais où elle allait, ce qu'elle fabriquait. Il s'est dit qu'il devrait chercher des planches, des plaques de plastique, et monter une petite cahute. Ici même. Loin des gens. Il pourrait vendre des cacahuètes, lui aussi. Ou se trouver un travail. Et gagner le contrôle sur Magda. L'amener à le respecter et à cesser ses putasseries. « C'est une catin de merde, mais comme elle me plaît ! Comme elle me plaît, cette traînée ! »

Il a récupéré les matériaux à travers le terrain vague. Ce jour-là, Magda est revenue tôt. Il faisait encore jour.

Elle avait quarante pesos, de la nourriture, du rhum, et elle s'était lavée.

« Et ces planches, Rey, c'est pour quoi ?

– Je vais construire une petite maison.

– Ici ?

– Oui.

– Sans blague !

– Pourquoi sans blague ?

– Parce que j'ai mis soixante pesos de côté, moi. Et je vais recommencer avec le maní.

– Et alors ? Moi aussi, je pourrais en vendre, ou bien... Faut voir.

– Aaaaah... Je sais pas.

– Tu sais pas quoi ? Parle, arrête tes entourloupes !

– Je crois que tu m'as engrossée.

– Mooooi ?

– Oui, tooooi ! J'ai qu'un seul mari, que je sache, et c'est toi, et tu m'envoies ta sauce jusque dans la gorge, donc arrête de jouer les étonnés ! C'est de toi !

– Et les vieux ? Tous ces vioques que tu te...

– Non, non. Ceux-là, ils engrossent pas, ils jutent pas, ils bandent pas, ils rien du tout ! C'est de toi ! Essaie pas de te défiler. »

Elle avait rapporté une bougie. Dans cette toute faible lumière, ils ont baisé frénétiquement. Puis ils se sont endormis, rendus. Le lendemain, elle est partie très tôt et Rey a commencé sa cahute. Il a pris appui sur la carcasse du bus. Il a passé toute la journée à trimer. Et il a été fier de son œuvre. Sans outils, rien qu'avec un petit couteau traficoté et un bout de barre de fer qui lui avait servi de marteau ! Ah, c'était bien le Roi de La Havane !

Mais Magda n'est pas rentrée, ce soir-là. Ni le lendemain. Ni le jour qui a suivi. Rey était inquiet et furieux, enragé par la jalousie et la frustration. Il s'énervait tout seul : « Elle me traite comme la merde, cette salope, cette traînée ! Mais moi, personne peut me mépriser de la sorte ! »

Il a failli démolir la cabane. Pour se distraire, il a construit un petit banc en bois avec des clous rouillés qu'il a retirés de vieilles caisses. Ça ne l'a pas apaisé. Trois jours et trois nuits. Dans la soirée du quatrième, Magda est arrivée, radieuse dans le crépuscule. Avec des suçons violets et des marques de dents sur tout le cou. Très contente de la vie, souriante. En jupe, chemisier, ballerines en plastique. De la récupération, bien sûr, mais elle avait bonne allure. Rey l'a saisie par la nuque et lui a balancé deux claques en pleine figure.

« Où tu étais passée, 'fant de pute ? Quatre jours, disparue !

– Lâche-moi, hé, lâche-moi !

– Je suis ton mari, tu me dois le respect !

– Je te respecte pas, et tu es pas mon mari, et va te faire !

– Tous ces bleus dans le cou, malhonnête ! Avec qui tu étais ? Parle !

– Je vendais du maní.

– Mon cul ! Qui c'est qui t'a sucé le cou comme ça ?

– Ça te regarde pas. »

D'autres baffes sont tombées.

« Parle, putasse ! Qui c'était ?

– Enrage, parce que je dirai rien. »

De plus en plus furax, Rey l'a frappée encore, lui assénant deux coups de poing qui lui ont presque désarticulé la mâchoire.

« Avec le père de mon fils, j'étais ! Lui, c'est un homme ! Qui prend soin de moi, me donne des habits, du manger, de l'argent, qui me sort ! C'est un homme et un vrai, ce nègre-là ! »

Les yeux hors de la tête, Rey l'a giflée de plus belle.

« Et moi, je suis quoi, salope ?

– Tu es un bon à rien, un minable ! À m'attendre toute la journée, pédale que tu es ! Moi j'aime les hommes, pas les petits chieurs comme toi... Va-nu-pieds !

– Quelle sale pute tu es !

– Pute, d'accord, mais avec le mâle qui me plaît ! Ce nègre-là, il m'a tringlée trois jours d'affilée. Sans arrêter. À côté de lui, tu es un morveux. Et si je suis enceinte, c'est de lui ! Je dis ça pour que te le saches et que tu commences pas à te hausser du col ! Je vais lui donner un autre fils ! »

Cette dernière déclaration a projeté Rey dans la folie furieuse. Saisissant son pauvre couteau, il lui a tailladé la joue d'un seul coup, de l'oreille au menton. La plaie était si profonde qu'on voyait les os, les tendons, les dents. Il a été satisfait de la contempler ainsi défigurée, marquée, couverte de sang : « Alors, t'as vu si je suis un homme, drôlesse ? T'as vu ? »

Affolée, elle a porté les deux mains à sa joue en hurlant : « Sale makoumé, fils de putain ! Mon Noir va te tuer ! Je vais le lancer contre toi et il te trucide ! »

Rey n'était plus lui-même. Le couteau est parti à

nouveau, vers le cou de Magda cette fois. Il lui a sectionné la carotide, au premier passage. Le jet de sang qu'il a provoqué les a trempés l'un et l'autre. Elle a ouvert des yeux immenses. Un nouveau geyser rouge, lancé par la pompe du cœur. Un autre encore, beaucoup moins fourni. Elle est tombée par terre, évanouie. Elle se vidait rapidement, par cette blessure. Elle est morte en quelques secondes. En état de choc, Rey l'a dépouillée de ses habits. Il s'est mis tout nu, lui aussi. Les deux corps étaient couverts de sang poisseux, de plus en plus dense. La terre le buvait, encore chaud. Et Rey bandait. Il lui a ouvert les jambes. L'a pénétrée. Magda restait de pierre. « Bouge, salope, bouge-toi et fais-moi cracher, pute que tu es ! Dis quelque chose, allez, dis-moi ! »

L'instant d'après, il avait joui. Il a ressorti sa queue encore raide, écumante de sperme, et s'est assis sur le ventre de Magda. La nuit venait. Il est resté là, à califourchon sur le cadavre, au milieu d'une mare sombre. Dans le noir. Sans savoir que faire.

Soudain, il s'est levé, il est allé dehors. Sa tête était vide, complètement vide. Aucun bruit autour de lui. Seule l'odeur fétide de la décharge d'ordures lui rappelait qu'il était encore de ce monde. Il est revenu à l'intérieur de la cahute, a cherché un reste de bougie, l'a allumé pour regarder Magda. Il a approché la flamme de son visage, figé dans une expression d'horreur insoutenable. Et les yeux grands ouverts. Sa joue gauche ouverte la rendait encore plus repoussante. Avec la bougie, il a inspecté tout le reste de son corps, méthodiquement. Ses nénés minuscules, son nombril, sa motte poilue et... Encore une érection. Il a posé la bougie sur le sol, s'est masturbé un peu, le regard braqué sur le con de Magda. Il l'a ouvert avec deux doigts, a installé la flamme tout près pour mieux voir.

« Crois pas que je vais pas gicler dedans. Imagine pas ça ! » Il est entré en elle. Il n'avait jamais rien senti d'aussi froid autour de sa bite. Il a joui immédiatement. Sans la toucher, en prenant soin de ne regarder que sa chatte. Hypnotisé. Le reste était un gâchis de sang coagulé. Quand il a eu terminé, il a sorti son instrument, l'a égoutté, et il a annoncé à haute voix : « Va te moquer d'un autre, Magdalena ! Moi, je suis le Roi de La Havane ! Personne me prend à la légère, et surtout pas une fille des rues comme toi ! »

Il était content, maintenant. Il a éteint la bougie, s'est couché. Il a dormi toute la nuit, tranquille. Il se sentait aussi bien le lendemain à l'aube, quand il s'est réveillé. Ses yeux se sont posés sur le cadavre à côté de lui, couvert de sang, avec ce visage grimaçant de terreur. À nouveau, il lui a parlé :

« Tu vas te moquer de moi, maintenant ? Tu vas continuer à te payer ma tête ? Regarde ce qui t'est arrivé, quand même. Tu te fiches de moi encore et je te taillade encore plus. Je suis le Roi de La Havane, moi, et il faut me respecter ! »

Il a passé la tête par la porte. Calme absolu. Personne en vue. Il a découvert que ses mains, ses bras, son torse étaient couverts de sang figé. Il en avait même dans les cheveux. Lentement, soigneusement, il a retiré toute cette croûte avec son couteau. Ensuite, il a fouillé les poches du chemisier de Magda. Rien. Mais il y avait un sac en plastique dans un coin, qu'il n'avait jusque-là pas remarqué à cause de l'obscurité. Trente pesos, deux pains, des cigarettes, une chemise propre. Il a mangé, a essayé le vêtement, qui lui allait bien. Il a pris l'argent et les cigarettes et il est sorti. Il a barré la porte avec un bout de ferraille qu'il a coincé au moyen d'une barre de fer. Il a marché vers la route. Peu probable que quiconque découvre cette cahute de planches perdue dans les broussailles et les débris rouillés. Bien camouflée par ces saletés, elle était pratiquement invisible.

Il a continué en traînant la patte, s'aidant de sa canne. Il se sentait en forme, libre, indépendant, très calme. Et même heureux, oui. Euphorique, presque. Arrivé à Regla, il a traversé tout le bourg jusqu'au port. Il a acheté une bouteille de rhum et s'est assis face à la mer, sur ces marches qu'il aimait tant. Devant lui, quelques mètres de sable souillé de taches de mazout et d'immondices diverses. Dans son dos, l'église. Plus loin, la baie avec quelques bateaux à l'ancre. Encore plus loin, La Havane, splendide, d'une beauté ensorcelante. À sa gauche, la vedette qui faisait ses allées et venues toutes les quinze ou vingt minutes. Un soleil vif, le silence et la solitude. Quelques gamins jouaient dans l'eau sale, troublée par le pétrole, la boue, les sorties d'égouts. C'était une bonne idée, ça. Il est allé dans la mer, lui aussi, en se forçant un peu pour entrer. Il s'est débarrassé des copeaux de sang séché qui restaient sur lui, puis il est retourné s'asseoir sur les marches, à boire du rhum et à regarder les parages, sans penser à rien.

Il a terminé la bouteille, l'a lancée à l'eau. Il était rond déchiré. Il fallait enterrer Magda, a-t-il pensé, ou la balancer dans la mer, ou… « Faire quelque chose, en tout cas, parce que si les vautours la repèrent... Putain, les vautours ! Ils doivent déjà traîner par là-bas pour se la bouffer ! » Ivre, boitant, chancelant, il est reparti à la cabane aussi vite qu'il pouvait. Il tentait de raisonner : « Les vautours peuvent pas l'avoir pour leur déjeuner. Non, non, ça je peux pas le permettre ! Il faut respecter le cadavre de la défunte... Mais oui, hein ! Respecter le cadavre de cette petite pute, hahahaha ! »

Il faisait nuit quand il est parvenu à destination. Encore très bourré. On ne voyait rien. Il a enlevé la ferraille, ouvert la porte. Une bouffée de chaleur rance et d'odeur de mort lui a sauté au visage. Dans son ivresse, il s'est adressé à la morte, tout bas : « Oui, c'est comme ça que tu dois être. Toute tranquille. Sans bouger. Silencieuse. À respecter ton mari. Tout ça t'est arrivé parce que tu es une contestataire. Si t'avais pas pareil toupet, seulement... Tu vois ? T'as déconné, Magda. Il faut apprendre le respect, ma petite, ou bien... Enfin, non, tu peux plus rien apprendre, là... T'as déconné, Magda, t'as déconné. »

Il s'est jeté dans un coin, s'est endormi sur-le-champ. Le lendemain, ça puait encore plus la mort. Dehors le soleil tapait fort, et la chaleur humide qui régnait dans la cabane accélérait la putréfaction. Réveillé, il a observé Magda un long moment. Sans penser. Il avait mal à la tête, des courbatures partout, à cause de la gueule de bois. Il aurait voulu s'en aller et l'abandonner là. La laisser aux vautours.

« Qu'est-ce que je fais de toi, putasse ? Traînée, salope, sans vergogne, où je vais te mettre ? Tout ce que tu mérites, c'est que les vautours te boulottent... »

Il s'est levé, il est parti au milieu des ronces et des carcasses rouillées. Il est parvenu à un monticule. De là, on voyait bien la décharge d'ordures, à cent mètres. Il y avait du mouvement, par là-bas. Un bulldozer remuait la merde, l'entassait, des bennes vidaient leur contenu, et une douzaine de zigues s'agitaient dans les détritus, cherchant l'aubaine. « Hmmm, voilà, ici même ! Cette nuit je t'enterre ici, ma petite Magdalena ! » Caché dans les mauvaises herbes, il cherchait des yeux le meilleur endroit, où personne ne pourrait la retrouver. Ni les chiens, ni les vautours, ni les humains. Il a réfléchi à la façon d'entrer dans la décharge, puis de creuser une fosse. Une fois décidé ce qu'il ferait, il est retourné à la cahute sans être vu. Magdalena empestait atrocement.

« C'est bon, la puante, c'est bon. Cette nuit tu pars au trou. Et arrête de coincer comme ça, bordel ! Même morte, faut que tu fasses chier ! Même après la mort, faut que tu te paies ma tronche ! Arrête tes dégueulasseries, tu veux ? Arrête de puer ! »

Il a passé le reste de la journée à l'ombre, adossé à la porte de sa cabane. Le soir, quelques vautours ont commencé à tourner en cercles au-dessus de sa tête. Certains sont descendus prudemment, se sont posés à vingt ou trente mètres. Ils étudiaient le terrain. Ils avaient senti la charogne. « Ah, voilà tes petits copains, Magdalena ! Tu les reçois pas ? Allez, sors accueillir tes amis, Magda ! Allez, vous vous échauffez ! Ils commencent à te bouffer et toi t'es toute contente, hahaha ! » Il a lancé quelques cailloux sur les oiseaux. Ils battaient des ailes, s'envolaient un peu plus loin, revenaient. Programmés pour la charogne. Rien d'autre.

La nuit est venue, enfin. Il était bien tranquille, maintenant. L'oreille aux aguets. Prenant son temps. « Tu es serpent, colombe et épée, s'est-il dit en lui-même. Tu es le Roi de La Havane. Pas de hâte, pas de précipitation. Elle peut attendre un moment de plus, la petite putasse. »

Le vide. Silence total. Il est entré dans la cabane. Dans le noir, il a palpé le cadavre. Rigide, glacé, puant le diable. Bandant ses muscles, il l'a chargé sur ses épaules. « En avant, ma pute, on y va. » Il connaissait le chemin et il y est allé lentement, en réprimant sans cesse l'envie de se débarrasser de ce fardeau nauséabond. La morte lâchait des fluides visqueux par les oreilles, le nez, la bouche, les yeux. Il avançait en laissant une traînée repoussante derrière lui. Arrivé en haut du monticule, il s'est arrêté pour observer à la ronde. Personne, à perte de vue. Il est descendu posément à travers les ronces, atteignant bientôt les montagnes d'ordures, dans lesquelles il s'enfonçait jusqu'aux mollets. Il a peiné pour atteindre l'endroit qu'il avait repéré. Là, il a jeté le cadavre au sol et il s'est mis à creuser à mains nues. Écartant les débris les plus volumineux, s'enfonçant couche après couche dans la saloperie qui s'accumulait depuis des années. Brusquement, il a ressenti une douleur dans le pied. Et encore. Il a regardé derrière lui. Des rats ! Plein de rats, qui le mordaient férocement. Il s'est battu contre eux, leur a lancé tout ce qu'il trouvait. Ils s'attaquaient au cadavre, maintenant. Vingt, trente, et toujours plus. Cinquante. Plus encore. Ils plantaient leurs dents dans ses bras, ses mains, son visage. Quand il leur a arraché la morte, ils sont devenus encore plus agressifs. « Hé, enfants de putain, ça suffit ! Dégagez ! Ça va au trou, ça ! »

Il a réussi à jeter le cadavre dans la fosse qu'il avait creusée. La chair putride affolait les rongeurs, qui l'ont attaquée de plus belle. Ils déchiquetaient la morte et le mordaient, lui aussi, fouaillant la peau. Il s'est mis à recouvrir d'ordures ce grouillement, tant bien que mal, amassant la merde sur le cadavre et sur les rats. Certains étaient restés à l'air libre, pourtant, et continuaient à le défier. Quand il a eu terminé, enfin, il avait tout le corps en feu. Des centaines de morsures partout. Ou plus. C'était des rats énormes, féroces. Ils lui avaient pris des lambeaux entiers de bras, de ventre, de jambes, et jusqu'au visage. Il était démoli. Sans savoir comment, il a réussi à regagner la cahute. Il lui a fallu près d'une heure pour revenir. Sitôt entré, il s'est jeté sur son grabat. Il avait la nausée, il souffrait de partout. Il a fini par s'endormir.

À son réveil, il ne savait plus si c'était le jour ou la nuit. Il arrivait à peine à ouvrir les yeux. Il l'ignorait mais il avait quarante degrés de fièvre, et toujours plus. Il a commencé à vomir. Nausée, migraine, délire, tout se conjuguait pour l'écraser comme un cafard. Il a essayé de se lever. Impossible. Des images délirantes lui passaient dans la tête. L'une après l'autre. Sa mère en train de mourir, le crâne transpercé par l'acier. Sa grand-mère étalée sur le sol devant lui. Son frère en bas, explosé sur le macadam. Lui en train de mendier, le saint dans la main. Il avait soif, atrocement. Il devait boire maintenant, maintenant. « Donne-moi de l'eau, Magda. De l'eau, Magda ! À bouâ, Magda, à bouâ, Magda... » Mais ce n'était qu'une idée, parce qu'il ne pouvait plus parler.

L'agonie a été terrible. Six jours et six nuits de torture avant de perdre entièrement connaissance. Et la mort, enfin. Son corps avait commencé à se putréfier avant, à cause des morsures de rats qui s'étaient infectées. Les vautours sont revenus. Ils l'ont mangé peu à peu. Le festin a duré quatre jours. Ils le dévoraient, mais lentement. Plus elle pourrissait, la charogne, plus ils l'appréciaient. Et personne n'a jamais rien su.

La Havane, 1998

DU MÊME AUTEUR

Aux Éditions Albin Michel

TRILOGIE SALE DE LA HAVANE

ANIMAL TROPICAL

« LES GRANDES TRADUCTIONS »
(dernières parutions)

ALESSANDRO BARICCO
Châteaux de la colère
(Prix Médicis Étranger, 1995)
Soie
Océan mer
City
traduits de l'italien par Françoise Brun

ERICO VERISSIMO
Le Temps et le Vent
Le Portrait de Rodrigo Cambará
traduits du portugais (Brésil) par André Rougon

JOÃO GUIMARÃES ROSA
Sagarana
Mon oncle le jaguar
traduits du portugais (Brésil) par Jacques Thiériot

WALTER MOSLEY
La Musique du diable
traduit de l'anglais (États-Unis) par Bernard Cohen

JAMAICA KINCAID
Autobiographie de ma mère
Lucy
traduits de l'anglais (États-Unis) par Dominique Peters

CHRISTOPH RANSMAYR
Le Syndrome de Kitahara
traduit de l'allemand par Bernard Kreiss

DAVID MALOUF
Dernière conversation dans la nuit
traduit de l'anglais (Australie) par Robert Pépin

MOACYR SCLIAR
Sa Majesté des Indiens
La femme qui écrivit la Bible
traduit du portugais (Brésil) par Séverine Rosset

ANDREW MILLER
L'Homme sans douleur
Casanova amoureux
Oxygène
traduits de l'anglais par Hugues Leroy

ROD JONES
Image de la nuit
traduit de l'anglais par Hugues Leroy

ANTONIO SOLER
Les Héros de la frontière
Les Danseuses mortes
Le Spirite mélancolique
traduits de l'espagnol par Françoise Rosset

BESNIK MUSTAFAJ
Le Vide
traduit de l'albanais par Élisabeth Chabuel

DERMOT BOLGER
La Musique du père
traduit de l'anglais (Irlande) par Marie-Lise Marlière

ABDELKADER BENALI
Noces à la mer
traduit du néerlandais par Caroline Auchard

MORDECAI RICHLER
Le Monde de Barney
traduit de l'anglais (Canada) par Bernard Cohen

FRANCESCA SANVITALE
Séparations
traduit de l'italien par Françoise Brun

STEVEN MILLHAUSER
Martin Dressler. Le roman d'un rêveur américain
(Prix Pulitzer, 1997)
Nuit enchantée
traduits de l'anglais (États-Unis) par Françoise Cartano
La vie trop brève d'Edwin Mulhouse,
écrivain américain, 1943-1954,
racontée par Jeffrey Cartwright
Prix Médicis Étranger, 1975
Prix Halpérine-Kaminsky, 1976
traduit de l'anglais (États-Unis) par Didier Coste

MIA COUTO
Les Baleines de Quissico
Terre somnambule
La Véranda au frangipanier
Chronique des jours de cendre
traduits du portugais (Mozambique) par Maryvonne Lapouge-Pettorelli

GOFFREDO PARISE
L'Odeur du sang
traduit de l'italien par Philippe Di Meo

MOSES ISEGAWA
Chroniques abyssiniennes
La Fosse aux serpents
traduits du néerlandais par Anita Concas

YASUNARI KAWABATA / YUKIO MISHIMA
Correspondance
traduit du japonais par Dominique Palmé

JUDITH HERMANN
Maison d'été, plus tard
traduit de l'allemand par Dominique Autrand

JOHN VON DUFFEL
De l'eau
traduit de l'allemand par Nicole Casanova

PEDRO JUAN GUTIÉRREZ
Trilogie sale de La Havane
Animal tropical
traduits de l'espagnol (Cuba) par Bernard Cohen

TOM FRANKLIN
Braconniers
traduit de l'anglais (États-Unis) par François Lasquin

SÁNDOR MÁRAI
Les Braises
traduit du hongrois par Marcelle et Georges Régnier
L'Héritage d'Esther
Divorce à Buda
Un chien de caractère
traduits du hongrois par Georges Kassai et Zéno Bianu

V.S. NAIPAUL
Guérilleros
Dans un État libre
traduits de l'anglais par Annie Saumont
À la courbe du fleuve
traduit de l'anglais par Gérard Clarence

JENNY ERPENBECK
L'Enfant sans âge
Bagatelles
traduit de l'allemand par Bernard Kreiss

ANDREW SOLOMON
Le Vaisseau de pierre
traduit de l'anglais (États-unis) par Françoise du Sorbier

GEORG HERMANN
Henriette Jacoby
traduit de l'allemand par Serge Niémetz

AHLAM MOSTEGHANEMI
Mémoires de la chair
traduit de l'arabe par Mohamed Mokeddem

NICK TOSCHES
La Main de Dante
traduit de l'anglais (États-Unis) par François Lasquin

YASUNARI KAWABATA
La beauté, tôt vouée à se défaire
traduit du japonais par Liana Rossi

JOHN MCGAHERN
Pour qu'ils soient face au soleil levant
traduit de l'anglais (Irlande) par Françoise Cartano

VANGHELIS HADZIYANNIDIS
Le Miel des anges
traduit du grec par Michel Volkovitch

ROHINTON MISTRY
Une simple affaire de famille
traduit de l'anglais (Canada) par Françoise Adelstain

VALERIE MARTIN
Maîtresse
traduit de l'américain par Françoise du Sorbier

Composition IGS
Impression : Imprimerie Floch, septembre 2004
Éditions Albin Michel
22, rue Huyghens, 75014 Paris
www.albin-michel.fr
ISBN 2-226-15504-X
ISSN 0755-1762
N° d'édition : 22695. – N° d'impression : 60869
Dépôt légal : octobre 2004
Imprimé en France.